LES DEMOISELLES DE FONTAINE

CĂTĂLIN MIHULEAC

LES DEMOISELLES DE FONTAINE

Traduit du roumain par Marily Le Nir

LES ÉDITIONS NOIR SUR BLANC

Titre original : *Poziţia a unsprezecea şi Domnişoarele lui Fontaine*

ISBN : 978-2-88983-157-9

PREMIÈRE PARTIE

Une âme roumaine dans une carcasse française

1

À l'automne 2018, je me retrouvai, à la demande d'un ami du consulat roumain de Marseille, en route pour le sud de la Moldavie, accompagnant François Bertrand, professeur d'université de Montpellier. Ce dernier préparait une étude sur la part marginale du folklore roumain – celle que l'on passe sous silence ou que l'on n'évoque qu'à mi-voix –, et moi, tout à mon amour pour la France, j'avais accepté de bon cœur de partir avec lui.

Nous voyagions dans un train du soir qui lambinait, hésitant, et écoutions par la fenêtre ouverte les orphéons de grillons en train de se produire et de se reproduire. Nous devions descendre à la gare de Târgu Bujor. Un guide nous y attendait pour nous conduire dans les villages où perduraient ces obscurs fragments du folklore que notre hôte français recherchait.

Je bâillais, François bâillait aussi, et nous aurions cédé au sommeil si une vieille paysanne bavarde ne nous avait pas raconté un conte. Il était question d'un prince charmant hors du commun qui refusait de naître aussi longtemps que l'on ne lui promettrait pas une princesse pour épouse. Mais pas n'importe quelle princesse, celle qu'il désirait ardemment devait avoir un père français et une mère allemande.

Comme la grossesse atteignait onze mois et que le bébé à naître ne renonçait pour rien au monde à ses exigences, la femme enceinte – une simple paysanne – fut obligée de lui promettre la princesse franco-allemande.

– Oui, mon chéri, tu auras l'épouse que tu souhaites, mais par pitié viens au monde, tu es en train de me tuer avant l'heure !

L'instinct maternel lui soufflait que si son fils avait des vues aussi élevées avant même de quitter son ventre, il trouverait bien par la suite les moyens d'y parvenir tout seul. Ou que, peut-être, il y renoncerait avec le temps de bon gré, tout comme nous renonçons presque tous à nos rêves.

– Et finalement, ce fiancé intra-utérin a-t-il trouvé sa princesse ? Ou bien s'est-il marié comme tout un chacun avec une fille du voisinage ? lui demandai-je.

– Il l'a trouvée, mon petit ! Et la princesse est venue chez nous, au village, elle s'est baignée toute nue dans la rivière et elle n'avait pas l'ombre d'un poil aux parties honteuses. Et ses parents ont offert au jeune marié un étalon extraordinaire…

– Qui avait deux cœurs ? plaisantai-je comme une canaille.

– Il n'en avait que trois, mais il se nourrissait de braises ardentes et buvait la rosée aux premières heures de l'aube, mon petit. Et surtout, son crottin, c'étaient des pièces d'or, des napoléons ! des *cocosei*[1], comme on les appelle au village.

– Quand la fiancée a un père français et que les braises sont de qualité, les pièces d'or du crottin ne peuvent qu'être françaises ! répliquai-je en guise de conclusion logique.

– Les gars et les filles ne quittaient pas le cheval des yeux, et quand le crottin était à point, ils se jetaient dessus pour gratter et fouiller. Sache aussi que tout le village avait participé à ces noces, qui avaient duré trois jours, comme le veut la tradition – du 7 au 10 juillet 1929.

– Vous avez une mémoire fantastique, grand-mère ! Les vieux en ville, accablés de maladies cérébrales dévastatrices,

1. « Petits coqs », ainsi nommés à cause du coq côté pile de la pièce de 20 francs-or. (*Toutes les notes sont de la traductrice.*)

ne se rappellent même pas la table de multiplication, et parfois ils ne savent même plus comment ils s'appellent…

– Comment ne pas m'en souvenir, mon petit, quand je suis venue au monde à la suite de ces noces ? Ces jours-là, dans la bonne humeur et les danses, mon père a eu le coup de foudre pour ma mère et ils se sont mariés à l'automne. J'ai vu le jour en mai 1930.

La vieille femme avait quatre-vingt-huit ans mais je lui en aurais volontiers donné cent soixante-quinze comme dans les contes où le temps est élastique.

Nous pouvions voir se vérifier une règle sacrée du folklore : inutile de raconter des contes si l'on n'y croit pas. Cette paysanne non seulement avait une foi profonde dans le sien, mais assurait que le mariage du paysan et de la princesse avait favorisé sa venue au monde.

J'expliquai à François que le thème du bébé qui refuse de naître tant qu'on ne lui promet pas une fée ou une princesse pour épouse était spécifiquement roumain et mentionné aussi dans les études du folkloriste et linguiste Lazàr Sàineanu. Mais l'échantillon folklorique de la voyageuse de ce train exigeait un héros non conformiste d'envergure continentale. C'était plus qu'un simple conte, il contenait des germes d'unité européenne. Un fiancé roumain, une fiancée franco-allemande… Que voulez-vous de plus ? Éventuellement un témoin scandinave.

– Tu vois, François, la demande du héros de ce conte rend hommage à l'imagination populaire, car elle s'exprime dans un monde rural régi par des préjugés et des traditions barbares. À l'échelle nationale, ce modèle existe déjà, si l'on songe que la Roumanie francophone avait mis sur le trône un roi d'origine allemande…

– Oui, je savais que le plus aimé des Roumains, Carol Ier, était allemand, et que la plus aimée des Roumaines, la reine Marie, était anglaise. Mais que de précocité chez ce bébé avant même sa naissance !

– Tu sais, je trouve cela un peu décevant, cette obsession de l'alliance des princes charmants ; un genre d'obsession qui, comme je viens de l'entendre, peut commencer dès la phase intra-utérine… Mais exiger une princesse de nationalité différente, cela m'a l'air d'une forme de bravoure, peut-être même suprême ! Au fond, de tels héros de contes font progresser le monde réel.

– Sais-tu ce que je pense ? finit par dire François. Il n'y a que les imbéciles pour ne pas croire aux contes.

Avant de descendre du train, la petite vieille, courbée sous le poids de ses sacs remplis d'années, me glissa au creux de la main une pièce enveloppée dans un mouchoir. Elle était en or, un napoléon.

– Prends-la, mon petit, qu'elle t'apporte bonheur et longue vie comme elle l'a fait pour moi. Elle vient du crottin de l'étalon fantastique de ce fameux mariage. Mon père l'a ramassée de ses propres mains, il l'a soigneusement essuyée avec ce mouchoir et l'a donnée à ma mère. Quand j'ai grandi, il me l'a donnée.

Je pris cette pièce de 20 francs et contemplai le profil de bouc exigeant de l'empereur Napoléon III, sans l'appui duquel l'État roumain moderne n'existerait pas. Ce napoléon marquait l'empreinte de la réalité de tout cela. Je me trouvais au beau milieu d'un conte auquel je croyais de plus en plus. Je venais de recevoir une leçon mémorable dans un tortillard !

La vieille femme descendit à Bârlad. Je l'aidai à porter son saint-frusquin jusque sur le quai, où elle ajouta :

– J'allais oublier quelque chose, mon petit… Chaque fois que le bébé parlait dans le sein de sa mère, il fallait faire venir le pope pour traduire. Parce que le bébé ne parlait que le russe.

Il parlait russe ? Mais, voyons, dans les contes il n'y a pas de différence de langues, tous les personnages parlent une seule et même langue, que les animaux eux-mêmes connaissent parfaitement.

– Pourquoi un bébé roumain parlerait-il le russe avant de naître ?

La paysanne s'éloigna sans donner de réponse. J'avais oublié qu'il était strictement interdit de poser des questions sur ce qui se passe dans le monde de ce genre de création orale. D'ailleurs, dans le monde réel il n'est pas bon non plus de poser trop de questions.

Pendant que François Bertrand examinait le napoléon, je lui expliquai que le bébé capricieux du conte de la petite vieille était né non avec une langue maternelle, comme nous tous, mais avec deux. Avec le russe qu'il connaissait miraculeusement dans le sein même de sa génitrice, et le roumain qu'il devait apprendre plus tard, comme nous apprenons tous notre langue maternelle dès le plus jeune âge.

2

Si le capitaine Marcel Fontaine n'avait pas réussi à détourner au dernier moment le poing du colonel, le visage du soldat aurait craqué comme un morceau de glace sous un coup de masse. Irrité par une gastro-entérite qui avait ruiné son sommeil, l'officier roumain devait passer ses nerfs sur quelqu'un, et le soldat était le punching-ball idéal. Le premier qui lui tombait sous la main manquait de pot.

– Bing ! Pourquoi est-ce qu'il manque un bouton à ton uniforme ? Paf !

Le bouton manquant à l'uniforme semblait la seule anomalie de l'armée roumaine. À cause de lui, on pouvait perdre des batailles importantes.

Cette fois-là, Fontaine s'était interposé et le soldat s'en était tiré. Le colonel eut un moment de surprise, puis il tourna le dos et s'éloigna en grommelant.

– Qu'est-ce qu'il a, ce *bonjouriste*[1], à fourrer son nez dans ce qui ne le regarde pas ?

Les coutumes barbares de l'armée roumaine horripilaient ce Français, tout particulièrement les raclées que les soldats se prenaient sans broncher de la part de leurs supérieurs. Une fois les grands calmés, les petits crachaient leurs dents comme des cosses de graines de tournesol et avalaient leur sang.

---

1. Surnom donné au XIXe siècle aux intellectuels progressistes qui allaient faire leurs études en France.

Avec de telles coutumes devenues des traditions, il n'y avait rien d'étonnant à ce que, dans cette guerre, les Roumains soient exposés à tous les coups dans les batailles. En fin de compte, pouvait-il se montrer efficace au combat, le soldat humilié par ses supérieurs, c'est-à-dire précisément par ceux qui auraient dû lui donner confiance en soi ?

Plus une société était sous-développée, plus les traditions y prenaient le dessus. Fontaine avait été averti, avant d'arriver en Roumanie, du poids de ces traditions, et ce n'est pas pour rien que Gustave Le Bon les appelait « l'âme nationale »...

Le colonel Dumitru Anghel était une de ces crapules classiques du front, et, dans une armée primitive, la crapulerie s'impose facilement au niveau des chefs de second ou troisième rang. Il avait fait venir sa femme et sa fille – la colonelle et la colonellette – au village de Frenciugi, où son régiment était cantonné, pour les nourrir, elles aussi, sur les rations des soldats. Rations qui faisaient également les délices de deux porcs à travers lesquels on pouvait déjà voir les saucisses et les boudins destinés à arrondir la bedaine du colonel à Noël.

Tout comme les cochons, le colonel avait une nature sédentaire d'animal à l'engrais. Il avait installé jusqu'à sa popote dans le salon de la maison qu'il occupait et, les jours de fêtes religieuses, il faisait venir le pope pour célébrer la messe dans la salle à manger.

Room service religieux ! La liturgie servie bien chaude, en même temps que le canard aux choux. L'officier faisait sa sieste et lâchait de temps en temps un vent qui se faisait remarquer dans l'atmosphère imprégnée d'encens.

La violence physique dans l'armée ne semblait importuner personne. Les commandants la toléraient, et quand il arrivait que le général vienne faire une inspection, c'était vraiment le dernier de ses soucis. Il passait les troupes en revue, puis se retirait pour banqueter avec le colonel et goûter de temps à autre au miel de la colonelle. Si le colonel représentait le prototype de la crapule du front, le soldat était, lui, la bonne poire du front. Tout s'abattait sur ses épaules : la faim, la maladie et les coups. Pourtant, ce n'était pas le soldat qui était un subalterne de métier, mais le colonel – qui se conduisait de façon aussi impitoyable avec ses inférieurs que servile avec ses supérieurs.

Il se peut qu'il n'y ait pas de subalternes géniaux – le génie étant l'attribut de ceux d'en haut. Mais il y a pas mal de subalternes talentueux, et le colonel Anghel se comptait parmi les élus. Quand il lui tombait des inspections venues d'en haut, il n'avait de cesse d'entrer dans les bonnes grâces des grands.

Certes, le talent de subalterne inclut aussi l'aptitude à trahir au moment opportun celui que l'on flattait autrefois sans gêne. C'est tout à fait normal, car au fond de son cœur le lèche-bottes éprouve une haine mortelle pour le destinataire de ses flagorneries.

Le colonel Anghel savait que ce moment viendrait.

Le capitaine Fontaine poursuivait son inspection du matin sans se presser. Negru – son ordonnance – dormait à poings fermés et il le laissait se reposer. Il était rentré à deux heures du matin d'Odessa où il s'était approvisionné en produits de contrebande, parce qu'en Roumanie on ne trouvait rien.

Fontaine se dirigea vers l'infirmerie principale installée dans la vaste cour d'une maison. Des dizaines de soldats y recouvraient la terre battue d'un tapis de fièvre. Allongés sur des nattes de roseaux, ils déliraient de façon mesurée pour surtout ne pas réveiller le médecin qui avait fait la fête jusqu'à l'aube avec deux nénettes, au son d'un accordéon tsigane et d'un violon juif. Le feu des corps avait roussi les nattes. Par-ci par-là, les taches rouges du typhus perçaient sous les chemises déchirées.

Réveillé de l'embuscade où l'avaient embringué les jambes des nénettes, le médecin fit l'effort de sortir dans la cour en veste d'uniforme, caleçon et bottes. Il brûlait lui aussi, quoique d'une autre manière. Il bouillait de rage, mais, à la différence du colonel, il donnait libre cours à son énervement dans un français acceptable, ce qui remonta le moral au capitaine Fontaine.

– *Occupez-vous de vos affaires, Monsieur*[1] *!** Vous avez trimbalé votre carrosserie jusqu'ici avec la mission militaire française pour instruire les troupes, pas nous autres, les officiers ! *Mon cul,* faites votre devoir, *un point c'est tout !**

– Je ne peux pas instruire des troupes mal soignées et mal nourries. Votre devoir, c'est de soigner les malades !

– *Mon cul !** Avec quoi voulez-vous que je les soigne si je ne dispose d'aucun médicament ! Je n'ai même pas d'alcool médicinal, mais je pourrai peut-être le remplacer par du *cognac** si vous me cédez votre ration.

– Quand je recevrai une ration de *cognac**, elle sera pour vous !

– *Mon cul !**

Le médecin manifestait un véritable culte pour son cul, qu'il n'arrêtait pas de mettre en avant dans la conversation. Qu'y faire ? Gros énervement, petite armée !

Fontaine fit appel à toute son ingéniosité psychologique et obtint tout de même le transfert des malades dans une remise, pour qu'ils soient au moins à l'abri des intempéries. Puis il passa voir chacun, comme il passait il y a peu encore entre les bancs des élèves, à l'école où il enseignait le français.

Il ne savait pas un mot de roumain, mais ce qu'il avait à transmettre pouvait aussi se passer de paroles. C'était un missionnaire, mais il ne faut pas oublier que les missionnaires finissent souvent dans le chaudron ou la poêle des cannibales qu'ils étaient venus convertir à la cause du Seigneur.

---

1. En français dans le texte, comme toutes les expressions en italique suivies d'un astérisque.

Les soldats paysans le regardaient de bas en haut, comme s'il se projetait sur le ciel. Quelqu'un leur tendait la main et s'inquiétait de leur santé. Il y avait quelqu'un qu'ils ne dégoûtaient pas. Le missionnaire distinguait dans leurs yeux l'étincelle des victoires dans les combats à venir.

Les soldats étaient les seuls à ne pas être irrités par son raid matinal. Dès le début, la mission conduite par le général Berthelot avait été vue d'un mauvais œil aussi bien par les Russes, pour qui elle représentait une violation de leur zone d'influence, que par les généraux roumains, qui voyaient leur autorité écornée, mais aussi par les officiers du cru moins gradés, dont les doux usages étaient menacés de mort.

Fontaine s'était porté volontaire pour la mission militaire française en Roumanie à la suite d'un calcul personnel. Les deux ans et quelques passés dans les tranchées de France l'avaient vieilli de vingt ans. Il avait pris part à toutes les plus grandes batailles, avait vu ses amis pulvérisés par les obus et déchiquetés par les mitrailleuses. *Il en avait assez**, ça suffisait.

Quand il avait été sélectionné, il avait eu l'impression d'être admis à l'examen de survie. Les Français choisis pour la Roumanie se voyaient confier le soin de mettre de l'ordre dans l'armée roumaine « excellemment désorganisée », comme la décrivait Berthelot – et non de combattre personnellement. On avait sélectionné deux cent soixante-dix-sept officiers d'infanterie, cavalerie et artillerie, trente-sept pilotes d'avion, quatre-vingt-huit médecins (en majorité des chirurgiens), mais aussi mille cent cinquante petits gradés, accompagnés d'une nuée de vaillantes infirmières.

Certains voyaient ce déplacement en Roumanie comme une sinécure. Fontaine avait un camarade qui s'était débrouillé pour avoir un poste de bureaucrate au quartier général de Iași. Une activité de bureau en temps de guerre, tout juste faite pour les invalides mentaux de divers grades.

Lui-même avait pris le travail au sérieux, convaincu que les soldats, qui en majorité ne savaient ni lire ni écrire, bénéficieraient de l'instruction. Ces sauvages modernes – hâves, affamés, cabossés – allaient devoir se confronter à la rigoureuse armée allemande. *Mon Dieu !**

D'accord, il leur apprendrait à creuser des tranchées, à lancer des grenades et à se servir des fusils français Lebel qu'ils ne savaient pas par quel bout attraper. Avec le tact acquis durant ses années de professorat, il leur mettrait dans la tête que ce n'était pas tant la victoire de l'armée qui dépendrait de leur maîtrise de ces aptitudes que la propre survie de chacun d'entre eux.

– L'armée doit gagner les batailles pour qu'augmentent tes chances d'en réchapper et de retourner en bonne santé chez toi, auprès de tes enfants, de ta femme et de tes bêtes. Tu as compris, hein ?

L'objectif de la mission française était simple et concis : préparer les militaires roumains pour qu'ils puissent être victorieux. Mais les entraînements physiques et tactiques suffisaient-ils ?

Non, ils ne suffisaient pas. On pouvait entraîner les muscles et l'aptitude au combat d'un soldat, mais si l'on n'entraînait pas aussi son âme, tous les efforts étaient inutiles.

Cependant, pour entraîner les âmes, il fallait les découvrir, ce qui n'était pas vraiment à la portée d'un officier étranger…

3

L'âme du soldat roumain, l'âme roumaine. Comment un Français comme lui irait-il en sonder les tréfonds ? Que savait-il de ce peuple, hormis le fait qu'il avait un penchant ancien pour la francophonie ?

Il était clair qu'il ne pourrait pas faire ce cheminement tout seul. Il avait besoin d'un soldat à même d'être son guide fidèle vers l'âme du paysan vêtu d'un uniforme.

Le trouver n'était pas une mince affaire. En fait, c'était la raison pour laquelle, au début, il faisait son inspection quotidienne le matin. Il espérait que le hasard lui ferait rencontrer le guide recherché. Au bout d'un certain temps, sa tournée matinale était devenue une habitude.

Mais existait-il, ce soldat qui devait répondre à une somme de critères des plus divers ? Les ordonnances des officiers roumains tenaient lieu en quelque sorte de serviteurs personnels : ils tiraient leurs bottes comme les bouchons de leurs bouteilles de vin, ils leur préparaient le café et portaient des lettres parfumées aux dames avec lesquelles ils flirtaient.

Le capitaine Fontaine n'avait pas besoin d'un tireur de bottes et il ne se souciait pas non plus des dames. Il avait besoin d'un jeune paysan, un médiateur entre lui et l'âme du soldat roumain. Un paysan qui saurait parler français, pour qu'ils puissent s'entendre. Et qui, par-dessus le marché, sache un peu de russe, parce que les Russes étaient leurs alliés – quoique, avec de tels alliés, plus n'était besoin d'avoir des ennemis.

Il se renfrognait chaque fois qu'il pensait aux Russes. Officiellement, ceux-ci combattaient aux côtés des Roumains, mais il fallait constamment les persuader de faire ou plutôt de ne pas faire certaines choses.

Et enfin, l'ordonnance tant rêvée ne devait pas toucher à l'oignon ou à l'ail, car Fontaine s'évanouissait quand il en sentait le remugle dans l'haleine de ses interlocuteurs.

Il avait fureté avec zèle, mais sans l'ombre d'un succès. Et juste au moment où il s'apprêtait à renoncer à quelques critères, il tomba sur un grand soldat dont la poche laissait dépasser un livre à couverture bleue. C'était le premier militaire roumain qu'il voyait avec un livre, et s'il en avait eu le pouvoir, il l'aurait promu instantanément au grade de général.

Depuis qu'il était arrivé en Roumanie, Fontaine se sentait gêné, car il était le seul à avoir constamment dans sa poche un ouvrage de Maupassant, Hugo, Flaubert ou Jules Renard, dont il lisait des passages aussitôt qu'il avait un instant de liberté. Mais, voyez-vous ça, il y avait aussi des lecteurs dans l'armée roumaine, et ce, précisément parmi les simples soldats réputés analphabètes. Mais ce soldat parlait-il français ?

– *Quel est le livre que tu lis, soldat ?**

– *Ce n'est pas un livre, mon capitaine, c'est juste mon cahier de notes !** fut sa prompte réponse dans un français correct quoiqu'un peu étranglé.

*Oh là, là !** Voilà qu'il avait affaire non à un lecteur mais à un écrivain.

Le soldat Petru Negru venait de passer son baccalauréat et s'apprêtait à entrer à l'université, où il espérait cultiver sa passion pour l'étude des traditions populaires.

– Comme l'armée rassemble des soldats de toutes les régions du pays, je profite de l'occasion pour recueillir le folklore à la source. Je trouve essentiellement des chansons sur la vie militaire, l'éloignement de chez soi et de ceux que l'on aime… Vous savez, *mon capitaine**, que la plupart des soldats n'ont aucune nouvelle de chez eux depuis des mois, ou même des années. Leur famille ne sait rien d'eux et ils ne savent rien de leurs familles… C'est difficile pour quelqu'un qui ne sait ni lire ni écrire d'entretenir un lien à distance. Je rédige parfois des lettres pour certains et, à leur arrivée, c'est le pope qui les lit au père ou à la mère.

– Bon, mais le lien avec la famille est sacré en temps de guerre ! En coupant les relations avec ceux restés à la maison on perd des munitions psychologiques d'importance capitale.

– Nous avons l'armée la plus muette du monde. Chez nous, on se tait, on soupire et, de temps en temps, on fredonne une *doina*… Le soldat est un paysan et le paysan est lié à son village. Le village est son cosmos, son univers… Il se bat pour le nid d'hirondelles sous la gouttière de sa maison, et non pour « accomplir l'idéal national », cette formule si souvent reprise dans les discours des généraux.

– Si je comprends bien, aucun officier n'écoute le soldat. Personne ne connaît ses aspirations et ses soucis.

– Point n'est besoin de grands discours pour gagner son cœur. Même si son langage est rudimentaire, amenez-le à parler de son village, de la récolte abandonnée dans son champ, de sa vache dans l'étable. Laissez-le chanter, même s'il chante faux, et n'hésitez pas à joindre votre voix à la sienne. Et accrochez-vous à son bras si la charge émotionnelle du chant le pousse à danser.

Fontaine écoutait religieusement ce paysan qui parlait français et avait dix ans de moins que lui. Élancé comme un peuplier, il était instruit et, de plus, doué pour la psychologie.

– Encouragez-le à vous parler des contes que lui racontait sa grand-mère et apprenez à faire le tri entre sagesse populaire et bêtise humaine. Il n'y a pas au monde de barbelés qui puissent limiter notre imagination populaire… Notre paysan croit aux histoires, au pouvoir des miracles, à leur magie, en la victoire du petit gentil sur le grand méchant. Servez-vous-en ! Le soldat qui croit aux contes est capable de hauts faits héroïques.

Fontaine aurait voulu sortir son petit carnet pour ne pas laisser perdre dans l'éther les paroles de ce gaillard. Mais pourquoi retenir les paroles s'il pouvait retenir le gaillard tout entier ?

– Savez-vous qu'il y a des malades qui ont guéri après avoir reçu la visite de la reine Marie, tout de blanc vêtue ? Dans les fantasmes de leur fièvre, ils étaient persuadés que la Sainte Vierge en personne leur avait donné des remèdes à la petite cuiller. Il y a eu des officiers pour rire de leur naïveté. Mais peut-on appeler cela de la naïveté ? Certainement pas ! Ces malades n'avaient pas eu tort du tout !

Le Français lui donnait entièrement raison. Il avait entendu parler du service d'ambulances créé et dirigé avec dévouement par la reine Marie – surnommée « la Mère des blessés ». De fait, les fantasmes des soldats n'étaient pas des fantasmes, mais une façon d'accéder à la réalité par des voies non conventionnelles.

– Écoutez le soldat-laboureur – mais pas de façon passive, avec générosité. Offrez-lui votre écoute comme vous lui offririez des cigarettes. Si vous savez le faire, il vous donnera volontiers son cœur. Et il n'hésitera pas non plus à vous offrir sa vie.

Le Français se sentit soulagé d'un grand poids. Il avait trouvé l'homme qui lui permettrait d'accéder à l'âme du soldat roumain.

4

Quand Fontaine rentra de son inspection matinale, c'est à peine si Negru avait ouvert un œil. Il venait de se payer un long trajet jusqu'à Odessa et retour pour l'approvisionnement. Il était l'homme de la situation pour une telle mission, il parlait bien le russe, il ne se laissait jamais intimider et il savait négocier.

En gare d'Odessa, un agent de liaison l'attendait pour le conduire directement dans les faubourgs de la Moldavanka. Ils s'étaient glissés dans la cour d'une maison juive avec en son milieu une longue table, sous laquelle le guide se mit à gratter comme une poule affairée à la recherche de vermisseaux, jusqu'à ce qu'il trouve le crochet d'une trappe. En tirant dessus, il révéla un trou noir sans fond.

– Voici trou noir de la terre !

– Trou noir de la terre ?

Trou-noir produisait des sons de cymbale aux oreilles de Negru.

– Ou le nombril de la terre si tu préfères ! C'est par là que nous descendons vers l'Autre Rive. Ou dans le Monde des Ténèbres…

Le Monde des Ténèbres, dans le cas présent, désignait le dépôt de marché noir regorgeant de marchandises de contrebande qu'apportaient par bateau des trafiquants connaissant les mers comme le fond de leur poche.

Ils firent un bon bout de chemin dans l'obscurité humide des catacombes, les bottes du guide ouvrant la voie dans l'eau bouillonnante, suivies du clapotement précipité des godillots de Negru. Ils repoussèrent des parois calcaires pareilles à des linges froids qui masquaient des puits et continuèrent la descente pour arriver finalement dans une tanière éclairée par des torches.

Là, ils attendirent, leur casquette à la main, jusqu'à ce qu'une alerte jeune fille les fasse entrer chez le chef des contrebandiers. Planté dans un fauteuil de pierre et intensément occupé à absorber la moelle d'un os d'oiseau de paradis, il ressemblait à un olivier veineux – similitude accentuée par le petit rameau d'olivier tatoué sur son cou.

Negru s'intéressait aux tatouages, mais la fonction de celui-ci semblait plus stratégique qu'esthétique, car le rameau d'olivier masquait la cicatrice d'un coup de couteau reçu lors d'une vive polémique avec une bande rivale. Et bien qu'il ne l'eût escamoté qu'en partie, il parvenait tout de même, grâce au symbole pacifique, à en annuler le sanglant message.

Un fin psychologue, ce contrebandier ! Avoir recouvert d'un rameau d'olivier la cicatrice laissée par un poignard favorisait le calme dans les négociations et l'afflux de marchandises vers le client.

Un essaim de nymphes en chemisette de dentelles diffusaient un bourdonnement continu, réchauffant les catacombes des vapeurs de leur présence. C'est avec elles que les dragons des ténèbres adoucissaient leur solitude. Auraient-elles été enlevées ? À voir leur expression radieuse, on aurait plutôt dit qu'elles étaient venues de bon gré ou qu'elles s'étaient laissé ravir pour la frime :

– Ravis-moi, dragon féroce et adorable, je m'occuperai du reste !

(Negru avait recueilli un conte d'un soldat de Bucovine qui l'avait fait réfléchir, il s'agissait d'une jeune fille enlevée par un dragon et emportée sur l'Autre Rive. Quand le Prince

Charmant s'était présenté en personne pour la sauver, la jeune fille l'avait reçu avec une indifférence plus tranchante qu'un glaive, si bien que le pauvre avait pris ses jambes à son cou en pleurant et en criant :

– Il serait bien bête, celui qui voudrait encore jouer les héros positifs dans les contes !

Et le Prince Charmant avait pris la fuite et crié, et s'il ne s'est pas arrêté dans quelque ermitage, il continue sûrement de courir aujourd'hui encore en pleurant et en criant.)

Les chemisettes qui éclairaient la nudité des nymphes étaient elles aussi arrivées par les voies de la contrebande, avec tout ce qu'il y a de plus beau et de meilleur en ce monde. Les couronnes sur leurs nattes exhalaient des brises mythologiques laissant imaginer des passages faciles du monde réel dans celui de la fiction.

Elles ne tenaient pas en place. Une rousse très mince surveillait un samovar, une brune tout en muscles s'activait avec un éventail japonais à oxygéner le cerveau du chef contrebandier… Et une blonde aux lèvres de fraises vint dans le dos de Negru lui couvrir les yeux de sa main droite, alors que de la gauche elle lui glissait dans la bouche quelques grains de grenade.

Les doigts de la fille s'attardèrent dans sa bouche comme ceux d'un dentiste qui veut s'assurer que l'empreinte dentaire est bien fixée. Puis elle les retira doucement, le laissant croquer les petites grenades qui envahirent son palais avec leur parfum frais, acidulé-sucré.

Les nymphes des catacombes d'Odessa, avec leur talent inégalable pour distraire l'attention, s'avérèrent un facteur de négociation bien plus efficace que le rameau d'olivier tatoué sur le cou de leur chef.

Remonté à la surface, Negru ne savait plus très bien ce qu'il avait acheté. Il y avait des sardines en boîte, des serviettes de toilette, des gants, une paire de bottes, cirage inclus…

Mais aussi des chemisettes de dentelles et des mouchoirs soyeux, des petites culottes transparentes, des crèmes contre les rides, du rouge à lèvres et un parfum dans un flacon en forme de meule de foin. Il n'y a pas à dire, on aurait pu facilement confondre Negru avec le fournisseur d'un harem haut de gamme !

Quand il se rendit compte du nombre de fanfreluches féminines qu'il avait rapportées, il se mit en colère contre lui-même, mais Fontaine le rassura rapidement. Elles n'étaient pas inutiles, elles étaient même très utiles. Ils avaient une acheteuse assurée : Angela, la fille du colonel, qui était assoiffée de parures, comme si elle avait atterri dans le village de Frenciugi, près de Iași, avec un parachute de Paris.

– Et combien d'argent en demanderons-nous, *mon capitaine ?**

– Hé, hé ! Nous ne demanderons pas d'argent, mais de la nourriture, des cigarettes et de l'alcool, dont le colonel a des stocks considérables parce qu'il vole les rations de la troupe. Et nous en ferons autant de récompenses pour les soldats. Nous distribuerons les cigarettes aux champions du creusement de tranchées, nous offrirons comme prime un flacon de gnôle et un morceau de pain avec du saucisson aux meilleurs lanceurs de grenades… C'est comme ça qu'on gagne les batailles.

Le système de primes proposé par le Français porta si bien ses fruits que Negru fut obligé d'aller tous les mois dans les catacombes d'Odessa pour les froufrous de la colonellette Angela, mais aussi de la colonelle, Smaranda, qui se donnait beaucoup de mal pour cimenter sa position de première fournisseuse de miel passionnel du général.

Bientôt, des œufs vinrent s'ajouter aux récompenses citées, parce que Fontaine – sur suggestion de son ordonnance – était devenu l'heureux propriétaire d'un poulailler avec une douzaine de poules sous le commandement d'un maréchal-coq appelé Maurice.

5

Chaque peuple boit de l'alcool à sa façon, mais aucun avec la passion des Russes. Quel foie ont ces gens-là ? Quel estomac ? Quel pancréas ?

Fontaine était horripilé. Un soir, au bistrot du village, il avait assisté à un concours international de dégustation de couenne de lard crue, auquel participaient trois officiers roumains, quatre russes et le capitaine français Louis Blanc. On venait d'exécuter quelques cochons et leur délicate enveloppe naturelle était devenue prétexte à un concours sportif. La règle du jeu était classique : celui qui se trouvait mal ou qui vomissait était mis sur la touche.

La couenne de lard est incontestablement un mets exquis destiné aux papilles les plus distinguées. Mais la consommer en quantités déraisonnables pouvait avoir des conséquences désagréables.

Le premier à être éliminé fut Blanc, qui avait manœuvré pour être sur le ring parce qu'il savait qu'autrement il n'aurait pas eu accès à de la couenne à volonté. Il avait satisfait son envie et il se retirait, n'inspirant à ses concurrents que de la pitié pour ce béjaune.

Une demi-heure après Blanc, les trois officiers roumains s'effondrèrent comme trois sapins blafards abattus par la hache. Les yeux révulsés, ils s'étaient mis à trembler et à dégueuler, et pour le colonel Anghel, un lavage d'estomac immédiat s'imposait.

Ne restait donc en finale que le quartette d'officiers russes. Deux d'entre eux abandonnèrent la compétition lorsque le vomi jaillit de leur bouche et de leur nez, laissant les deux derniers lieutenants au visage rouge se battre pour les lauriers devenus soudains plus tentants que la couenne.

Enfin des champions véritables ! À en juger par la sérénité avec laquelle la couenne disparaissait dans leur bouche, on aurait dit que le combat ne s'arrêterait jamais.

Et pourtant, la résistance affichée dans ce concours s'expliquait sans doute par les heures de dur entraînement, mais aussi par un petit secret tactique : chaque bouchée de couenne était accompagnée d'une rasade de tzuica[1], dont une bouteille était habilement cachée dans les larges manches de leurs vestes d'uniforme. Combinée à la tzuica, la couenne pactisait avec l'estomac et facilitait grandement la corvée de la digestion.

On apporta aux deux sportifs la couenne d'un nouveau cochon, sans toutefois pouvoir parvenir à les départager... Ils avaient l'air affamés pour toute l'éternité et ils se jetaient sur la couenne avec l'élan du travailleur qui attaque son petit déjeuner riche en vitamines. Ils mâchaient, suaient, fumaient, crachaient dans le seau hygiénique et Fontaine les contemplait avec le mépris légèrement admiratif qu'on peut avoir pour de petits voyous de banlieue qui se bagarrent assez bien, mais sans vainqueur ni vaincu.

Le match prolongé au-delà de minuit ne cessa qu'au moment où – alléluia ! – on annonça qu'il ne restait plus un centimètre carré de couenne dans tout le village. C'est alors seulement que les Russes glissèrent sous la table et se mirent à vomir à qui mieux mieux, en s'étreignant dans l'esprit du plus pur fair-play.

---

1. Eau-de-vie de prune titrant 50°.

Boire semblait être l'idéal de tout militaire russe, et pour ce faire, ils se servaient de tout type de monnaie. Ils laissaient leur selle au bistrot, puis ils laissaient aussi le cheval… Ils vendaient leur bonnet de fourrure pour la moindre bouteille, et s'ils n'en avaient pas, ils en volaient un au vestiaire et le changeaient en degrés d'alcool.

Mais la meilleure banque pour obtenir des crédits non remboursables restait le pillage de grand chemin, si bien que les voyageurs étaient plus épouvantés par l'attaque d'une bande de Russes que par une meute de loups, parce que avec les loups il pouvait encore y avoir un terrain d'entente.

Un soir, Fontaine fut réveillé par un vacarme terrible venant du poulailler auquel il tenait tant. Il passa rapidement sa veste d'uniforme et parvint au portillon juste au moment où un Russe filait avec la poule Paulette dans son manteau et le coq Maurice sous le bras.

Fontaine bondit sur son cheval et se lança à la poursuite du voleur. Seigneur ! Paulette avait déjà le cou tordu !

Fontaine, furieux et affligé – il ne mangeait pas ses volailles, il les gardait pour les œufs et la compagnie –, en eut la chair de poule. La défunte était en quelque sorte vengée par Maurice, qui se battait pour son honneur et sa vie avec autant d'ardeur que pour chanter le matin, la crête gonflée de sang. Il piquetait furieusement la nuque poilue du Russe, il lui donnait des coups de bec dans les oreilles et grattait sa moustache de ses griffes comme s'il s'attendait à y dénicher un petit ver succulent. De temps en temps, il lançait un « cocorico » comme à la création du monde, invitant le soleil, fidèle à la justice, à monter plus vite dans le ciel.

L'héroïsme de Maurice ne fut pas infructueux. À un moment donné, il parvint à se libérer et d'un petit bond se retrouva sur la chapka du Russe, d'où il se mit à claironner victorieusement comme la trompette de saint Gabriel.

Ce fut l'instant où la victime transformée en bourreau se mit à perforer le crâne imbibé d'alcool du voleur de poules. À voir ce combat de loin, on aurait pu avoir l'impression qu'un coq justicier plumait un homme et l'apprêtait pour le mettre à la marmite, vengeant ainsi les souffrances millénaires de ses semblables ailés.

Le Russkof secouait sauvagement sa tête pleine de jurons pâteux. Maurice lui flanqua encore quelques coups furieux dans le cartilage des oreilles, puis s'envola, la chapka dans les griffes, tout droit dans le fossé.

C'est là que Fontaine le récupéra pour l'emporter jusqu'à son lit, où ils dormirent comme deux camarades de guerre qui se faisaient mutuellement confiance.

Negru creusa la tombe de Paulette à l'endroit même où la pauvre chérie avait l'habitude de gratter le sol. Tout le poulailler assista aux funérailles. Fontaine aurait aimé faire un petit discours, mais il s'en abstint par respect pour Maurice qui souffrait avec dignité.

6

Un tableau kitsch à prétentions d'art patriotique parvint à faire comprendre à l'officier français que la Bessarabie, la région située sur l'autre rive du Prut, était, dans le cadre de l'inimitié roumano-russe, l'équivalent de l'Alsace-Lorraine dans l'inimitié franco-allemande. C'était un motif perpétuel de dissensions, chacun des protagonistes estimant que ce territoire lui revenait de droit.

Dans une salle de classe de l'école de Frenciugi, il avait aperçu par hasard un tableau plus que naïf, carrément benêt. On voyait sur la toile un Cosaque qui franchissait une rivière au galop, emportant une jeune fille secouée de sanglots impuissants. Restée sur la rive, une mère s'arrachait les cheveux, entre ses deux autres filles dont les pleurs faisaient bouillonner l'eau de la rivière.

– Qu'est-ce qu'on peut pleurer dans ce tableau ! avait commenté Fontaine avec un mépris bien français.

Pour lui faire comprendre le message de la peinture, Negru lui présenta les personnages :

– *Mon capitaine**, la jeune fille que le Cosaque emporte de l'autre côté de la rivière Prut représente la région roumaine de Bessarabie. La femme désespérée, c'est la Roumanie-mère, et ses deux autres enfants, qui versent des larmes amères sur leur sœur enlevée, ce sont la Moldavie et la Valachie.

Fontaine croqua sa moustache comme la croûte d'une baguette parisienne. Si le tableau était benêt, lui était irrémédiablement stupide, parce qu'il avait pris ce Cosaque pour le fournisseur de chair fraîche d'un réseau pédophile russe.

Il avait pratiquement oublié ce tableau, intitulé *L'Enlèvement de la Bessarabie,* quand il le retrouva, avec étonnement, chez lui.

– Que fait ici ce « chef-d'œuvre » ?

– J'ai acheté le tableau au bistrot. Deux Russes l'avaient vendu pour une bouteille de gnôle après s'en être emparé à l'école.

– Tu l'as acheté ? Mais enfin, c'est du kitsch !

– *D'accord**, mais c'est notre kitsch national. Si les Russes nous ont pris la Bessarabie, nous ne pouvons pas leur permettre, en plus, de voler les tableaux qui évoquent leur pillage.

*Comme d'habitude**, Fontaine retint les paroles de son professeur d'âme roumaine et y réfléchit. À la suite de quoi, un beau soir, il roula le kitsch et le mit dans un tube pour l'emporter le lendemain matin lors de son inspection rituelle.

On aurait dit le guide d'une exposition itinérante ne comprenant qu'une seule œuvre. Chaque fois qu'il se retrouvait au milieu d'un groupe de soldats, il déroulait la toile et leur expliquait, grâce à la traduction de Negru :

– *Regardez bien, mes gars**, comment les Russes nous ont ravi la Bessarabie. Regardez pleurer la Roumanie-mère, regardez pleurer les sœurs Moldavie et Valachie. N'est-ce pas, que ça fend le cœur ?

L'effet dépassa les attentes les plus optimistes. Voilà un Français qui s'indignait des injustices infligées à la Roumanie. Dans l'âme des soldats s'éveillaient des colères abreuvées d'injures, on aurait cru qu'ils allaient se précipiter sur-le-champ sur l'autre rive du Prut pour arracher au Cosaque la Bessarabie et la rendre à la Roumanie.

Negru jubilait.

– Vous voyez, *mon capitaine**, quelle force secrète peut exister dans le kitsch ? Il ne faut pas sous-estimer l'art naïf. Il arrive parfois que trois chefs-d'œuvre n'atteignent pas le niveau du kitsch.

– *D'accord, mon ami**, il est des auteurs de kitsch qui ont leurs propres muses ! Des muses un peu plus moches, mais laborieuses et qui ne manquent pas d'un *certain charme**.

Par la suite, c'est encore Negru qui prit la défense des Russes face à Fontaine, qui avait commencé à les détester ouvertement après avoir constaté qu'on ne pouvait pas compter sur eux, bien qu'ils parussent omniprésents.

Auteurs d'une ample gamme d'infamies, brouillés avec le moindre soupçon de morale, ils n'obtenaient qu'un seul effet notable : le désordre. L'esprit plein de Lénine, de Trotski, de la révolution bolchevique et de bouteilles de vodka, tout le monde n'en faisait qu'à sa tête. Le plus grave, c'était que le ton de la débandade était donné par les commandants eux-mêmes, qui affichaient un *je-m'en-fichisme** total concernant le dénouement de la guerre.

Negru, qui avait toujours parlé le russe, essayait d'endiguer l'indignation de Fontaine :

– Si le soldat roumain est le prototype du sauvage civilisé, le russe, lui, est le prototype du sauvage à l'état pur, sans filtre de civilisation. Et pourtant, on ne peut pas se passer de lui. La lumière ne vaut pas un clou sans l'obscurité. Le Prince Charmant, qui s'appelle dans les contes russes Ivan Tsarévitch et qui, dans les contes futurs de la Bolchévie, s'appellera Ivan Bolchevitch, ne vaut rien sans le Monstre.

– Ce qu'il y a de plus grave, c'est qu'on pourrait facilement confondre Ivan Tsarévitch ou Bolchevitch avec le Monstre, on ne sait plus qui est qui… Mais vois-tu, j'aime bien la sonorité du mot Bolchévie.

La Terre n'est pas ronde sans les Russes. Faites-les passer par la mie de pain de la civilisation – conformément à leurs méthodes de filtrage de l'alcool médicinal ou du pétrole lampant pour leurs beuveries – et pensez à leurs bibliothèques, leurs musées, leurs phonothèques !

– *D'accord**, mais tu sais, dans la bibliothèque d'un colonel russe, j'ai vu des dizaines de bouteilles parmi les livres. Qu'en dis-tu ?

– *Mon capitaine**, les héros des contes boivent l'eau vive qui sourd à l'endroit où deux montagnes se cognent sans cesse la tête l'une contre l'autre. Elles se battent comme deux béliers, avec une petite demi-heure de pause à midi – et c'est le moment où il faut chouraver l'eau vive.

– Les montagnes se cognent la tête ? Mais chez ces gens-là, même les montagnes sont alcooliques ?

– Selon la tradition, l'eau vive donne des forces nouvelles et fait revenir les morts à la vie – et on ne plaisante pas avec les traditions chez les sauvages. Mais pourquoi oublier que l'alcool et la phrase écrite font un mariage du tonnerre, tant dans le monde des écrivains que dans celui des lecteurs ? La bouteille de vodka est un bon signet. Vous-même, ne vous offrez-vous pas un petit verre de *cognac** ou d'*armagnac** après un chapitre qui vous a bouleversé les sens ?

– Bien sûr ! Il m'arrive parfois de boire la bouteille tout entière.

– Vous voyez ! Gardez donc le folklore des Russes – c'est leur âme non altérée par le cours du temps ! Gardez leurs contes, certains sont absolument admirables !

– Bon, je les garde. Et que faire du reste ?

– Direction la *poubelle !**

– Sais-tu ce qui m'inquiète le plus ? Nous allons avoir des combats féroces. Qu'allons-nous devenir aux côtés de nos alliés russes ?

– Notre avantage, c'est que nous savons déjà que nous ne pouvons pas compter sur eux. Le meilleur Russe, c'est celui dont on sait à temps qu'il n'est absolument pas fiable.

7

– *Formidable !** C'est donc comme ça que tu es arrivé à parler aussi bien le français ! À y réfléchir, il n'y a pas de meilleure voie.

– Une voie tracée par les dieux !

– Et tu dis qu'elle s'appelle Alice ? Alice comment ?

– Alice Sibou, c'est son vrai nom, mais dans son dos il y en a qui disent Alice Duconsul. Son nom sera un jour Alice Negru. Tenez, j'ai quelques photos. Admirez-la dans toute sa splendeur !

– *Mon Dieu, quelle gonzesse !** Je suppose que c'est à cause d'elle que tu soupires en dormant ?

– C'est plutôt parce que nous sommes loin l'un de l'autre…

Avant son arrivée en Roumanie, le capitaine français avait entendu parler d'un consulat à Iași qui s'occupait des intérêts de la petite mais vigoureuse communauté française de Moldavie. Il savait que ces intérêts étaient aussi bien économiques que culturels, mais il ne s'attendait pas à ce que précisément le soldat Negru participe à leur extension au domaine inévitable de l'amour.

Grande et agréable surprise ! Fontaine se mit à applaudir. Voyez-vous ça : cet enfant du village capable de conquérir le cœur de la superbe fille du consul français de Iași ! Un gaillard capable d'une telle prouesse pouvait aller loin !

Datant déjà d'un quart de siècle, la présence du consul Joseph Sibou sur le sol roumain offrait l'exemple d'un destin remarquable. Ses parents, venus de familles usées par l'interminable conflit franco-allemand de leur Alsace natale, s'étaient réfugiés quelque part dans la banlieue de Paris. Henry Sibou, son père, s'y illustra par son ardeur au travail dans le bâtiment. Mais ce qu'il construisait était destiné à d'autres. Pour lui et sa femme, il n'avait trouvé pour tout logement que la cave d'un bistrot.

Excessivement sombre, humide et plein de moisissure, ce trou ressemblait davantage à un nid de rongeurs qu'à une habitation humaine. Pendant la journée, Anne-Marie Sibou accrut ses talents de ménagère en donnant un coup de main à la cuisine de la femme du patron, contre de petites gratifications en jambon et en vin qui ne brillaient pas par leur qualité, à une époque où peu de choses brillaient par la qualité.

Mais quand ce sont les sucs de la jeunesse qui veillent à vos états de béatitude, tous les vins semblent de premier choix. La pauvre lumière filtrée par le vin, conjuguée aux effluves fumés des fromages et des jambons rangés sur les étagères, dissipait l'humidité des murs, faisant de la cave un décor propice aux abandons de l'amour.

Rien d'étonnant à ce que, veillé par les aimables sages-femmes des assemblages de merlot, cabernet-sauvignon et pinot noir, le futur consul Joseph Sibou n'ait pas vu d'abord la lumière du jour, mais la flamme d'une bougie projetant sur le mur des images folâtres. Ces images furent ses premiers jouets, avec les étiquettes décollées des bouteilles qu'il caressait du regard, puis de ses menottes.

L'enfance de Joseph ne remonta à la surface qu'au bout de trois ans, quand son père, devenu chef de chantier, put remplacer la cave par un appartement lumineux de trois pièces.

Enfant sage et appliqué, tout devait le mener sur le chemin de grandes études. Il semblait doué pour la carrière d'ingénieur, dont son père avait jadis rêvé pour lui-même, et dans laquelle il se plut à imaginer son fils.

Mais il n'en fut rien. Comme cela arrive bien souvent aux hommes, sa véritable destinée – celle de la maturité, que l'on trouve après avoir divorcé de la première – s'est profilée pendant son service militaire.

Lors d'une inspection de trois jours d'un directeur au ministère des Affaires étrangères, on réunit une dizaine de soldats dans une salle. Ils avaient été sélectionnés selon des critères sévères, l'intelligence d'abord, puis la facilité à communiquer, et enfin un aspect physique agréable.

À l'issue d'un dernier tri, Sibou fut retenu et on lui proposa un poste diplomatique à Iași, la ville la plus francophone de Roumanie, la petite-fille la plus nécessiteuse de la France.

Même s'il avait eu du mal à trouver le pays et la ville sur une carte, cette nouvelle avait des résonances miraculeuses, car quel est le jeune Français qui ne rêverait pas de revêtir la tenue de diplomate dans une région francophone ? Travailler dans ce domaine de pointe, c'était servir les intérêts nationaux sans renoncer aux attentes personnelles. Il n'y avait pas de meilleure piste de décollage que la diplomatie. On démarrait sa carrière quelque part dans cette « petite-fille » Roumanie, puis on la poursuivait en…

On la poursuivait toujours en Roumanie.

Le consul Sibou était monté sans efforts sur le socle diplomatique de Iași, où il avait noué de chaleureuses relations avec les responsables locaux, ce qui n'avait rien d'un exploit si l'on considère que l'émancipation locale s'était faite sous la houlette française. L'Hôtel Traian devait son éclat à Gustave Eiffel, le réseau d'eau potable était l'œuvre de Charles Chaigneau – l'ingénieur en chef de la ville –, et des artistes comme Sarah Bernhardt se produisaient sur la scène du théâtre des Variétés de la troupe Fouraux.

À l'échelle nationale (*à propos** de diplomatie), l'union des deux principautés – Moldavie et Valachie – ainsi que la reconnaissance du nouvel État roumain en 1859 avaient été réalisées grâce au soutien français. « Là où flotte le drapeau français vibre la sympathie des Roumains », soulignait avec justesse un homme politique de cette époque.

La sympathie des habitants de Iași pour la France dépassait la moyenne du pays. La bonne société parlait couramment le français, on prenait son café du matin en compagnie des journaux de Paris – reçus avec un décalage décent, tout comme les derniers romans, délices de ceux qui avaient le goût du beau.

Mais autant Sibou s'était révélé habile dans son travail et en société, autant il s'était montré dépourvu de diplomatie envers sa famille restée au pays. Deux ans seulement après son installation dans la capitale de la Moldavie, les relations avec ses parents furent irrémédiablement rompues. Son père déclara ne plus vouloir entendre parler de lui, sa mère en fit autant, ainsi que ses sœurs cadettes…

Cette performance ne pouvait être atteinte que d'une seule manière, et le fringant consul y parvint avec tout l'élan caractéristique des jeunes bourrés de fougue latine : en se fiançant puis en se mariant avec Hortense Maurer – une demoiselle belle à croquer, mais bien trop allemande.

Qu'elle vécût en Roumanie et même qu'elle y fût née ne la rendait pas plus tolérable aux yeux des beaux-parents français qui avaient fui l'Alsace précisément à cause de la calamité allemande. Et maintenant, voilà que la calamité entrait dans leur famille par la grande porte. *C'était inacceptable !**

Du côté d'Hortense, les affaires de famille étaient d'un calme absolu, ses deux parents – anciens propriétaires d'une pharmacie – étant installés six pieds sous terre au cimetière Eternitatea de Iași.

Le consul avait fait la connaissance de sa future épouse lors d'une fête organisée par un propriétaire de vignobles dans la cave de son manoir, à deux pas de la ville. On n'aurait pas pu trouver d'endroit plus adéquat pour que naisse l'idylle de sa vie, l'architecture d'une cave étant indestructiblement liée aux débuts de son existence.

Il était venu à la fête pareil à un cavalier solitaire, mais il s'en était retourné avec Hortense en croupe. Fascinée par son métier de diplomate, mais aussi par sa moustache *à la française** et ses yeux d'un bleu ensorcelant, elle l'avait trouvé irrésistible et était prête à le suivre n'importe où sans faire de façons, pour peu qu'il le lui demandât.

– Monter en croupe, derrière toi ? *Tout de suite**, il faut juste que tu m'aides un petit peu !

Bercée par les vagues romantiques et efficaces du cheval, Hortense serrait sa taille de l'alliance de ses doigts, en lui laissant cependant l'illusion qu'il tenait les rênes. Combien d'hommes, sur tous les méridiens de la Terre, ne vivent-ils pas une vie entière avec la même illusion ?

En ces temps naïfs et sages où les admiratrices étaient prises pour épouses sans tergiverser, leur mariage fut naïf et sage. D'ailleurs, tout à Iași était naïf et sage. Que demander de plus qu'être consul à Iași.

Dans les contes, le chiffre trois a une valeur sacrée. Le Prince Charmant combat trois monstres et il n'hésite pas, au besoin, à réaliser trois culbutes pour se métamorphoser en rocher ou en arbre. Les filles du roi sont au nombre de trois elles aussi et attendent du destin trois princes, de préférence de trois royaumes différents.

Les filles du consul, nées de ce télescopage digne d'un conte de fées avec l'Allemande, ne pouvaient donc qu'être trois. Alice, la première, fut mise en route quelques jours après qu'ils furent descendus du cheval qui les ramenait en ville depuis le manoir où ils s'étaient rencontrés.

Pour ce qui est de naître, Alice est née dans un moyen de transport plus moderne que le cheval : un tramway. On aurait dit qu'exténuée par les vicissitudes d'un long vol, la cigogne qui l'apportait dans son bec avait fait un atterrissage forcé et pris le tramway pour la dernière portion de chemin.

Cette naissance non conformiste advint par le pouvoir magique des femmes enceintes dont les envies insatiables ont tendance à glisser sur le terrain des caprices. Si l'épouse enceinte demande à son mari un *mille-feuille** au beau milieu de la nuit, le pauvre géniteur n'a pas le choix, il va courir tirer le pâtissier de son sommeil et même le réveiller d'entre les morts.

Il ne faut pas croire que les femmes enceintes ne se distinguent que par des caprices culinaires. Par exemple, Hortense, dont les eaux au neuvième mois n'étaient retenues que par l'épaisseur d'un cheveu, demanda un beau soir à son mari de l'emmener promener dans ce tramway que l'on venait d'inaugurer à Iași. De but en blanc, elle lui dit :

– Je veux faire un tour en tramway – et je veux le faire tout de suite !

Avait-elle répondu à un appel teutonique pour cette promenade sur les rails parce que les wagons et le matériel roulant ne provenaient pas d'une entreprise quelconque, mais d'AEG Berlin ? C'est possible. Une femme enceinte allemande dans un tramway allemand roulant sur des rails allemands... Voilà à peu près où se situait son caprice, transformé en une demande impossible à refuser adressée à son mari aimant. Dehors, le gel et le vent d'hiver se déchaînaient, il faisait un froid à pierre fendre.

C'est si bon de faire un tour dans un tramway d'origine allemande sur des rails allemands eux aussi ! Mais pas quand le wattman est roumain, parce que alors il faut s'attendre à tout moment à des changements de vitesse et des freinages intempestifs. L'un d'eux se révéla trop rude pour la poche des eaux de la femme enceinte, qui se rompit, comme cela n'arrive qu'aux femmes enceintes, au moment le plus inopportun.

C'est ainsi que madame la consul se mit à accoucher sur l'un des bancs à lattes horizontales du wagon, activité qu'elle poursuivit à la maternité où Joseph Sibou la trimballa dans le fiacre qu'avait apostrophé le wattman. Ce dernier avait arrêté le tramway sur la place de l'Union avant de faire sonner désespérément le signal d'alarme.

Au fil des ans, Sibou se mit à interpréter sa partition de consul sur un registre d'une extrême délicatesse. Son talent diplomatique était sollicité à chaque instant, mais son rayon d'action sortait du cadre classique pour s'inscrire dans le pragmatisme sentimental.

Officiellement, la mission du consulat consistait en la défense des intérêts de la petite communauté française de Moldavie, mais la communauté savait très bien y veiller par elle-même. De façon non officielle, cependant, la mission était bien plus haute, elle se proposait de propager la langue française parmi les Roumains de toute condition.

Propager la langue française, ou plutôt l'amour de la langue française, de la culture française, de tout ce qui avait trait à la France.

C'est ainsi que furent lancés au siège du consulat, au 12, rue des Muses, les premiers cours gratuits pour débutants et plus avancés. Il s'y présenta surtout des employés d'entreprises françaises, mais également de petites demoiselles qui rêvaient de prétendants issus de mondes féeriques, et aussi des dames à l'âge et aux ambitions médiocres qui s'évadaient un peu de leur petit enfer d'ennui.

Cela ne suffisait pas aux ambitions de Joseph Sibou. Comme il tenait à modeler les esprits là où ils étaient encore tendres et délicats, il obtint deux postes d'enseignement du français dans deux établissements scolaires : le lycée-internat pour garçons et l'école Humpel pour filles.

C'était un bon équilibre, car les filles tombaient amoureuses de la langue française dans un registre différent de celui des garçons.

Le lycée-internat eut aussi pour élève Petru Negru, qui, du jour où le directeur l'envoya porter son salaire à M. Sibou, chez lui, se prit de passion pour la langue française. Le consul, cloué au lit, brûlant de fièvre, par une grippe carabinée, était resté aux soins de sa fille aînée, les deux autres filles étant parties chez le dentiste avec Mme Sibou.

C'est Petru Negru qui avait été chargé de cette commission, et non un autre élève, car il s'était soûlé comme un Cosaque lors de sa dernière permission en ville. Pour l'humilier, la direction se servait de lui comme d'un domestique, et si le consul avait pu lui refiler un brin de fièvre, la punition aurait été d'autant plus méritée.

Ceux qui infligent des punitions ont la naïveté de croire qu'elles atteignent toujours leur but... Parfois les punitions font trois culbutes et se métamorphosent en récompenses, comme ce fut le cas pour Negru.

Il est vrai qu'après sa visite chez le consul il se retrouva pris de fièvre, mais d'une de ces fièvres après lesquelles nous soupirons tous. Et il ne l'attrapa pas du consul secoué de frissons sauvages, mais de sa fille aînée. Car l'élève puni ne remit pas le salaire en mains propres à M. Sibou, mais à la ravissante Alice qui vint ouvrir le portail.

Ce qui s'est passé durant ces quelques secondes était complètement hors normes. Pour sûr, un Cupidon plus direct que de coutume passa près d'eux qui, d'un coup de gourdin sur les hanches et les fesses, les foudroya.

Émotion et commotion ! Tous deux perdirent l'équilibre et faillirent se casser la figure. Au début elle rougit, puis ce fut lui qui rougit, et le soir, la lune au clair de laquelle ils se promenèrent rougit à son tour, pendant que le consul dormait et transpirait, choyé par son aimante épouse.

Sous les rayons assassins de la lune, Negru sentit dans sa bouche l'hélice rare qui transforme un amoureux de droit commun en un amoureux politique, de ceux qui dictent les grands changements de cap de l'âme humaine.

Leur amour ne sortait pas de la sphère du baiser. Mais un seul de leurs baisers valait plus que cent rapports sexuels.

Ce fut une relation secrète que la Grande Guerre brisa sans pitié. Le consul fut appelé sous les drapeaux, et avec lui, toute la famille Sibou fut rapatriée en France. Il fut nommé à la mission militaire roumaine intégrée au haut commandement français, et Hortense et Alice trouvèrent deux emplois bien rémunérés au ministère de l'Approvisionnement.

Peu de temps après, Negru fut mobilisé à son tour. Les lettres du front qu'il écrivait à la petite Française étaient lues et corrigées par Fontaine.

Mais bientôt le capitaine n'eut plus rien à corriger, l'exactitude grammaticale et sentimentale étant parfaite.

8

Il arrivait, à Pâques, que les officiers échangent des vœux avec les soldats en choquant des œufs colorés en rouge et en les régalant d'une goutte de tzuica, d'un verre de vin et d'une tranche de brioche bien pauvre en noix.

Et puisque le Christ ne ressuscitait qu'une fois par an, il était naturel d'organiser un bal des officiers, auquel, petit à petit, se joignaient ceux de la mission française et, vers la fin, les soldats aussi. Dans la musique monotone de l'orchestre populaire formé de Juifs et de Tziganes, on glissait de temps en temps quelque fragment de *La Marseillaise*, sur quoi les Français bondissaient et poussaient des cris de joie.

Ce moment de liesse était la seule occasion de rapprochement entre l'élite et la troupe. Du reste, les officiers savaient parfaitement s'y prendre pour garder leurs distances. Ils se livraient volontiers aux embrassades, mais seulement entre eux.

De leur côté, les popes étaient très recherchés, car les fusils français Lebel devaient être consacrés à l'eau bénite et à l'encens, tout comme les mitrailleuses, les canons de 75 mm et les obus bien rangés dans des caisses comme les grains de caviar dans leur boîte. Les prières montaient au ciel sous la forme de coton-tige et retiraient les bouchons de cérumen des oreilles de ceux qui décidaient du sort des mortels.

On avait généralement l'impression que, là-haut, un bataillon de saints commandés par le doux Messie s'occupaient du réglage des mitrailleuses et des canons afin qu'ils massacrent avec encore plus d'efficacité, mais dans un seul sens : des Roumains vers les Allemands.

Pauvre Fontaine ! Après avoir passé en revue toutes les sortes de débauche dans l'armée roumaine, il apprenait à connaître la débauche au nom du sacré. Tout était fait n'importe comment, même les offices religieux semblaient davantage célébrés pour être inscrits sur les fiches de paye que dans les registres célestes.

Une fois seulement, le pope Andronache remplit ses fonctions avec grâce et dévotion. Il s'agissait bien d'une consécration, mais de celles qui ne figurent pas dans les canons de l'Église.

Lors d'une nuit mémorable, au bistrot du Juif Bercu Cojocaru, de Frenciugi, le colonel Anghel avait joué aux cartes avec trois officiers russes. Joueurs de cartes invétérés, ceux-ci l'avaient laissé gagner un peu au début et avaient attendu que l'alcool lui tourne la tête pour le dépouiller jusqu'au dernier centime.

Le colonel était cuit. Quand le fond de son porte-monnaie se retrouva aussi lisse que les fesses d'un bébé, il retira son alliance et la posa sur la table en guise de mise, dans l'espoir que la chance tournerait.

Sauf que la chance aussi lui montra ses fesses de bébé, et l'alliance passa en cinq minutes à l'annulaire de l'officier russkof.

Aïe, aïe, aïe, quel malheur !!! Il se voyait sortir à sa femme Smaranda une histoire du genre : « Tu sais, ma Minette, j'ai été attaqué par une bande de loups et il y en a un qui m'a mordu la main, mais il est tombé sur l'alliance qui lui est restée entre les dents ! »

Ce qui le tourmentait toujours par rapport à sa femme était d'une nature bien plus profonde : comme il était d'une jalousie maladive, il voyait dans la perte de l'alliance un présage de mauvais augure. Que ferait-il si Smaranda allait se choisir un amant dans le rang des officiers inférieurs en grade mais supérieurs en d'autres matières ?

Cette pensée empoisonnée faisait bouillonner l'alcool dans ses veines et lui congestionnait le visage. Smaranda pouvait avoir une liaison avec le général – ce sont des choses tacitement inscrites dans le règlement militaire –, mais pas avec un clown de petit lieutenant au museau barbouillé de rouge et aux joues poudrées.

Noyé dans son ivresse et ses sombres pensées, le colonel arriva chez lui en patinant sur une couche de glace vernie d'alcool. Il se mit au lit, mais en vain : il ne pouvait pas dormir, et basta.

Après s'être tortillé dans ses draps jusqu'à s'enrouler comme une momie, il se leva, déterminé, s'habilla et se pointa directement au domicile du pope Andronache. Il l'attrapa par le bras, alpagua au passage le soldat qui lui servait de bedeau, et tous trois foncèrent au bistrot.

Ils n'y trouvèrent plus que Bercu, extrêmement étonné de cette visite en pleine nuit.

– Le colonel serait-il venu se remettre après la monstrueuse beuverie d'hier soir ? Dans ce cas, j'ai une bière spéciale qui vous guérit la gueule de bois vite fait.

Ce que les bistrotiers peuvent être sommaires ! Les connaissances en psychologie de Bercu étaient enlisées au quart de la distance le séparant de son hôte matinal, ce qui l'empêchait de comprendre la raison profonde de cette visite nocturne. Car le colonel, persuadé que les pertes qu'il avait subies au jeu provenaient de machinations dictées par l'enfer, s'apprêtait avec l'aide du pope et du bedeau à arracher une des cornes du diable dans l'espoir de récupérer l'alliance gravée « Smaranda ».

La voix sépulcrale du pope ratissa chaque mètre carré de l'établissement où Satan avait tendu son piège perfide au très pieux colonel. Accompagnant la partition vocale du pope, le bedeau s'activait à grands gestes, sans économiser l'eau bénite ni l'encens. De minuscules dauphins d'eau sacrée se joignaient à la fumée de l'encensoir pour effrayer les mauvais esprits qui reposaient dans les relents du bistrot.

– Bénis, Seigneur, ce lieueueu ! Et ne soumets pas les bons et les justes à la tentatiooon ! Et chasse le Malin au fond du déseeeeert ! Aaamen !

Quel dommage que Fontaine ait raté l'exorcisme de la salle de café. S'il avait été présent, il aurait entendu d'abord une cavalcade confuse de sabots non ferrés qui s'intensifiait à chaque seconde jusqu'à devenir assourdissante. Le tintamarre de trépidations faisait craquer le plancher, faisait trembler les vitres et tressauter les bouteilles d'eau-de-vie sur le comptoir comme une danse irlandaise d'hippopotames.

C'étaient les sabots de diables de haut rang – des patrons du monde infernal. Un troupeau, dans toute sa splendeur, surpris par l'impeccable prestation sacrée du pope, s'enfuyait dans une pagaille invraisemblable.

– Quel *balagan*, mes amis, quel *balagan* ! commentait Bercu les jours suivants en employant ce mot yiddish aux sonorités saccadées, *balagan* qui signifie « désordre, chaos, barouf ».

Et c'est encore Bercu qui jurait sur ce qu'il avait de plus cher (il avait même fait le signe de croix) qu'au beau milieu du *balagan* le colonel s'en était pris à un diable que lui seul voyait. Il l'avait attrapé par le cou et s'était mis, avec tout l'art du professionnel, à lui cogner le museau mugissant, jusqu'à ce qu'on entende une série de cliquettements dorés heurter le plancher.

– Clic, clic, clic !

C'était l'alliance perdue au jeu de cartes. Le colonel se baissa, la ramassa et l'essuya sur le dos de sa manche. Après quoi, d'un coup de pied au creux des reins, il propulsa le diable que lui seul voyait en direction de la porte, laquelle s'ouvrit pour se refermer instantanément.

– Hé, Bercu, plonge-moi cette alliance dans de la tzuica pour la désinfecter ! Et passe-moi un citron !

Trempé de sueur, il but d'un trait un litre d'eau bénite dans laquelle il avait pressé le citron offert par Bercu.

Pourquoi les diables ne périssent-ils pas au cours d'un exorcisme ? Pourquoi leur permet-on de prendre leurs jambes à leur cou pour aller ailleurs ourdir de nouveaux plans destinés à corrompre et ruiner des êtres à l'âme pure ? Combien d'eau bénite et d'encens faudra-t-il en ce monde pour se libérer de leur influence occulte ?

Douloureuses questions, sans réponse à ce jour. En quittant le bistrot, le colonel Anghel remercia le pope de son excellente prestation. Puis, pour dépenser sa dernière miette d'agressivité, il flanqua au soldat-bedeau une taloche qui fit jaillir le sang sur son visage.

Le pauvre homme essuya le sang avec son mouchoir sans dire un mot, comme si la gifle faisait partie du rituel d'exorcisme.

Le soldat-paysan peut tout supporter en silence. Il encaisse tout sans broncher, tel un bœuf qui tire la charrue sans commentaires.

9

Le soldat roumain s'est révolté une fois lui aussi et s'est vengé des frustrations endurées jour après jour, mois après mois, d'une façon aussi radicale qu'inattendue. Ceci advint précisément le jour sacré de la veille du Nouvel An. Petru Negru en fut témoin et il nota consciencieusement dans son carnet tout ce qui sortait de la bouche de ces laboureurs abrutis en uniforme militaire à l'adresse des officiers qui leur pourrissaient une vie déjà bien misérable.

Tout avait l'air paisible et lumineux en ce dernier jour de l'an 1916. À la nuit tombée, une escouade de soldats masqués se dirigea vers la maison du colonel, soi-disant pour lui présenter des vœux de santé, longue vie, réussite et bonheur, conformément à la tradition impérissable du *plugusor*[1].

Les chanteurs étaient émus mais joyeux, comme il sied à tous de l'être à l'approche du réveillon. Jetant un coup d'œil tantôt à la table chargée de délices, tantôt à son épouse vêtue d'une robe bleue à petites étoiles, le colonel s'apprêtait à franchir avec optimisme le seuil du Nouvel An. La longue robe de la colonelle – qui jouait accessoirement un petit rôle

1. Prononcer « plougoushor ». Petite charrue ornée avec laquelle les jeunes gens (souvent masqués) vont de porte en porte et récitent ou chantent au son de clochettes des vœux chaleureux teintés d'humour. Tradition ancienne et encore vivace, particulièrement en Moldavie.

de balai – avait été apportée d'Odessa par Petru Negru, tout comme la revue de mode que la colonellette, Angela, étudiait dans sa chambre, l'esprit enflammé de rêves de jeune fille.

Tapi dans un fossé, Negru était aux aguets, les sens bourdonnants et le carnet à portée de son crayon brûlant. Ce fin renard avait appris que ce n'était pas le *plugusor* lumineux qui rassemblait les gars à la porte du colonel, mais son contraire imbibé de poix et de ténèbres. Non, ces pauvres gars ne venaient pas offrir des vœux de bonne santé et de bonheur…

La petite troupe se chauffait la voix, s'apprêtant à attaquer en chœur les premiers vers. Le début avait des résonances féeriques qui auraient réchauffé le cœur de ce bon Jésus :

Douce soirée, sainte soirée,
Le vent chante dans les cheminées
Et vous met des fleurs de glace,
Aux sourcils et aux moustaches…

Des vers tout en douceur, des vers sacrés mais dépourvus de toute sincérité. Dans la marmite de la création, ils avaient été cuits avec une pincée de plantes somnifères destinées à tromper la vigilance de l'hôte.

La suite coulait de façon sympathique, quoique avec certaines allusions charnelles qui firent sursauter la romantique Angela. Mais même cette strophe légère aurait pu être admise par la censure de Jésus, habitué à pardonner les lourds péchés de ce monde et non les impertinences versifiées :

Aïe, aïe, aïe, ça caille, je me gèle,
Putain de tournée de vœux !
Mieux valait rester chez soi,
Avec un bon coup à boire
Entourés de nos gonzesses
À leur caresser les fesses…

Jusque-là, ce *plugusor* s'inscrivait dans une ligne fidèle à la créativité populaire.

Mais la suite, avec son contenu critique sévère, provoqua de puissantes secousses. Les mœurs désormais bien ancrées au sein de l'armée y étaient dénoncées sans détour, dans l'espoir de les voir abandonnées une bonne fois pour toutes.

À l'armée, on voit des choses
Qui ne sont pas bien roses :
Le docteur est éreinté
À force de s'amuser
De trop boire et de baiser
Des salopes à satiété,
Alors que le soldat crève
Sans un cierge à son chevet...

C'était triste mais parfaitement vrai ! Fontaine avait raconté à son ordonnance qu'il avait surpris le médecin militaire barbotant dans les sécrétions de petites putains amenées de Iași, alors que les malades atteints de typhus l'attendaient, en proie à la fièvre, dans la cour, allongés sur des nattes de jonc en plein air.

Oui, l'imagination et l'esprit futé du soldat enrichissaient le fonds folklorique roumain, à la grande joie de Negru qui recueillait les fruits de la création populaire directement à la source. Voilà la beauté du travail de géologue de l'âme nationale !

La métamorphose des soldats chanteurs de vœux le stupéfiait. Ces malheureux s'étaient glissés dans la peau de lions, prouvant que la tradition ancestrale était plus forte que la discipline imposée dans une armée excellemment désorganisée.

Il était bon qu'il en soit ainsi.

Les surprises de ce *plugusor* à l'envers ne s'arrêtaient pas là. Comme la personne à qui l'on présentait des vœux était le colonel lui-même – qui observait les soldats derrière ses rideaux, sans avoir le courage de leur ordonner de rompre les rangs –, il s'ensuivit un changement de registre qui le désignait comme destinataire direct :

Le colonel, ce rapiat,
Joue aux cartes à tout va,
Et quand y s'fait plumer,
Le troufion prend une dérouillée,
Il le cogne et l'engueule,
Lui fout son poing dans la gueule !

Le colonel regrettait amèrement d'avoir donné congé à son ordonnance, pensant que rien de mal ne pouvait arriver en cette sainte soirée, vouée à rendre plus humains, ne serait-ce qu'à titre temporaire, jusqu'aux plus grands salauds. Et puis, il croyait que les soldats l'aimaient et ne le craignaient que par pure forme, comme un père exigeant mais qui a bon cœur…

Leur présence à sa fenêtre lui portait sur les nerfs. Il ne pouvait même pas les identifier, parce qu'ils s'étaient passé de la suie ou du maquillage de femme sur le visage et qu'ils étaient vêtus comme pour un bal masqué, avec des culottes bouffantes à la turque et des turbans, avec des chapeaux à larges bords et des moustaches de Tzigane ou des papillotes de Juif…

Le plus impertinent de tous avait même osé le caricaturer, lui, le colonel Dumitru Anghel, avec deux oreillers en guise de ventre et de longues moustaches en crin de cheval.

Ils semblaient féroces aux yeux de la colonelle et de la colonellette, qui étaient en proie à des sanglots déchirants. Lui-même n'était plus trop maître de ses émotions, ce qui est bien compréhensible parce qu'il n'est pas d'homme à se trouver à l'aise quand des inférieurs viennent dénoncer ses travers, surtout en présence de sa famille.

Les malotrus s'en fichaient bien qui lui rendaient, avec intérêt, les injustices subies tout au long de l'année. Le final des vœux arrivait comme une pluie d'obus où il n'y avait plus place pour la satire mais seulement pour les injures et les malédictions de la pire espèce :

Colonel, t'es qu'un filou,
Regarde not' cul, baise-le-nous !
Pour toi, pas de buis bénit
Que de la poisse, sois maudit !

Que les souris et les rats
Viennent tout dévorer chez toi,
Te bouffent entier avec les tiens
La tête, le cul et les seins !

Que ta femme soit une vipère
Et ta gamine une sorcière,
Et toi, crève dans les tranchées,
V'là c'qu'on veut te souhaiter !

Dumitru Anghel était choqué. Juste avant la nouvelle année, et qui plus est en temps de guerre, ce qui parvenait à ses oreilles lui ruinait le moral. Sa femme et sa fille étaient effondrées sur le lit, plus que rouges de honte.

Enfin, le silence se fit. Le colonel pensa qu'il allait pouvoir reprendre son souffle, persuadé que les bouseux avaient décampé. Il avait besoin d'air frais, mais au moment où il ouvrit la fenêtre, une vitre vola en éclats. Il parvint à se protéger le visage, mais des bris de verre s'enfoncèrent dans sa main droite.

Entraînés par une joie sauvage, les soldats poussaient des cris perçants et bombardaient les fenêtres à coups de boules de neige. Un peu plus loin, à l'entrée de la cour, trois voyous démontaient le portail dans l'idée de le jeter le plus loin possible, alors que d'autres remplissaient des sacs de saucisses et de boudins volés dans la cave.

Une fois leur œuvre achevée, les soldats entamèrent une ronde, dansèrent sur place et ne se décidèrent à partir qu'après avoir aspergé la porte d'entrée de jets de pisse qui n'eurent guère le loisir de ruisseler parce qu'ils gelaient instantanément.

Leur insolence dépassait les bornes ! Ce n'était plus du désordre, mais de la rébellion qui exigeait la cour martiale !

Sous la douce lumière de la lune, les éclaboussures d'urine gelée semblaient composer une œuvre d'art moderne adressant un message humain aux connaisseurs sachant faire la différence entre une composition de valeur et du kitsch.

Descolindat[1] !

Ce fut le terme choisi par Negru pour nommer le phénomène folklorique dont il venait d'être le témoin secret.

Si la coutume du *colindat* était fondée sur les éloges et les bénédictions, le *descolindat* – animé d'objectifs antithétiques ou apparemment antithétiques – reposait sur les outrages et les malédictions. Là où la coutume du *colindat* invoquait les forces divines, le *descolindat* sollicitait l'appui logistique et moral du patron des enfers, Belzébuth. *Colindat* à l'envers, le *descolindat* était une composition fervente de vœux négatifs née de l'antipathie et de la haine de l'homme pour son semblable qui, pour diverses raisons, ne lui ressemblait plus. Pour ce qui était du colonel Anghel, les sentiments négatifs

1. *Colindă* (plur. *colinde*) : chant de Noël et, par extension, chant de bons vœux que les groupes de jeunes vont entonner de porte en porte, y compris pour le Nouvel An. Le *colindat* désigne l'ensemble du registre. Le *descolindat* serait le contraire : des vœux de mauvais augure, des malédictions.

avaient des raisons hiérarchiques d'ordre militaire : l'inférieur rendait la monnaie de sa pièce, au moins une fois dans l'année ou dans sa vie, au supérieur qui s'était payé sa tête et l'avait humilié jour après jour.

Le *descolindat* joignait la violence des mots à celle des gestes. Les imprécations souillées de scatologie et de pornographie étaient systématiquement accompagnées de vitres brisées, de portails démolis et d'urine généreusement répandue sur les portes des maîtres de maison.

Étant donné que le *descolindat* déclenchait chez les maîtres de maison une peur vite muée en terreur, les *descolindatori* pouvaient être considérés comme les terroristes de Noël et du Nouvel An. Ils étaient armés des explosifs les plus extrêmes que le monde ait jamais connus.

Évidemment, ces sorciers de mauvais augure, capables de tant de brutalité satirico-physique, devenaient encore plus féroces en temps de guerre, quand l'être humain, fragilisé, est plus éphémère qu'en temps de paix.

Les jours suivants, le colonel ne cessa de ruminer l'épisode du réveillon du Nouvel An. Il n'ordonna pas d'enquête, car cela l'aurait rendu encore plus ridicule. De toute façon, il semblait que personne n'en ait eu vent – rien vu, rien entendu.

Au bout d'une semaine environ, il répliqua dans son registre habituel. Il trouva constamment des prétextes pour frapper les soldats au visage avec sa cravache, de la main gauche, car sa main droite était bandée à cause des éclats de verre.

Il les mit en sang, mais c'était à croire que ces bouseux n'avaient pas mal. Le *descolindat* venimeux les avait rendus plus résistants à la douleur physique.

Par la suite, il y eut un autre miracle : le médecin-chef fut promu au grade de commandant. Du jour au lendemain, les maladies diminuèrent dans les rangs des troupes, on aurait dit que le *descolindat* avait agi comme un vaccin préparé dans un laboratoire d'Amérique.

Et sur le champ de manœuvre, les soldats se surpassaient, à la grande joie de Fontaine. Les sauvages modernes s'entraînaient si bien qu'ils pourraient bientôt prétendre à un combat d'égal à égal avec la redoutable armée allemande.

10

Dans un conte enfanté par la part dépressive de la création populaire, le soleil devient de plus en plus misanthrope, à cause des méfaits des mortels. De son poste d'observation, l'astre sacré voit tout et il en arrive à être tellement déçu par la nature humaine qu'il perd les pédales un beau jour et grille tout sur son passage. Dans ces moments de fureur totale, il ne se soucie plus de savoir qui est bon ou méchant. Il tourmente tout le monde, à égalité, sans discrimination.

Le capitaine Fontaine arriva à Mărășești à la roumaine, c'est-à-dire en « train + charrette à cheval », sous un soleil impitoyable. La canicule le faisait souffrir, faisait souffrir les chevaux, et aussi, dans leur cage, le coq Maurice et son entourage de poules tendres et zélées. Mais ceux qui souffraient le plus, c'étaient les soldats, qui, par-dessus le marché, étaient invariablement nourris de harengs saurs.

Preuve vivante du fait que l'homme est ce qu'il mange, ils formaient des bancs de harengs prêts à finir dans la gueule des requins du front. Même leurs bringues occasionnelles étaient inexpressives, comme les harengs. Bien sûr, chacun espérait passer miraculeusement à travers les mailles du filet des combats à venir… Mais leurs espoirs étaient transparents – des espoirs de harengs.

Seuls ceux de Fontaine étaient de nature française :

– *Il faut espérer l'inespéré !** Espérer même quand il n'y a plus rien à espérer, avait-il coutume de dire à Negru pour l'encourager.

Malgré la débandade des Russes, qui prenaient la poudre d'escampette par la porte de derrière quand on s'y attendait le moins en laissant derrière eux des trous grands comme des roues de canon, le capitaine était persuadé que les soldats qu'il avait préparés remporteraient une victoire éclatante. Mais il ignorait deux détails : comment et à quel prix cette victoire certaine serait-elle obtenue ?

Lorsqu'ils sentirent l'odeur unique de hareng, les Allemands pilonnèrent les positions avec des obus tactiques bourrés de l'explosif le plus destructeur du front : des appels exhortant à la désertion.

« Soldats roumains, attendez-vous d'être massacrés ? Rendez-vous à l'armée allemande triomphante, vous serez traités avec tous les égards que vos chefs vous refusent ! Vous n'en avez pas assez des harengs saurs ? Ici, vous aurez des saucisses et de la bière à volonté ! »

S'il est vrai que la chance peut se manifester partout, y compris dans l'analphabétisme, celle de l'armée roumaine fut donc que la majorité des soldats ne savaient pas lire. Et pourtant...

Et pourtant, un jour, Negru montra à Fontaine la *Doina du déserteur*, qu'il avait recueillie de la bouche d'une sentinelle qui chantait doucement pour elle-même :

Avec harengs et godillots troués,
La patrie m'envoie me faire tuer,
Mais de sel et de piquette
Ma pauvre âme a ras la casquette.

Habitués à ne jouir dans la vie que de ce qui est beau et bon, les officiers roumains se débrouillaient également sur le front. Un commandant et un lieutenant de Constanța firent cueillir aux soldats le raisin mûri dans les environs, puis ils se mirent à fabriquer de la tzuica de tranchées à l'aide d'un alambic en cuivre.

Cette boisson eut un succès instantané, et Fontaine en acheta lui aussi une dame-jeanne, mais pas pour sa consommation personnelle. Quand il faisait sa tournée d'inspection habituelle, il apportait un flacon et invitait les soldats à en prendre une goulée. Comme il n'était pas fumeur, il leur distribuait aussi sa ration de cigarettes et leur donnait presque tous les œufs produits par les vaillantes poules que dirigeait Maurice.

Sa portion de *chocolat** – avec des allusions murmurées en français –, il la gardait pour Negru et celui-ci la savourait en pensant à l'Alice Duconsul qui serait un jour son Alice à lui.

Les soldats levaient les yeux sur Fontaine comme sur un dieu *bonjouriste* qui comprenait assez bien le roumain, mais pour ce qui était de le parler, le parlait comme un muet. C'est ainsi que devaient être les dieux : bons à l'ouvrage, et non bavards comme des pies borgnes.

La passion de Fontaine pour la lecture ne faiblissait pas, même avant les combats, mais il avait trouvé quelque chose de plus captivant que n'importe quel livre.

Un jour, à l'aube, alors qu'il inspectait le secteur zéro entre les lignes roumaines et celles des ennemis, il avait buté sur le cadavre d'un courrier allemand, allongé par une balle vagabonde à l'ombre d'un chêne. Près de lui se trouvait un sac de correspondance plein de lettres encore fraîches, envoyées par les familles et les proches des militaires ennemis.

En temps de paix, Fontaine n'aurait pour rien au monde ouvert des lettres qui ne lui étaient pas adressées. Mais en temps de guerre, il changeait de point de vue. Comment laisser ce flot de correspondance mourir sans avoir été lu ? C'eût été un blasphème que ces paroles d'amour et de nostalgie couchées sur papier ne fassent vibrer aucune âme.

Il les lut toutes et vibra pour chacune. Envoyées par des parents, des amantes ou des épouses, les lettres dévoilaient leur âme entre ses mains. « La guerre finira bientôt. Pour l'amour de moi et de nos enfants, prends soin de toi. » En plus, l'empreinte d'un baiser, déposée sur le papier à lettres avec un rouge jailli du cœur.

Ici et là, une mèche de cheveux. Une fleur des champs séchée, une rose, une poésie.

Beaucoup d'enveloppes contenaient des photos. L'épouse l'enfant dans les bras, la fiancée aux cheveux d'or, en costume bavarois, que seule la peur de la censure avait empêchée de joindre une photo de nu. La vieille femme aux yeux tristes : « Que Dieu te garde, mon chéri ! »

C'étaient donc les ennemis. Ceux qu'il devrait passer au fil des baïonnettes ou au feu des obus.

Les lettres étaient identiques à celles que les Français recevaient de leurs familles et de leurs amis. L'âme de Fontaine ployait sous le poids du sac de correspondance. Il comprenait qu'il était le vrai destinataire des lettres, et non les militaires dont le nom figurait sur les enveloppes.

Il s'en nourrit. Finalement, il choisit les plus belles photos et, arrivé dans sa tranchée, il les colla sur les parois de planches horizontales.

11

Une nuit avare de lune, les Russes firent une belle bourde : ils disparurent de la forêt de Răzoare, qu'ils défendaient en première ligne. Ils filèrent à l'arrière du front, comme le font les goujats au bistrot en oubliant de payer. Dans leur fuite, ils volèrent aussi les poules de Fontaine qui somnolaient dans leur enclos.

Avec la brèche qu'ils laissaient derrière eux, le rapport de force devenait inhumain. Quelques poignées de harengs désorientés devaient s'opposer à l'attaque menée par les requins bardés d'acier.

À l'échelle générale, la situation était encore pire, car les Allemands avaient la voie libre pour aller s'emparer de la ville de Iași – devenue la capitale du refuge roumain, après que la capitale classique, Bucarest, eut été occupée par leurs troupes.

Aussitôt qu'ils réaliseraient leur aubaine, la résistance s'effondrerait après quelques minutes. Les paysans en uniforme allaient être écrasés comme les grains de raisin dont les officiers rusés faisaient la tzuica de tranchées. La défaite des Roumains se dessinait, certaine et irréversible, le sort du pays semblait scellé.

Personne ne disait mot. Même le colonel Anghel, dont les ordres auraient dû couler clairs, concis et cohérents, avait les mots enfoncés comme un bâillon entre ses mâchoires de hamster. Il était tapi au fond de la tranchée et se préparait à une longue hibernation estivale.

Un malheureux obus tombé au mauvais endroit fit voler en éclats trois dames-jeannes de tzuica et incita le coq Maurice à sonner le clairon, révolté. Un bombardement destructeur se mit à fouiller les tranchées et à jeter en l'air des morceaux de soldats.

Le souffle de la mort arrivait par le nombril de la terre de l'Autre Rive. Les balles allemandes rugissaient et semaient la démence, celles des Roumains glapissaient et imploraient la pitié.

Les regards des harengs ne cherchaient pas le colonel roumain, qui de toute façon était introuvable, mais le capitaine français. C'est lui qui s'était occupé de leur instruction, de leur nourriture, de leurs maladies, de leur détresse.

S'il restait une chance de salut, elle était entre ses mains. Qu'au moins quelques-uns aient la vie sauve, qu'au moins quelques-uns retournent auprès de leurs femmes, leurs enfants, leur vache dans l'étable.

Avoir la vie sauve, être sauvés…

Mais comment ?

Se retirer en bon ordre était impossible. Prendre ses jambes à son cou, on ne pouvait pas le faire, car le déluge était devant et derrière, à gauche et à droite, au ciel et sur terre…

Alors, sous les yeux exorbités de Negru, le miracle eut lieu. Le capitaine Fontaine, dont le roumain ricochait comme sur un bouclier impénétrable, se leva et, après avoir prononcé son dicton personnel – *il faut espérer l'inespéré** –, se mit à rimer une *descolindă* dans le plus pur roumain :

Maudis-les donc, beau diable,
Enfonce-leur des clous dans le cul,
Taille-les en pièces menu menu,
Change leurs boyaux en boudin cru !

Aucun ordre ne pouvait être plus mobilisateur que ça. Conformément à la théorie du *descolindat* à laquelle travaillait activement Negru dans ses moments libres, celui que l'on invoquait dans ces vers n'était ni Dieu, ni Jésus, ni saint Pierre…

Mais leur redoutable concurrent, Belzébuth. Le patron du monde des ténèbres, le seul fournisseur de tous les maux de la terre.

Certes, ce n'était ni Noël ni le réveillon du Nouvel An, où le calendrier imposait le *descolindat.* C'était la veille d'une grande bataille dont il fallait inverser le sort afin que le pays ne tombe pas dans l'esclavage.

Durant ce séjour d'un an et demi parmi les laboureurs et les bergers accoutrés en militaires, l'âme roumaine s'était insensiblement glissée dans l'officier français. En un an et demi, Fontaine était devenu un plus grand patriote roumain que les officiers du cru.

Les mots se pressaient dans sa bouche, de sorte que, après un tri bref mais exigeant, ils en jaillirent groupés dans les plus percutants des bouts-rimés :

Sus aux Boches, hardi les gars !
Fonçons vite dans le tas
Bonnes balles et bons boulets
V'là nos vœux de bonne année !

Les soldats se dépouillaient de leur peau de hareng pour apparaître en combinaison de requin. Hurlées en parfait roumain, sans le moindre accent étranger – sans même le *r* grasseyé, obsédant dans la prononciation française –, les paroles passaient des cœurs aux armes et sortaient en faisant claquer des rafales de balles dévastatrices. Les fusils Lebel tiraient avec trois canons, ils éventraient avec neuf baïonnettes, comme s'ils avaient été bénis non par le pope du régiment mais par le pape au Vatican, si ce n'est par Jésus en personne. Les forces des soldats roumains étaient décuplées, multipliées par cent, par mille.

De son piédestal, le capitaine Fontaine tonnait avec une voix de dieu des ténèbres. Mais peut-il y avoir quelque part de la lumière sans obscurité ?

Massacrons donc ces pourris
Chassons-les vite du pays
On ne veut plus voir d'Allemands
Ni maintenant ni dans mille ans !

L'âme roumaine dans une carcasse française inversait le sort de la bataille. Transformé en courage de combattants, le pouvoir surnaturel du *descolindat* poussait l'ennemi à la débâcle, submergé par le nombre et la puissance.

Quel *balagan* ! aurait dit le bistrotier Bercu Cojocaru s'il avait assisté à la bataille, prêt à rendre hommage aux héros à coups de tzuica pure. Voyez-moi donc ça, l'Allemand qui fiche le camp la queue entre les jambes !

Le commandant ennemi fut fait prisonnier dans la tranchée même de Fontaine. On aurait dit que le pouvoir du *descolindat* l'avait poussé précisément dans la tanière aux parois de planches décorée des photos des épouses et des fiancées des militaires allemands.

Il se mit à caresser les images collées sur les parois et à pleurer longuement, magnifiquement, comme seul un guerrier vaincu au combat peut le faire.

12

Pour son courage exemplaire, Marcel Fontaine se vit décerner la médaille de chevalier dans l'ordre de l'Étoile de Roumanie. Il fut le deuxième nommé à l'ordre du jour du grand quartier général, après le colonel Dumitru Anghel, qui avait officiellement organisé la défense et la contre-attaque de la forêt de Răzoare, bien que, de façon non officielle, il eût hiberné tapi au fond de la tranchée. Les commandants roumains firent l'éloge de la collaboration, chez lui, de l'intelligence froide et du bouillant courage, sans épargner les superlatifs.

Ses cent dix kilos pétaient de fierté quand le bruit courut qu'une équipe cinématographique américaine allait se pointer sur le front pour filmer les héros de la victoire de Mărășești (ce « Verdun » des Roumains) et les répandre dans le monde entier par l'entremise d'une pellicule à valeur de document historique.

Anghel entra dans la tranchée tout imbu de sa personne. Quand le réalisateur lui demanda s'il aurait assez de sang-froid pour gérer ses émotions face à la caméra, il lui adressa un sourire plein de mansuétude.

– Tu ne sais pas à qui tu parles, mon petit ! Moi, je n'ai pas tremblé dans une bataille face à un adversaire écrasant, et maintenant tu voudrais que j'aie peur de la petite boîte avec laquelle tu me filmes ?

Son comportement plein de bravoure fut reconstitué en dizaines de prises de vues sur les lieux mêmes : en train d'encourager les soldats, distribuant les munitions, lançant une grenade – un peu poussive – au beau milieu de l'attaque allemande.

Pourtant, au moment de sortir de la tranchée sabre au clair pour déclencher la contre-offensive, sa botte impeccablement cirée glissa. Le colonel fit un roulé-boulé pataud et se cogna la tête dans sa chute.

Le caméraman continua de tourner la manivelle, imaginant que la culbute et le hurlement restituaient avec un talent d'acteur rare les réalités du déroulement des combats de Mărășești.

Ce n'est qu'à l'instant où le sang jaillit de la tête du colonel comme le pétrole brut du puits de forage qu'on appela les secours à grands cris et que le tournage fut interrompu, non sans regret.

Le médecin fit ce que font en général tous les médecins sur le front : il constata le décès – cette fois accidentel – et ferma les yeux du mort.

Negru savait que ce décès n'était pas accidentel. En réalité, la *descolindă* que les soldats avaient adressée au colonel la veille du Nouvel An l'avait poursuivi et lui avait impeccablement fait sa fête. Après que sept mois s'étaient écoulés.

Méticuleux et mathématique, Negru mesura sur une carte la distance en kilomètres entre le village de Frenciugi et la forêt de Răzoare, la divisa par le nombre de jours passés depuis le 31 décembre et obtint la vitesse d'action de la *descolindă* en question.

Il appliqua, certes, une correction à la valeur obtenue, dans la mesure où la tradition avait agi en temps de guerre, quand tout se passe de façon accélérée… Par temps de paix, elle aurait été bien moindre.

Il fit aussi quelques remarques sur la manière dont s'étaient matérialisés les anathèmes lancés par les soldats. Car que pouvait-il y avoir de plus humiliant pour le commandant d'un régiment que de mourir non d'une balle ou d'un coup de baïonnette, mais parce que son pied sédentaire avait glissé sur le versant d'une tranchée au cours d'un tournage qui décrivait un combat auquel il n'avait même pas participé ?

13

Dans la gare de Socola, à Iași, on entendait résonner, hauts et cristallins, les couplets de *La Marseillaise,* pareils à des chants de Noël. Les trains se formaient, wagon après wagon pour rapatrier la mission militaire française, qui avait fait, avec brio, son devoir en Roumanie.

Les deux amis se seraient contentés de soupirs pour communiquer jusqu'au départ du train, si l'ordonnance, Negru, n'avait tiré de son sac à dos trois grenades, des fruits qu'il avait jalousement gardés en réserve depuis son dernier voyage à Odessa.

Il entailla la première avec son canif et, avec Fontaine, ils en picorèrent les grains, là, sur le quai.

– La grenade, c'est très bon avant de partir en voyage – ça donne de la vitalité et ça éloigne les rhumes ! N'oubliez pas, *mon capitaine**, que la Roumanie a besoin d'hommes comme vous ! Vous enseignez aux Roumains plus que des connaissances théoriques et pratiques. Vous êtes leur professeur de droiture et leur maître de comportement.

– Et toi, tu es mon professeur d'âme roumaine !

– Ne vous y trompez pas : vous êtes une référence pour nous. Avec des gens comme vous, on pourrait commencer à construire l'élite nationale dont nous avons tant besoin.

Occupé à pêcher les pépins fichés dans la chair de chaque grain, le Français ne se pressait pas de répondre. Il prenait son temps pour réfléchir aux propos de son ami.

Les deux autres grenades furent rangées dans son sac à dos avec des consignes claires sur la façon d'en faire usage.

Il avait pour mission d'en entamer une tout de suite après avoir passé le Prut. Puis de jeter par la fenêtre les pépins depuis le train en marche – six cent treize, *mon capitaine**, il y en a six cent treize en tout ! – pendant toute la traversée de la Bessarabie.

– Et où veux-tu que je les jette ?

– À vous de choisir. Là où vous serez sensible au paysage ou aux gens. Là où vous verrez une belle église, une maison paisible, ou un champ et une jeune fille tous deux propres à être ensemencés.

La destination de la deuxième grenade était plus délicate, parce qu'elle devait être remise en mains propres à *mademoiselle** Alice Sibou, au siège du ministère de l'Approvisionnement à Paris, où elle travaillait.

– C'est de la part de mon ami Pierre Negru, il vous envoie ce présent depuis Iași ! Je ne suis qu'un commissionnaire.

Le soir, le feu d'artifice du fruit allait décorer le palais des sœurs et de leur mère. Comme Joseph Sibou – plongé dans son journal – refuserait d'en goûter, Alice lui glisserait dans son verre de pinot noir le jus subtil de quelques grains pressés. Le consul finirait la bouteille avec un clappement de langue, pareil au claquement de fouet d'un cocher de fiacre.

Finalement, Alice picorerait le reste des grains.

Petru Negru attendit, confiant, que les grains de grenade produisent leur effet magique. Il savait ce qu'il savait. Lors de l'un de ses raids d'approvisionnement à Odessa, il avait appris que dans le vaste ensemble de vitamines contenues sous la peau épaisse du fruit résidait un sortilège spécial qui déclenchait un effet certain de retour.

Autrement dit, celui qui avalait ces grains n'était plus maître de sa volonté, il revenait obligatoirement en certains lieux ou auprès de certains êtres auxquels le destin le liait à son insu. On ne plaisantait pas avec la grenade, sa fonction de catalyseur du destin lui faisait abolir tous les obstacles.

Il avait lui-même pu éprouver que la grenade contenait un charme de retour. Lors de sa première visite dans les souterrains d'Odessa, une nymphe, de celles qui bourdonnaient en chemisettes féeriques, lui avait, de ses doigts de bonbon, glissé quelques grains dans la bouche. Le geste lui avait retourné les sangs, et pourtant, il ne s'agissait pas, comme il l'avait cru de prime abord, d'un rituel érotique, mais d'avoir l'assurance qu'il reviendrait bientôt chercher des produits de contrebande.

Ce qui fut le cas, et plus d'une fois.

Les attentes de Negru ne dépassèrent pas les limites du raisonnable. En 1918, la Bessarabie – « votre Alsace-Lorraine », comme l'appelait Fontaine – rejoignit à nouveau le corps et l'âme de sa mère naturelle, la Roumanie. Elle lui avait été arrachée un beau jour par le Cosaque à cheval, tragédie illustrée de façon kitsch mais patriotique dans le tableau *L'Enlèvement de la Bessarabie*.

En même temps, depuis l'autre bout de l'Europe, *mademoiselle** Alice revint au corps et à l'âme de son bien-aimé Pierre Negru. Et avec elle, toute la famille Sibou revint, Joseph Sibou en tête, réoccuper le petit trône francophone du consulat de Iași.

Chaque fois qu'Alice servait le pinot à son père, elle n'oubliait pas d'y glisser le jus subtil de trois petits grains de grenade pour lui faire oublier toute idée persistante de départ pour la France.

Marcel Fontaine revint lui aussi dans les contrées roumaines en 1919, membre d'une autre mission française – cette fois universitaire. Il fut un temps où il instruisait les soldats roumains dans un esprit français, maintenant, c'était au tour des intellectuels de recevoir leur injection de français. L'idée de former, sur un socle francophone, l'élite qui faisait défaut à la Roumanie ne quittait pas le héros de Mărășești.

La Roumanie, une petite France…

*Pourquoi pas ?**

Chacune des trois grenades sorties de la musette de Negru à la gare de Socola, à Iași, avait fait son devoir… Et il se peut que d'autres anciens membres de la mission militaire conduite par le général Berthelot aient goûté à leur douceur acidulée, qu'ils aient épousé des Roumaines et soient restés pour toujours dans leur pays d'adoption, pour lequel ils avaient combattu pendant la Grande Guerre.

Et certains, dont le capitaine Louis Blanc, ont dû se ruer sur les grains de plusieurs grenades, parce qu'ils devaient mourir dans les geôles communistes, créées à l'arrivée au pouvoir des dragons moscovites.

14

Les noces eurent lieu dans le village natal de Negru, Vârlezi, du département de Galați, et durèrent trois jours – du 7 au 10 juillet 1929. Il ne pouvait en être autrement pour un grand folkloriste, qui accordait plus d'importance à la tradition ancestrale qu'à la lettre de la Constitution (car la lettre de la Constitution peut être révisée, mais pas celle de la tradition).

Le cortège de la mariée mit neuf heures pour arriver de Iași. Un wagon spécial du train amenait un voyageur particulier – l'étalon, que les beaux-parents offraient au marié, ainsi que l'exigeait la tradition, encore elle.

Cet aristocratique animal avait trois cœurs dans la poitrine. Il était blanc, portait son harnachement comme les bijoux de la couronne et avait, de plus, la crinière tressée de rubans tricolores aux couleurs de la France et de la Roumanie, on aurait dit que c'était lui qui allait se marier et non le fiancé.

Avec toute son indiscutable noblesse, il ne perdit pas ses galons en gare de Târgu Bujor, quand il se laissa atteler à la voiture pour s'envoler avec tout le cortège pour Vârlezi. Il déploya ses ailes comme l'éventail d'un carré d'as et parcourut la distance *à vol d'oiseau**.

Venant de la direction opposée, Marcel Fontaine fit son apparition, fidèle au transport à la roumaine, en « train + charrette à cheval ». Il venait de Bucarest, où il dirigeait les cours du soir pour adultes dans le cadre de l'Institut français de hautes études.

Il ne pouvait manquer le mariage de son ordonnance du temps de la guerre. Les amitiés du front se doivent de durer toute la vie, justement parce que ceux qui s'y trouvaient se sont rendu compte à quel point l'être humain était éphémère.

Le professeur de droiture retrouvait son élève préféré, qui, en retour, avait été son maître en âme roumaine sur le front. Un jour, autour d'un verre de tzuica distillée dans les tranchées de Mărășești, Fontaine avait affirmé que se marier jeune était une forme de paresse, surtout intellectuelle. Le Prince Charmant avec son obsession de l'alliance était, à ses yeux, bien décevant. Negru avait reconnu être né avec ce même penchant, mais qu'il avait appris à tempérer. Et, comme les discussions entre Fontaine et lui prenaient valeur de pacte, il se mariait à l'âge raisonnable de trente et un ans.

Un peu plus automnal, le Français roumanisé le suivrait en 1930, à quarante-deux ans. Sa fiancée, Alexandrina Zaharia, enseignait le latin, langue légendaire, mais morte, parce qu'il n'y avait plus de locuteurs autochtones. Vivre auprès d'un professeur qui enseignait une langue morte semblait être un choix naturel pour un solitaire invétéré.

– En d'autres termes, honorables membres de la cour, personne ne peut accuser ces deux grands amis de paresse intellectuelle ! aurait plaidé l'avocat de la défense lors d'un éventuel procès.

Tous les rituels exigés pour des noces roumaines furent respectés à la lettre lors de la sainte union de Petru et Alice. Le point culminant fut atteint pendant le bain de cette dernière au milieu de la rivière, bain qui avait transformé en agence d'espionnage tout ce que le village comptait de gaillards éberlués par la blancheur de sa peau et l'absence de poils dans les zones d'intérêt masculin maximum. Se serait-elle servie d'un rasoir ou bien Dieu l'avait-il faite comme ça ?

– Oh, les gars, ça, ça doit être le modèle des princesses de père français et de mère allemande ! avait conclu l'espion en chef.

La jeune mariée prit le savon, traça un sillage de mousse depuis le centre du nombril jusqu'à l'endroit où se bagarrent les fesses, puis accorda à l'eau la faveur de la rincer. Par moments ses longs cheveux claquaient en la fouettant, chose qui faisait soupirer, hoqueter et gémir les guetteurs cachés dans les buissons. La chanson qu'elle fredonnait, *Auprès de ma blonde**, filtrait la lumière du soleil, obligée de poser sur ses lèvres un rouge éclatant. Absorbée par son bain musical, elle ne remarqua même pas Pierre qui approchait depuis la rive opposée.

Celui-ci aurait facilement pu être confondu avec Priape – le dieu ami des paysans, le dieu-paysan qui, avec sa nudité soulignée par un phallus énorme, rouge vif, gardait les vergers, les vignes et les champs et, de plus, protégeait le dur labeur des abeilles. Cependant, sa virilité, que l'on pouvait juste deviner sous la serviette grande comme un drap, semblait un poil plus décente que celle de Priape. Son arrivée précipitée faisait se soulever des vagues, sur la crête desquelles les seins de la fiancée cabriolaient comme deux dauphins désireux d'être apprivoisés.

Il ne leur fallut que quelques bonds pour se poser dans les mains du dresseur, qui leur offrit des sardines servies entre ses lèvres. Quand il estima que ces petits êtres étaient suffisamment récompensés, il prit la mariée par la taille et la tira doucement sous la toile protectrice de la serviette, où elle se mit à frétiller en couinant comme un chiot qui retrouve son maître après l'avoir longtemps cherché. La serviette disparut, comme disparaissent toutes choses inutiles en ce monde, offrant au dieu-paysan Negru la possibilité de pousser la charrue pour épandre ses semences maritales. La princesse riait et l'encourageait avec les fouets de sa chevelure, jusqu'à ce que, enroulés dans la camisole de force de leur étreinte, ils se mettent à tourner comme une toupie énorme sur son axe.

L'agence d'espionnage se couvrit les yeux de mains poisseuses, en proie à la plus cruelle des douleurs masculines. La fusion des amoureux virevoltait, étincelante, pour soudain jaillir de la rivière et vrombir au-dessus du petit cosmos du village. Plus rien au monde ne pouvait arrêter la force née non de l'amour d'un Roumain pour la fille du consul français, mais de l'amour de la Roumanie pour la France.

Le brasier nuptial fit ensuite plusieurs tours de l'église, qui chatouillait de sa cloche l'oreille du Bon Dieu, il survola les champs, les vergers et les vignes annonciateurs de fruits, et il n'oublia pas de bénir les petits êtres qui emplissaient le ciel d'une chorégraphie pleine de gratitude.

Très tard, cette union revint, épuisée d'amour, dans l'onde rafraîchissante de la rivière, qui grésilla comme au contact d'un gigantesque fer à cheval rougi au feu, tombé du sabot d'un jeune et fougueux cheval céleste.

Alors que les tourbillons de l'étreinte se calmaient, le cercle de feu diminua, offrant aux mariés la possibilité de quitter son enceinte pour redevenir deux amoureux de droit commun qui se tenaient tout simplement par la main.

Et alors, à la lumière des lanternes de l'agence d'espionnage des gaillards, le cercle de feu se divisa en deux petits cercles indépendants qui, d'un bond habile, allèrent ensuite s'ajuster à l'annulaire de la main gauche des mariés.

L'union devenait cosmique, indestructible. À partir de cet instant, Alice et Petru étaient liés l'un à l'autre pour la vie par la magie des anneaux d'or de leurs alliances.

Le seul incident notable survenu lors de ces trois jours de noce, auxquels participait tout le village, fut d'ordre gastronomique. Bien que l'on eût embauché aux fourneaux les cuisinières les plus habiles du département, les rôtis restèrent bien trop saignants, les *sarmale*[1] cuites n'importe comment et la pâte des galettes aussi ratée qu'une mauvaise plaisanterie.

On aurait pu croire que la police secrète de Bolchévie avait placé en ce lieu fondamental des agentes déguisées en cuisinières pour saboter les noces de conte de fées du paysan roumain avec la princesse étrangère, qui symbolisaient l'union éternelle de la Roumanie et de la France.

Qu'une telle avanie se produise précisément à une fête de cette allure ! Les plats mal cuits furent la cause d'un ballonnement collectif de la taille d'un zeppelin, que les invités soignèrent, à l'invitation du marié, par des danses traditionnelles comme la *horă*, la *sârbă*, la *perinița*.

Les convives dansaient et, de temps en temps, se retiraient là où le roi va à pied en se tenant le ventre (et ici, il est bon de rappeler le mérite des musiciens qui couvraient de leur tintamarre ce qu'il fallait couvrir). La douleur et l'embarras défiguraient les visages des invités, et même la moustache *à la française** du consul Sibou – une moustache aux bouts frisés pareils à des cornes de buffle – s'était affaissée *à la Vârlezi**, faisant penser aux plumes mouillées d'une dinde du village.

Il faut porter au crédit de l'agence d'espionnage des gaillards le mérite d'avoir découvert le saboteur du secteur gastronomique. À la surprise générale, ce n'était nul autre que le cheval facétieux qui, profitant du manque d'attention dû à l'euphorie générale des invités de la noce, se gavait tranquillement des braises des foyers.

Il avait de la méthode, ce voyou. Il soulevait de son sabot la poignée de la porte des fours, puis y glissait son long museau et léchait les braises comme on lèche une glace, puis il passait sa langue impressionnante sur ses naseaux

1. Plat de fête, les *sarmale* sont des rouleaux de feuille de chou garnis de viande et de riz, cuits avec de la tomate au four ou dans une marmite.

tout aussi impressionnants. Il ne lui manquait qu'une brosse à dents pour gratter et avaler les restes de braise inévitablement coincés entre ses dents.

Certes personne ne lui en fit grief. Un cheval extraordinaire doit être nourri de braises et abreuvé de la rosée recueillie aux premières heures de l'aube, pour être capable de produire un crottin de napoléons – ces pièces de vingt francs-or que les Roumains appellent *cocosei*.

S'il avait été nourri de façon inadaptée, avec de l'herbe et d'autres bagatelles, il n'aurait produit que des petits sous sans valeur, de cuivre ou de plomb. Et quoi de plus embarrassant pour le prestige de telles noces que de voir l'étalon offert au marié par ses beaux-parents ne livrer que de la monnaie de cuivre ou de plomb ?

Il faut dire qu'à partir de ces noces le niveau de vie du village de Vârlezi s'éleva considérablement. Le secret de cette aisance se trouvait sous la queue de l'étalon qui avait prouvé sa capacité à produire tant de crottin-napoléons que tout un chacun réussit à en ramasser suffisamment pour s'assurer un train de vie confortable.

Au bout du compte, le sort de cet animal si zélé fut d'une cruauté injuste… À cause de son épuisement physique et nerveux, il eut un infarctus à deux de ses cœurs, mais trouva quand même la force de prendre son envol vers des contrées peuplées de noceurs moins expansifs.

Malheureusement pour lui, l'entomologiste de la Cour royale de Roumanie, le prenant pour un insecte géant, l'attrapa avec un filet à pêcher le hareng et l'installa dans la collection d'insectes du château de Peleș, où il se trouverait encore aujourd'hui si l'ASPPC (l'Association de protection des personnages de contes) n'était intervenue.

DEUXIÈME PARTIE

Le conte de fées est mon métier

1

Les demandes qu'adressa le professeur Negru pour la création d'une chaire de folklore et littérature orale à l'université de Iași tombèrent dans des oreilles de sourds. Aux yeux des autorités, l'activité de l'Institut d'études et de recherches balkaniques de Bucarest, qui comprenait aussi dans ses grandes lignes le secteur des traditions roumaines, était amplement suffisante. Pour l'enseignement supérieur de Roumanie, le folklore représentait un parent pauvre de la campagne qui se trouvait très bien dans son village.

Toutefois, pour ne pas blesser l'amour-propre de Negru, on recourut à la méthode de la consolation par l'augmentation du salaire. On lui offrit, en plus du poste qu'il occupait déjà à la chaire de linguistique des langues slaves, la fonction de directeur de la bibliothèque des langues slaves à l'université – une sinécure de la taille d'un petit bâillon destiné à boucher une grande gueule.

Le mot « sinécure » ne faisant cependant pas partie de son vocabulaire, Negru prit au sérieux dès le premier jour ses nouvelles attributions de bibliothécaire. Il passa en revue un livre après l'autre, fit des fiches et les classa par ordre alphabétique et selon des critères de spécialité. En récompense, il tomba finalement sur des révélations propres à l'enchanter.

La révélation suprême fut l'œuvre du savant soviétique Lev Berg, autorité scientifique numéro un pour l'ethnographie et la démographie de Bessarabie. Tout ce qui sortait de sa plume était sacré – d'une sainteté athée, bien entendu. Il était bon de citer ses livres : *La Bessarabie : le pays, les hommes, l'économie* et *La Population de Bessarabie : composantes ethnographiques et densité*, publiés en 1918 et 1923 sous l'égide de l'Académie russe.

Berg y établissait le fait que la Bessarabie, l'éternelle pomme de discorde territoriale roumano-russe, avait une population formée en majorité de Roumains (53,55 %), dix fois plus nombreux que les querelleurs russes (5,12 %). Même les Ukrainiens étaient quatre fois plus nombreux que les Russes (20,31 %), et jusqu'aux Juifs avec leurs inévitables 7,25 %.

Ces données concordaient avec celles publiées en 1938 par l'Institut central de statistique de Bucarest et, surtout, elles fournissaient des munitions d'autant plus redoutables qu'elles provenaient de l'URSS même. En les utilisant de façon habile, Negru avait l'intention de donner une leçon au Cosaque qui, en juin 1940, avait une fois de plus mis la main sur la jeune fille Bessarabie pour s'enfuir avec elle sur l'autre rive du Prut, laissant la mère Roumanie s'arracher encore une fois les cheveux, qu'elle avait déjà bien clairsemés.

De bonnes munitions ont besoin d'une arme pour les mettre en valeur, et là, aucun doute : en temps de paix, aucune arme ne peut rivaliser avec la presse. Negru, qui avait accroché au mur de la bibliothèque des langues slaves le tableau *L'Enlèvement de la Bessarabie*, se servit des informations contenues dans les livres de Berg pour rédiger son article : « La roumanité de la Bessarabie, vue par la science soviétique officielle », sur vingt-six pages du n° 11 de la revue *Însemnări ieşene*.

– Tu as baisé les Russes avec leur propre bite ! avait commenté au téléphone Marcel Fontaine après s'être délecté des écrits de son ami.

La langue roumaine délaçait ses corsets devant Fontaine, y compris ceux qui cachaient les parties intimes de son argot.

Du fait que, quelques heures après la parution de la revue, on n'en trouvait plus aucune dans les kiosques, le professeur conclut que le tirage était épuisé grâce à l'impact de son article sur la masse des lecteurs. C'était une victoire remarquable !

Extrêmement satisfait, il se présenta au siège de la rédaction pour demander le lancement d'un tirage supplémentaire. Il y trouva le professeur Gr. T. Popa, le rédacteur en chef de la revue, en train de vider son bureau.

– Non, mon cher Petru, on n'a absolument rien vendu, mais alors rien-rien-rien. À cause de ton article, la distribution a été stoppée par la censure. Même les abonnés ne l'ont pas reçue. Tous les exemplaires ont été détruits, sauf les dix que tu avais reçus avant comme droits d'auteur, et ceux que les imprimeurs ont pu chouraver – parce que ceux-là, s'ils ne chouravent pas quelque chose, ils n'existent plus.

– La distribution a été stoppée par la censure ? Je n'arrive pas à y croire ! Que vas-tu dire aux abonnés ? Que vas-tu dire aux lecteurs fidèles ?

– Je ne pourrai plus rien leur dire. La revue a été totalement interdite. Ce numéro, qui n'a malheureusement pas été diffusé, est aussi le dernier.

– Seigneur Dieu, quelle horreur que ce mot, « le dernier ». Tu crois qu'il faut y voir la sale patte des Russes ?

– Je crains qu'il ne s'agisse de la sale patte des Allemands. Mais qu'importe la patte, alors que l'encre du pacte Ribbentrop-Molotov vient à peine de sécher ?

– L'alliance entre les Russes et les Allemands est contre-nature. Elle ne durera pas !

– Passe un coup de fil à Ribbentrop et Molotov, et dis-le-leur !

– Je vais les appeler de ce pas, crois-moi !

– Je regrette mais tu ne peux pas les appeler d'ici, la ligne a été coupée.

Le soir, Negru passa un coup de fil à Fontaine :

– *Désolé, mon capitaine**, mais sache que, cette fois encore, les Russes n'ont pas été baisés avec leur propre bite !

– Ne t'en fais pas, *mon ami**, il se trouvera d'autres occasions ! *Il faut espérer l'inespéré !**

Effectivement, l'occasion se présenta. Et comme il fallait la nommer, on l'intitula « Livres russes pour la bibliothèque des langues slaves de l'université de Iași ».

2

La facilité des grands polyglottes à maîtriser de nouvelles langues est comparable à celle des dragons des contes de fées. Au moment de l'entrée en guerre de la Roumanie, Negru, qui avait acquis avec légèreté une langue après l'autre, pouvait se targuer d'en avoir pas moins de sept dans la bouche, plus acérées les unes que les autres.

Il n'y trouvait que des avantages. Sa parfaite maîtrise de l'allemand, de l'italien et du russe lui valut d'être mobilisé là où il travaillait déjà, ce qui signifie qu'il pouvait vaquer à ses occupations universitaires, à condition de pouvoir être appelé comme interprète et traducteur auprès des chefs de l'armée roumaine.

Il se débrouillait brillamment et il était respecté. Parfois, quand la langue maternelle faisait fléchir les généraux plus que le poids de leurs médailles, le professeur se voyait obligé de traduire pour eux du roumain vers le roumain.

Après que les nôtres eurent franchi le Prut et récupéré *encore une fois** la Bessarabie, donnant ainsi l'occasion à Fontaine d'avoir des bouffées de joie avec force allusions à « la bite pour baiser les Russes », Negru apprit avec désolation combien souffraient les livres russes, dans le cœur desquels les temps nouveaux plantaient des clous rouillés. Leur sort semblait scellé, menacés qu'ils étaient d'être immédiatement détruits par le feu ou lentement exterminés par les intempéries dans les ghettos où ils croupissaient en proie aux maladies et à l'oubli.

En sa qualité de directeur de la bibliothèque des langues slaves, il ne pouvait pas rester indifférent, car en temps de guerre il faut sauver non seulement les vies humaines mais aussi celles des livres. Il était de son devoir d'arracher à la mort des œuvres qui n'appartenaient pas seulement à un pays en particulier (dans le cas présent, la Russie), mais à l'humanité tout entière. C'était pour lui une mission sacrée que de les trouver et de les mettre à l'abri à l'université de Iași – la plus haute institution culturelle de Roumanie.

Il arrive parfois que les calculs faits dans sa chambre se vérifient sur la place du marché. Mihai Antonescu approuva immédiatement la demande de collecter les livres russes dans les territoires libérés par l'armée roumaine. Le ministre de la Propagande, qui était aussi le numéro deux de l'État, comprit rapidement la virtuosité de cette action.

Il riait sous cape. Hé, hé, hé !!! S'emparer des livres du Russe, c'était mieux que de le priver d'étendard (il pouvait s'en passer), c'était lui arracher un testicule et demi...

C'était tailler à la hache une part essentielle de son pouvoir. C'était l'humilier, le faire se tordre de douleur, l'opérer à cœur ouvert avec un couteau de boucher.

C'était lui donner une leçon qui lui ôte une bonne fois pour toutes l'envie d'enlever la Bessarabie et de s'enfuir à cheval avec elle au-delà du Prut.

Logiquement, une fois qu'on avait pris ses livres au Russe, la victoire finale devenait infiniment plus simple.

L'élément décisif dans le choix du professeur Negru pour mener à bien cette mission d'intérêt national et international avait été son article « La roumanité de la Bessarabie, vue par la science soviétique officielle », publié dans la revue *Însemnări ieşene*. Mihai Antonescu en avait obtenu un exemplaire tiré des archives de la censure, et tout en savourant sa lecture, il improvisait une chansonnette non sans un brin de philosophie :

Ah, censure, censure
Si tu crois que tu perdures,
Vois comme tu es éphémère
Tel le bourdon sur la fleur

Penses-tu qu'il soit galant
De bâillonner le savant,
Et dans ses écrits de taire
L'histoire de son ancestrale terre ?

La chansonnette avait un petit côté autocritique, si l'on considère que nul autre que Mihai Antonescu n'était au pupitre de la censure en Roumanie. Mais aux yeux de ce créateur de beauté populaire, il y avait une censure bénéfique – comme celle qui était sous ses ordres – et une autre maléfique, du type de celle qui interdisait la publication des écrits du patriote Negru.

En tout cas, si le folkloriste s'était trouvé dans les parages, il aurait eu la fierté de recueillir à la source les deux premières strophes de la *Ballade de la censure*, dont la création orale avait été suscitée précisément par son article sur la Bessarabie.

Mais un beau jour quelqu'un le fera. Quand tous ceux qui l'auront entendue auront ajouté de leur propre chef un mot, une image, un vers ou une strophe entière. Et ainsi, la *Ballade de la censure* glissera de bouche à oreille et d'oreille en bouche pour finir par acquérir le statut d'exemplaire unique, brillant comme un napoléon produit par la féconde jument de la création populaire.

3

La grenade aurait-elle un effet magique si durable qu'en ayant croqué quelque part de ses grains, du temps d'une guerre mondiale, on revienne sur les lieux lors de la guerre mondiale suivante ?

On aurait pu le croire, puisque Petru Negru se retrouvait à Odessa, cette fois dans le vaste contexte de sa mission de sauvetage des livres. La grenade, avec son pouvoir concentré dans ses six cent treize grains, le ramenait en ce lieu poétique et lointain.

D'entrée de jeu, le professeur refusa de travailler sous les ordres du Service de saisies qui opérait sur le front. Non, les livres de valeur – dont l'esprit imprégnait la puissante personnalité – sortaient du domaine des prises de guerre. On ne pouvait les rafler avec violence, et c'eût été une erreur de discuter avec des officiels locaux en position de force, même si l'armée roumaine avait libéré la Bessarabie et poursuivait son avancée triomphale sur le territoire de l'Union soviétique.

Dans leur cas, si délicat, il fallait avoir recours à de l'habileté diplomatique, et Negru en avait assimilé quelques secrets auprès de son beau-père, le consul Joseph Sibou.

– Dans cette mission, je ne suis pas un capitaine de l'armée roumaine et même pas un intellectuel de bureau. Je suis un tâcheron de la lettre écrite… De la lettre écrite non par moi, mais par d'autres – bien plus intelligents et talentueux que moi.

C'est avec ce type de courbettes qu'il se présentait dans les échanges avec les gens du cru. Son rôle de directeur de la bibliothèque des langues slaves de l'université de Iași était de sauver les écrits de valeur par la séduction et non par le viol.

En tout cas, à l'époque où Jorge Luis Borges commençait à concevoir le paradis comme une bibliothèque, Petru Negru constatait que l'enfer pouvait tout aussi bien en être une. Il récupérait des bouquins tombés sous les coups du sort – des exemplaires égarés, voués à la décomposition la plus piteuse. Des volumes vagabonds, sans dieu ni maître, aux couvertures pareilles à de vieux vêtements usés jusqu'à la corde, aux pages saccagées et squelettiques... Des livres malheureux qu'on laissait grelotter dans le froid glacial, se noyer dans les averses et se dessécher par temps de canicule...

On en trouvait à discrétion, de toutes sortes : pédagogie, littérature, sciences et techniques, mémoires. Il les tirait de poulaillers, de greniers, de sous-sols, de fossés, de cabinets, d'écuries, de, de, de...

Sa position de serviteur des lettres était si convaincante que, souvent, les habitants d'Odessa les lui apportaient de leur propre initiative, comme à un Père Noël au cœur de caramel. Il arrivait qu'ils l'invitent chez eux pour le laisser choisir par lui-même et accompagner leur don de vodka et de sardines perlées qui s'échauffaient sur le gril avant leur danse de cabaret.

Officiellement, on ne payait pas pour obtenir les livres, mais de façon non officielle Negru sondait parfois son porte-monnaie pour récompenser quelque pauvre hère qui se présentait à sa porte avec des exemplaires de valeur dans le fond de son sac en raphia.

Il est des mortels qui se glorifient, à juste titre, de planter un arbre dont le bois servira un jour à faire du papier pour des livres. Le professeur de Iași était bien plus pragmatique :

il replantait une bibliothèque en sauvant le bois des forêts de l'abattage.

Sur les chemins de la bonne entente entre les peuples, il se vit rapidement enveloppé dans le molleton de la sympathie des Odessites. Et, un beau soir, Alexandra Tuneieva, directrice de la bibliothèque municipale d'État d'Odessa, l'invita chez elle pour discuter de quelques livres qui pourraient lui parvenir d'une source un peu plus délicate.

C'est ainsi qu'il se retrouva dans la cour d'une maison juive de la Moldavanka, le quartier périphérique qu'il connaissait bien depuis la précédente guerre. C'était une soirée chiche en étoiles, bonne à fourrer au fond de son sac pour l'utiliser quand on aurait à s'échapper d'une embuscade. Dans les filets de pêche de la brise s'accrochait le murmure traînant des chants qui évoquaient des tempêtes, des récifs et des naufrages, contrastant avec les phares, les tonneaux de rhum et les nombrils ornés d'émeraudes.

Alexandra Tuneieva lui servit la traditionnelle eau-de-vie, psychologiquement renforcée par un collier de beaux poissons, puis elle le présenta à un malabar moustachu avant de disparaître en disant :

– C'est mon mari !

Avec un minimum de gestes, pourtant pleins de rhétorique, le malabar le conduisit dans un coin reculé de la cour où il y avait une énorme pierre, aussi lourde que les péchés de tout le quartier. Il la déplaça sans grands efforts, permettant à des effluves cotonnés et douceâtres de remonter à la surface depuis le nombril de la terre pour peaufiner la brise.

Il l'invita à faire les premiers pas dans le réseau compliqué de boyaux terrestres :

– *Prachou !* Après vous !

Le professeur entrait de nouveau dans le Monde Noir, où il n'était plus allé depuis une guerre mondiale, quand il approvisionnait le capitaine Fontaine de produits de contrebande. Le clapotement balbutiant de ses godillots se confondait avec le croassement des bottes du guide qui fendait l'eau croupie des catacombes, creusées autrefois pour becqueter le foie odessite afin d'en tirer des pierres à bâtir. Par la suite, afin d'exploiter l'espace de façon plus judicieuse, ces boyaux étaient en partie passés au service des contrebandiers, en guise de cavernes clandestines pour les produits avidement attendus par le marché noir.

Les pas de Negru ne rendaient pas le même son que lors de sa dernière visite. Quelque chose avait changé là, irrémédiablement, en annulant le pacte entre géologie de la nature et géologie humaine. On aurait dit qu'un rideau de basalte était tombé sur le monde des profondeurs, le coupant de toute communication avec l'extérieur et le condamnant à une mort par lente déshumanisation.

Les cellules n'étaient plus habitées par des dragons débordant de testostérone, mais par des spectres inertes en qui la vie palpitait à peine. Les nymphes étaient tombées au rang d'anciennes starlettes que la ruine avait jetées au pied du pont, la main tendue pour mendier. Leur peau pelait comme du papier peint de cuisine déformé par la vapeur, et le bourdonnement de leurs becs de pécheresses n'était plus que le son fêlé de la cloche d'enterrement des désirs masculins.

L'une d'entre elles, pas du tout gênée qu'un sein lui tâte le nombril sous sa chemise en loques, touillait avec une grande cuiller dans un chaudron gigantesque. Elle préparait un ragoût d'entrailles que tricotaient les aiguilles d'une puanteur dévastatrice, et quand Negru alla voir de plus près, un shrapnell de nausée lui colla le cerveau au plafond : *la grande cuiller était un fémur, et de plus, un fémur humain.*

C'était un fait indiscutable, le Monde Noir n'avait plus rien du rayonnement qui en faisait autrefois la magie. Le Monde Noir était noir, un point c'est tout.

Le folkloriste adressa un regard de reproche au guide qui l'avait traîné dans ce cloaque, en l'implorant dans le plus parfait langage muet de sortir de là au plus vite. Faisant celui qui ne comprenait pas, le malabar lui entoura doucement l'épaule de son bras et le conduisit à la cellule où ils étaient attendus.

– *Prachou vas, daragoï professor !* Entrez, s'il vous plaît, monsieur le professeur !

Il eut beaucoup de mal à reconnaître le Dragon des dragons. À cause de sa peau ruinée par l'âge, la petite branche d'olivier tatouée sur son cou ressortait plus vilainement que la cicatrice qu'autrefois elle cachait si bien. D'un bref mouvement de sa tête hideuse, il éloigna les nymphes ratatinées.

– *Tak totchna, tovarych kommandir !* Compris, camarade commandant, répondit le chœur des voix fêlées.

« Camarade commandant » ? Se serait-il retrouvé à une réunion souterraine du Parti communiste ? Qu'est-ce que c'était que cette sale histoire ?

Tout le temps où ils se parlèrent, avec quantité de gestes, mais sans dépasser le niveau du micro-chuchotement, la créature autrefois terrifiante garda la main de Negru dans la sienne, comme celle d'un prêtre à qui on demande l'absolution et une dernière cigarette. À plusieurs reprises, le professeur fut obligé de lui prêter son mouchoir pour que les camarades subordonnés et subordonnées ne le voient pas pleurnicher comme le dernier des mioches.

– C'est ici que nos os vont pourrir, *daragoï professor !...* Vous êtes le seul à pouvoir exaucer notre dernier vœu.

Avant qu'il ne parte, une nymphe ratatinée comme une figue sèche prit Negru par le cou avec un résidu de tendresse et voulut lui glisser trois grains de grenade dans la bouche.

En réfrénant à grand-peine son envie de vomir, il accepta uniquement parce qu'un homme comme lui ne pouvait pas vexer une femme, et d'autant moins une de celles qui avaient dégringolé des hauts talons sur lesquels l'avait hissée l'admiration masculine. Mais il cacha sous sa langue les petites munitions du fruit et, au moment opportun, il les recracha dans une mare, pour les empêcher d'exploser sous la voûte de son palais.

Non ! Non ! Et trois fois non ! Ça suffit les histoires de grains de grenade !

Il n'aurait voulu pour rien au monde revenir ni à Odessa ni dans le monde gargouillant des catacombes creusées dans ses entrailles.

4

D'un minerai totalisant un million et demi de livres, Negru ne retint que le métal précieux de trente mille ouvrages. Ceux-là et uniquement ceux-là avaient gagné le droit, par leur valeur et leur degré raisonnable d'usure, d'aller rejoindre la bibliothèque de langues slaves de l'université de Iași.

Il les traita avec la sollicitude paternelle que seul un érudit pouvait avoir : il les tria, les emballa, les disposa dans des caisses de sa fabrication et les accompagna en train jusqu'à leur destination, tel un gardien dévoué.

À Iași, l'urgence fut de procéder à leur désinfection, car la propagande déchaînée contre les Russes était aux aguets et impatiente de voir quelqu'un attraper un herpès ou autre désagrément de ce genre dans quelque œuvre de Tolstoï ou Ostrovski, pour pouvoir exiger de mettre le feu à l'ensemble des trente mille livres au beau milieu de la ville.

Negru s'était documenté sur tout. Il avait trouvé dans la bibliothèque du consulat français suffisamment de matériel pour être mis en garde. Dès la fin du siècle passé, des revues telles que *La Médecine moderne** ou *Le Mouvement thérapeutique** insistaient sur le fait que, bien qu'ils ne génèrent pas de microbes, bacilles et autres vilaines petites bêtes de ce genre, les livres pouvaient servir de véhicules à leur invisible clique.

La contamination pouvait survenir tant par les voies usuelles de l'épidémiologie – toux, éternuements, postillons – que par l'habitude de tourner les pages en mouillant le bout du doigt de salive. Par ce geste consacré, le lecteur de bibliothèque déposait sa vilaine petite bête comme une note crayonnée dans la marge, et le suivant l'attrapait sans le savoir et se retrouvait avec la scarlatine, la diphtérie ou même la tuberculose.

Une fois de plus, on voyait à quel point il fallait faire preuve de discernement dans l'usage des métaphores. Dans le cas des livres malades, le « virus de la lecture » dépassait son rôle de figure de style désignant la passion de dévorer des écrits, pour se matérialiser de manière purement pathologique.

– Pierre, veille, dans ton travail, à ne pas négliger la présence de colonies de champignons sous les couvertures ! Silencieuses et terrifiantes, elles sont comme les colonies de travaux forcés de Bolchévie ! lui recommandait Fontaine au téléphone, qui ne manquait pas une occasion de s'en prendre aux Russes.

– Je me suis renseigné, *mon capitaine**. Il y a tellement de monstres microscopiques qui creusent leurs catacombes sous les couvertures des livres qu'en Angleterre il était de règle de fermer les archives et les bibliothèques aussitôt que se déclarait une épidémie ! Il va de soi que la dangerosité d'un livre pour la santé du lecteur est directement proportionnelle à son ancienneté et à sa popularité...

– Bientôt, les épidémiologistes et autres futés du vaste monde préconiseront de ne lire que des livres neufs et sans aucun succès auprès du public, car ce seront les seuls à ne présenter aucun risque de transmission d'une maladie. Comme ça, à titre prophylactique...

– Nous serons une planète de crétins, mais de crétins à la santé de fer !

– Pour ce qui est de la crétinerie, on est servis, mais pour la santé, pas trop !

À Iași, Negru mit les livres malades en quarantaine. Il les hospitalisa d'urgence et passa au chevet de chacun, comme la reine Marie l'avait fait, lors de la précédente guerre mondiale, auprès des blessés, défiant le danger de tomber elle-même malade.

La reine Marie avait été la mère des soldats blessés, lui était le père des livres blessés.

Il épongea les gouttes de sueur sur le front des pages, puis sécha un chapitre après l'autre avec un méticuleux amour. Au ventilateur ou à l'étuve, il leur arracha le rhumatisme humide jusqu'à la moelle des lignes. Grâce au révolutionnaire bicarbonate de soude, il éradiqua la dictature des relents de moisissure, afin que la propagande officielle ne puisse pas dire que la littérature russe puait comme trente-six cochons.

Il ne s'en tint pas là. La bienveillance des collègues de la faculté des sciences lui permit de bricoler une lampe à ultraviolets et d'improviser un stérilisateur, et quand la guérison des livres fut complète, il recousit leurs pages et les emmitoufla entre des couvertures.

Cet obscur travail de tâcheron ne fut pas vain. Au printemps de 1943, toutes ces beautés de la culture universelle attendaient leurs prétendants, tant par la lettre – leurs titres étaient enregistrés dans l'ordre alphabétique et selon des critères de spécialité dans les fichiers de la bibliothèque – que physiquement, alignées sur des rayonnages comme les jeunes filles dans une salle de bal.

Une fois de plus, les fonds alloués à l'opération de sauvetage ne suffisant pas, Negru n'hésita pas à puiser encore plus profond dans son porte-monnaie. Il ne le regrettait pas. Il s'agissait d'une noble cause et il en avait les moyens, puisque Victor Papacostea avait tenu la promesse faite en 1932, à l'époque où ils étaient collègues au séminaire central de Bucarest.

5

À cette époque, tandis qu'ils partageaient en anciens combattants leurs souvenirs de la Grande Guerre, Negru raconta à Papacostea le miracle de la forêt de Răzoare. Mais il ne le fit pas dans la perspective froide de l'historien, plutôt dans celle, brûlante, du spécialiste du folklore, ce qui était bien normal entre deux amis qui se dévouaient au trésor de la culture populaire et diffusaient ses ondes magiques du haut de leur chaire.

Il lui relata donc comment le capitaine Fontaine, réputé complètement muet en langue roumaine, s'était dressé, quand tout semblait perdu à cause de la trahison des Russes, tel un Messie des tranchées, et s'était mis à lancer une *descolindă* de mauvais sorts aux Allemands dans le roumain le plus authentique.

Il lui dépeignit de quelle façon les vers furibonds, dont les Allemands ne comprenaient goutte, étaient passés d'un soldat roumain à l'autre comme une gourde remplie d'eau-de-vie, les tirant tous de la paralysie de la peur, doublant leur cœur, triplant leurs balles, multipliant par sept leurs baïonnettes, leur nombre par cent et leur bravoure par mille.

– Le *descolindat,* bien qu'il représente le revers parfois inesthétique, voire hideux du *colindat,* a eu à Mărășești des résultats héroïques. Paradoxalement, le sort de la bataille et de la liberté du pays a été retourné non grâce aux messes célébrées par des assemblées de prêtres quelque peu parodiques, mais par les imprécations rugies du fond des tripes par un Français en qui avait incubé le virus millénaire roumain.

– Évidemment, dans l'enfer de Mărășești, c'était un comble que d'invoquer les forces du Ciel… Fontaine s'est comporté en grand chef de guerre. Même Alexandre le Grand n'aurait pas trouvé une façon d'agir plus opportune.

– C'est bien mon avis : il y a des fois où on ne sait plus distinguer l'enfer du paradis.

– Et comment le « virus millénaire roumain » dont tu parles a-t-il pu incuber chez Fontaine ?

– Alors, là, pour me vanter un peu, c'est moi, l'ordonnance, qui ai eu le rôle principal. Je l'ai aidé à comprendre le soldat-laboureur ou berger et à l'approcher. Peu à peu, Fontaine était devenu un plus grand Roumain que bien des chefs autochtones. Comme tu le sais, immédiatement après la guerre il est venu s'établir en Roumanie et, il y a deux ans, il a épousé une Roumaine, professeure de latin.

– Un choix bien normal, puisque nous avons tous des racines latines… Tu sais, loin de moi l'idée de t'accuser de raconter des craques, mais tout ce que tu me dis semble tiré mot pour mot d'un conte de fées.

– Ce que je te raconte est un vrai conte de fées ! Là-bas, dans les tranchées de Mărășești, nous avons écrit notre conte avec du sang, de la terre et une goutte de tzuica.

– Sais-tu à quoi je pense, Pierre, mon frère ? S'il fallait choisir, je préférerais le *descolindat* au *colindat.*

– En ma qualité de chercheur scientifique, je le préfère moi aussi. Il met magnifiquement en valeur la créativité orale du peuple, même s'il s'agit d'une coutume généralement obscure. Et puis, le *descolindat* est piquant et savoureux comme la lame acérée d'un pamphlet.

– À vrai dire, si je devais choisir, je préférerais le *descolindat* aussi en qualité de destinataire, parce qu'il est toujours sincère, à la différence du *colindat* et autres bons vœux.

– Très juste ! Il y a la même différence qu'entre l'injure et le compliment. Le compliment est un onguent social produit par une entreprise de charlatans, alors que l'injure est claire comme l'eau qui sourd des profondeurs, traverse les couches de bile et jaillit avec l'écume aux lèvres.

– Je viens d'avoir une idée formidable : puisque nous parlons d'une coutume obscure, pourquoi ne pas la faire apparaître en pleine lumière ? Il faudra bien que quelqu'un s'en charge, et il n'y en a pas de mieux placé que toi.

– J'ai pensé écrire là-dessus un article d'une page entière pour un journal. Mais je me demande bien qui va le publier, maintenant que la presse est pleine de têtes carrées.

– On ne va pas s'en faire pour les têtes carrées de la presse... Moi, je dis que tu devrais te documenter à fond et écrire une étude scientifique complète sur la coutume du *descolindat* chez les Roumains et tous les peuples balkaniques. Quelque chose de béton. Quand tu l'auras achevée, je me chargerai de trouver un éditeur pour la publier.

– C'est bien tentant, mais ça implique un travail de terrain pour recueillir le folklore tout frais, à même la source ! Si on n'est pas au bon endroit au moment où l'action se déroule, on rate à la fois l'adrénaline et l'authenticité. Je t'ai raconté comment on avait *descolindé* le colonel Anghel dans la nuit du réveillon du Nouvel An 1917. Si je n'en avais pas été témoin, j'aurais raté l'occasion de tout recueillir mot pour mot.

– Je sais bien que tu aimes à la folie te cacher dans un coin et espionner les artistes populaires en pleine action volcanique de transmission des traditions séculaires ! Qu'est-ce qui t'empêche d'écrire cette étude ?

– Le manque de sous, *mon cher !** Les sous pour le transport, pour se loger, pour offrir une tzuica à l'informateur populaire... Tu sais bien que le travail du folkloriste commence au bistrot du village ou dans les bas quartiers où il se documente.

– Je le sais, bien sûr ! J'ai tout de même un peu de culture, moi aussi.

– En réalité, toutes les bonnes intentions du savant roumain se heurtent au mur du manque d'argent.

– Écoute, je m'engage à te fournir bientôt suffisamment de fonds ! Je trouverai une source de financement pour que tu puisses travailler tranquillement. Je vais mettre la main sur la poule aux œufs d'or.

– Ou sur le cheval qui fait du crottin de napoléons ! Moi, j'en ai connu un, un cadeau de noces, et j'en ai reçu assez de napoléons pour vivre un bon bout de temps.

C'est ce soir-là que naquit l'idée du livre *Le Descolindat chez les Roumains.*

6

Le savant pur-sang ne travaille pas les yeux rivés sur le calendrier, en attendant le jour de paye. Il se voue à sa passion aussi souvent qu'il en a l'occasion.

Prenant au sérieux la promesse de son ami, Negru se mit au travail sans attendre, sachant qu'un jour ou l'autre le financement promis arriverait. Partout où il allait dans le pays il s'informait, comme ça, mine de rien, de la coutume du *descolindat*.

– Père Vasile, a-t-on l'habitude par ici, dans votre village, entre Noël et le Nouvel An, d'aller trouver les gens les plus désagréables pour leur en envoyer plein la figure ? Ah oui ? Vous ne voudriez pas m'en dire un peu plus autour d'un bon verre de vin ou d'une petite tzuica ? Allez, c'est moi qui régale !

La preuve qu'il ne perdait aucune occasion de se documenter fut donnée, en décembre 1943, lors de sa visite à Willy Katz, qui l'avait invité à passer les fêtes dans sa maison d'Oprișeni, aux abords du shtetl de Fălticeni.

Cette invitation n'était pas un hasard. Ils se connaissaient depuis la guerre, où ils avaient combattu côte à côte et s'étaient liés d'amitié. C'était par son intermédiaire que Negru avait acheté pour Fontaine de la tzuica de tranchées aux officiers fabricants, parce que Willy, issu d'une lignée qui s'était usé les coudes au comptoir d'un bistrot, s'y entendait comme personne pour négocier le prix de l'alcool.

Après la guerre, ils étaient restés en contact et s'étaient même revus quelquefois à Cernăuţi ou à Iaşi.

Sachant que le quartier d'Oprişeni était habité autant par des Juifs que par des Tziganes – deux cibles de prédilection des *descolindatori* du cru –, le folkloriste n'attendit pas d'être invité une seconde fois pour passer le réveillon chez son vieux camarade.

Il espérait, en réalité – sans en avoir honte, car la honte est étrangère à l'homme de science –, que Willy Katz lui-même aurait droit à une petite *descolindă* à l'occasion des fêtes de fin d'année. Dans ce cas bienheureux, il se cacherait derrière un rideau et saisirait au vol chaque vers jeté à la figure de son hôte pour le noter soigneusement dans son carnet de collectionneur.

Toujours derrière le rideau, il étudierait la mimique et les gestes des *descolindatori*... et peut-être, grâce à son brin de talent de dessinateur, esquisserait-il aussi leur déguisement au fusain.

En même temps, il jetterait un coup d'œil de l'autre côté du filet de tennis pour observer et analyser les réactions des trois membres de la famille Katz, qui ne pourraient être bien sereines, confrontés qu'ils seraient au débordement de haine qui leur était traditionnellement destiné.

Pendant son séjour à Oprişeni, le spécialiste du folklore put établir les ressemblances et les différences des deux principaux types de *descolinde* générés par l'antipathie ethnique.

Le premier type, adressé aux Tziganes, était plutôt une sorte de harangue condescendante, de taquinerie indulgente, dépourvue de hargne.

Il n'y avait là rien d'incongru, car les Tziganes étaient perçus comme des gens qui ne se donnaient pas la peine d'être assimilés par les autochtones, mais qui ne leur faisaient aucunement concurrence sur le plan professionnel ou autre.

Regardés de haut tant par les boyards prétentieux que par les paysans ordinaires, ils créaient une satire aimable avec une concentration minimale de méchanceté, plus verbale que physique.

On se moquait de leur accent rauque, on leur lançait quelques onomatopées de volatiles (craa, craa), allusion à leur sobriquet de « corneilles », et puis on les laissait se débrouiller seuls avec leurs péchés, aussi nombreux que leurs misères.

Dépourvue d'impertinence, et d'une évidente pauvreté d'inspiration, la *descolindă* qui leur était adressée ratait son ascension vers les sommets de la création populaire. En fin de compte, que pouvait-on dire des Tziganes ?

Parmi les rares thèmes qui leur étaient associés, deux revenaient presque toujours : la bohème de leur ventre, éternellement affamé, et leur indifférence, frisant l'athéisme, à la foi chrétienne qui était officiellement la leur.

En cette fin d'année 1934, Negru eut la chance de recueillir à Oprișeni un échantillon qui combinait les deux types les plus rebattus du folklore. Les destinataires de la *descolindă* étaient un certain Sbârcea et sa bobonne, producteurs de mioches éternellement affamés, avec des yeux en point d'interrogation. Ils habitaient une petite cabane que la pluie n'épargnait qu'en plein hiver et en été, quand il y faisait tellement chaud qu'ils dormaient de toute façon à la belle étoile.

Sbârcea avait été marchand de chaudrons, jusqu'à ce que la concurrence juive l'écrase et le réduise à l'ivrognerie. Son vice avait ses bons côtés : chaque verre rendait plus rapide la main avec laquelle il volait, le vol constituant la principale source de revenus de la famille. Avant qu'elles aient atteint la vitesse requise pour voler dans les règles, les mains des mioches étaient tendues pour mendier.

Les antennes dressées, Negru avait écouté, près de la cabane tzigane, une *descolindă* qui évoquait avec gouaille une église construite grâce au travail enthousiaste de la famille Sbârcea.

Il ne s'agissait pas d'un lieu de culte ordinaire, mais d'une construction faite de produits culinaires – jambon fumé, lard, saucisses et boudins. Fruits du chapardage, ces ingrédients remplaçaient les briques et étaient jointoyés avec le plus pur saindoux. Finalement, les murs avaient été crépis à la couenne vingt-quatre carats, ce qui faisait gargouiller le ventre quand on les contemplait.

Une tel édifice, digne de la lignée des grands voïvodes de Moldavie, se devait d'être couronné d'une cloche sonore que les fidèles tziganes puissent entendre au-delà des monts et des vaux. Et comme il aurait été impensable que précisément la cloche soit en discordance avec le reste de la construction, elle suivait naturellement la ligne porcine :

Que ce grrros bourdon
Brrrillant comme l'orrr au soleil
Sonnant bien forrrt le rrréveil
Soit une tête de cochon
Et qu'elle fasse : grron, grron !

C'était un peu raciste mais non dépourvu d'imagination, car il n'est pas à la portée de tout le monde d'évoquer une tête de porc qui s'exprime couramment dans la langue des corneilles, sachant que, pour un porc, le croassement est du pur japonais.

Tapi dans un coin, Negru espionnait. Trois sténographes n'auraient pas égalé sa vitesse à enregistrer dans son petit carnet tout ce qu'il entendait. Avec une énorme satisfaction, il transcrivait le raclement des *r*, tout en constatant qu'aucun légume ou fruit, ni frais ni en conserve, ne déparait l'église bâtie de protéines grognantes.

La collecte de la création folklorique directement à la source se déroulait normalement… Si ce n'est qu'à transcrire les produits de charcuterie que fournissaient les bouches des *descolindatori,* le professeur sentit descendre dans ses entrailles un brouillard sanguinolent d'abattoir. Il tourna la tête et délivra son estomac de son contenu, en faisant bien attention de ne pas déranger les artistes populaires par ses spasmes inopportuns.

Il aurait eu besoin d'un lavage gastrique, ou au moins d'un verre de jus de choucroute ! De même que les valises des espions professionnels sont dotées d'un double fond, les estomacs des folkloristes devraient être pourvus d'une double muqueuse.

En somme, être espion professionnel ou spécialiste du folklore, c'est un peu du pareil au même.

Suivant strictement le protocole orthodoxe, la *descolindă* adressée aux Tziganes du clan Sbârcea entamait sa seconde partie. La construction du lieu de culte étant achevée, un respectable chœur de prêtres entrait en scène pour le consacrer.

Sbârcea, bobonne et les mioches s'agenouillaient, combinant avec dévotion le gargouillement de leur ventre avec celui de leur cerveau. Et pendant que les prêtres faisaient des signes de croix spacieux comme des resserres pleines de délices charcutières, des puissances surhumaines soulevaient l'un après l'autre les membres de la famille pour les rouler dans des aillades célestes.

La prestation des prêtres faisait souffler sur la famille Sbârcea des courants de dévotion ; mais la piété peut avoir sur la conscience des conséquences exagérées, parfois radicales… Dans le cas présent, l'attachement aux valeurs chrétiennes prenait son habituelle tournure profane, car aussitôt que l'office de consécration fut achevé, l'église prit place, une brique après l'autre, dans les ventres connectés à l'esprit de fringale.

Les gros murs de jambon, les fondations de viande maigre, les décors ondulés des boudins furent arrachés et engloutis avec l'appétit de bulldozers se nourrissant des côtes fumées de la terre.

Le spécialiste du folklore devait bien admettre que toute la malice contenue dans cette *descolindă* n'était guère plus que des taquineries de cour d'école, avec des chiquenaudes, des pincements et des coups de pied aux fesses.

Pour preuve, Sbârcea et sa famille écoutaient sagement, la bave aux lèvres, en répondant aux gros bonnets *descolindatori* par des sourires et des courbettes. Ils étaient honorés d'avoir été, eux, la famille tzigane choisie parmi toutes celles d'Oprișeni.

Au final, ils avaient aussi été reconnaissants pour tout ce qu'ils avaient reçu. Parce que chaque *descolindator* leur avait offert quelque chose, tiré de sa musette : un chapelet de saucisses de mouton n'ayant eu que de l'ail en pâture, une langue de porc dans la fleur de l'âge, une topette de tzuica pour restaurer la rapidité de la main, et même quelques sous.

Des cadeaux en façon d'excuse, destinés à effacer les paroles injurieuses qui leur avaient été adressées l'instant d'avant.

7

Les choses sérieuses se passaient de l'autre côté de la route – où se manifestait dans toute sa splendeur le *descolindat* des Juifs.

Rien d'étonnant à cela. Autour de Noël, contre qui voulez-vous que s'abatte l'antipathie ethnique des Roumains, sinon contre ceux qui avaient la réputation d'avoir torturé le Sauveur du monde ?

On ne plaisantait pas avec le *descolindat* des Juifs, du fait qu'il ne se limitait pas à l'oralité, mais devenait plus consistant, associé aux redoutables « rites négatifs ». Il s'agissait de pratiques anciennes dont le rôle était de renforcer les malédictions et les injures, car, depuis que le monde est monde, l'homme ne peut pas communiquer uniquement par la parole. De tout temps, les mots ont été soulignés et renforcés par le geste ; de sorte que, si le portail de la maison juive n'avait pas été démoli, si on n'avait pas volé sa carriole ni mis à mal son chien dans la cour, ça ne pouvait plus porter le nom de *descolindat*, ce n'était qu'un faux-semblant on ne peut plus honteux.

Là, les attentes de Negru étaient très élevées, d'autant plus que Willy Katz avait pour circonstance aggravante d'être patron de bistrot. Son métier doublait l'hostilité qui lui revenait d'office, le bistrotier figurant sur les fiches de paye du diable à égalité de points avec un autre champion du dégoût général, l'usurier.

Drôle d'engeance, ces deux-là ! Alors que le bistrotier versait du vitriol dans la gnôle, l'usurier collait des intérêts à l'argent qu'il prêtait aux nécessiteux. N'y avait-il pas de quoi les jeter tous deux dans la poix brûlante de l'enfer ?

Les attentes de Negru ne furent pas déçues. Dans la nuit sacrée du Nouvel An, le chœur des hommes d'Oprișeni approcha à grand bruit de la maison de Willy.

Un, deux, trois, quat', cinq
Au diable les Youpins,
Juifs au zizi taillé,
Sans aucune parenté.
Qu'il en crève un cette nuit
Et demain une colonie !

Un prélude dynamique, un exergue tonitruant en tête d'une œuvre littéraire !

Cette fois, les *descolindatori* ne taquinaient plus bon enfant (comme ils l'avaient fait avec les Tziganes) mais mettaient en lumière avec un talentueux venin les scories du fond de l'âme collective qu'ils représentaient.

Le folkloriste notait dans son carnet le moindre petit mot, chaque geste, chaque mouvement. Les gaillards sautèrent par-dessus le mur de la maison et prirent position sous les fenêtres, où ils s'éclaircirent la voix comme des artistes de métier prêts à entrer en scène.

À bon droit ! C'étaient des artistes, eux aussi, de plus véritablement populaires, dont on parlerait un beau jour dans des livres de spécialité et peut-être dans des romans à succès.

Les voix traînantes unies en ronde exhortaient les maîtres de maison à être raisonnables et à ne surtout pas tenter de se défiler, parce que le diable lui-même – l'allié talmudique traditionnel – était passé avec armes et bagages dans le camp des chrétiens.

Le diable sort des braises,
Tirant du Juif les papillotes.
Le diable sort de la fournaise,
Tirant le Juif par la botte !

Negru aurait bien aimé qu'au lieu de « botte » figure le mot « aorte ». C'eût été d'une plus grande musicalité et l'image aurait gagné en plasticité et en dramatisme par son allusion anatomique.

Mais il n'y pouvait rien. Pieds et poings liés, il ne pouvait apporter d'améliorations de son propre chef. Il était là non en qualité de créateur populaire mais de reporter, pour recueillir le matériel folklorique produit par d'autres. Les voix des gaillards poursuivaient, déterminées, illustrant une violence qui ne pouvait venir que de la population majoritaire :

Le diable sort du divan,
Tirant le Juif par son caftan.
Le diable sort de son trou
Tirant le Juif par le cou !

À en juger par le visage blême de Willy, les vers agissaient sur lui comme les coups d'un tailleur de pierre. Il avait été changé en statue de la peur.

Sa femme, Barbara, commença à réciter une prière, mais le tremblement de tout son corps faisait dérailler sa voix.

Ah, les épouses ! Les pauvres, elles encaissaient, une fois de plus, les coups durs !

Mais le plus terrifié, c'était le petit Daniel, qui, en entendant les hurlements des sauvages dehors, sortit, vert de peur, de la caisse où il se croyait bien caché.

Il avait fait pipi dans son pantalon, et plus encore.

Il s'ensuivit une *descolindă* parfaite. On peut affirmer que les objectifs du folkloriste avaient été atteints avec brio, même si, à la suite de cette mésaventure, il s'était retrouvé sans ses brodequins tout-terrain et sans sa chapka de vison achetée avec les indemnités perçues pour le Congrès international de folklore de Bratislava en 1933.

Il s'était vu contraint de rentrer à Iași en chaussures paysannes de peau de porc et avec un bonnet en agneau sur la tête, on l'aurait dit échappé d'un de ces hôpitaux où les malades sont joyeux et leurs familles affligées.

Durant ces fêtes de fin d'année 1934, le carnet du savant avait été saturé de notes et son visage de bleus. Alice l'avait copieusement maquillé à la poudre de riz, pour que leurs enfants ne se rendent pas compte de son état lamentable.

Mais, autant le spécialiste du folklore Negru avait été enchanté par ce qu'il avait vu et entendu lors de son séjour à Oprișeni, autant le bon Roumain Negru, si correct, en avait été dégoûté.

8

Il ne fallut pas longtemps à l'amitié entre Negru et Papacostea pour s'étendre à la famille de chacun. Quand Alice Negru se vit frappée par une crise d'appendicite, le docteur Constantin Ghițulescu – beau-frère de Papacostea – bondit à trois heures du matin pour l'opérer à l'hôpital Coltea.

Cet été-là, la fille du chirurgien Ghițulescu passa les premières d'une longue suite de vacances dans la cour du consulat français de Iași. La compagnie des trois enfants du couple Negru – deux filles et un garçon – faisait de la maison au drapeau tricolore de la rue des Muses un cadre merveilleux pour que Michaela Ghițulescu se débarrasse un peu du fardeau de la timidité.

Mais c'était surtout sur les leçons de français données par Chantal Sibou, la fille cadette du consul, que les époux Ghițulescu fondaient de grands espoirs.

Maigre comme un coucou, Michaela était née avec des lunettes, mais sa myopie dépassait le cadre de la vision, elle imprégnait tous ses gestes jusqu'à la moelle. Elle avait une attitude de myope, elle parlait myope, bougeait myope et avait une immunité de myope qui lui permettait de guérir d'une maladie pour se précipiter dans la suivante. À cause de cette myopie invasive, elle n'était entrée à l'école qu'en CM2, après avoir effectué les premières classes à domicile avec des précepteurs.

Ses parents étaient conscients que le grand danger, pour son développement, provenait de la myopie sociale qui gravitait autour d'elle avec une ruse sournoise. De ce point de vue, des vacances passées dans une autre ville, avec des enfants de son âge, pouvaient être réparatrices, tout comme l'apprentissage du français qui lui ouvrait de nouveaux horizons magnifiques.

De ce fait, l'amitié entre les Ghițulescu et les Negru était la bienvenue, car où et avec qui Michaela aurait-elle pu mieux apprendre le français que dans la cour du consulat français de Iași, avec comme professeure la fille du consul ?

Ghițulescu était un père de famille exemplaire, mais il était sujet à de petits glissements dans la nostalgie. Il lui était, par exemple, impossible d'évoquer la qualité de « professeur de langue française » sans que son regard se tourne vers le passé. Comme tous les adolescents normaux des lycées roumains, il avait fantasmé sur la personne qui lui avait enseigné autrefois la langue de Voltaire.

La demoiselle du français ! Des petits billets qui aiguisent les passions, des regards onctueux, à vous beurrer le cœur comme on beurre une *baguette** croustillante achetée à *la boulangerie**, des soupirs à vous couper le souffle en tranches...

Tout ce qui pouvait provoquer des bonds athlétiques pardessus la chaire de la classe était l'apanage des demoiselles du français, mais restait étranger à celles de la langue russe, ajoutant ainsi un nouveau feuillet au dossier de l'antagonisme franco-russe en Roumanie. Et inutile d'en dire plus long sur l'épaisseur de ce dossier.

Rappelons que la révolution de 1848 dans les principautés roumaines fut d'inspiration française et antirusse et que sa sanglante répression fut dictée par Saint-Pétersbourg – pour que, finalement, les révolutionnaires chanceux trouvent refuge à Paris.

Ajoutons que l'union des principautés de 1859 fut réalisée avec le soutien direct de la France, provoquant en Russie un crève-cœur aussi vaste que toute leur steppe.

Et pour conclure, disons que même une prof de grec ancien ou de latin – comme *madame** Alexandrina, l'épouse de Marcel Fontaine – était plus susceptible d'éveiller les rêves qu'une enseignante de russe.

De ce point de vue, Chantal Sibou constituait une anomalie, car elle faisait partie des rares professeures de français à ne pas susciter un souffle de rêverie parmi les élèves. Le domaine de la séduction sensuelle lui était étranger. Après qu'elle eut raté le train express du mariage, son désintérêt pour les hommes avait bientôt été scellé par celui des hommes pour elle.

Elle faisait consciencieusement son devoir à l'école de Botoșani, où elle enseignait, et les vacances scolaires à Iași lui offraient un surplus de prières, de génuflexions et de routine. C'était une personne pieuse, trop pieuse.

Ce qui lui faisait aussi éviter les terrains de chasse de la séduction, c'était la Bible, qu'elle lisait tout le temps, même en marchant sur le trottoir. Sans aucun doute, la parole sacrée élevait son âme, mais associée à son foulard sur la tête et à ses bas épais, elle fauchait sans pitié les champs de testostérone qu'elle croisait. Quand elle passait en ville, le regard des garçons la traversait comme une vitre pleine de toiles d'araignée, et il ne leur venait pas à l'idée de la siffler ou de lui demander d'un air espiègle :

– Mademoiselle, mademoiselle, toute seule en cette ruelle ?

Le consul, ça lui faisait mal au cœur de voir sa cadette abandonnée dans l'archipel aux eaux croupies du célibat. Hélas, si elle faisait merveille pour passer les frontières, l'immunité diplomatique ne l'exemptait nullement des souffrances d'un père ! Même le passeport diplomatique avait ses limites…

En père malheureux, il passa d'une bouteille de pinot par soir à une et demie.

– Plutôt que de lui mettre des bâtons dans les roues, Dieu aurait mieux fait de mettre sur sa route un gars, même un peu rustique comme le Pierre d'Alice ! disait-il à Hortense pour déverser sa rancœur, sans oublier de mouiller un peu Negru dans son amertume.

Une chose était certaine : attirée par le sifflement des serpents sans dents de la ménopause, la demoiselle de français se muait implacablement en « tantine du français ».

Irréprochable du point de vue professionnel, Mlle Sibou mobilisait ses forces pour les cours de vacances qu'elle dispensait dans le jardin du consulat. Le chirurgien Ghițulescu avait sauvé la vie de sa sœur ? Alors il était de son devoir de sauver sa fille des pièges de la solitude.

Pour assurer à Michaela Ghițulescu un cadre propice à la communication, Chantal avait rassemblé parmi les voisins et amis une équipe de vingt-deux mioches studieux, en fait ils étaient vingt-cinq si l'on compte ceux qu'avaient fabriqués Pierre et Alice.

Quand le professeur est doué, les résultats ne se font pas attendre. Dès les premières vacances passées au consulat, la myopie sociale de Michaela avait commencé à diminuer, dioptrie après dioptrie.

Ils avaient du succès, ces cours où l'on faisait du théâtre de marionnettes, de la danse, où l'on chantait *Frère Jacques** ou *Auprès de ma blonde**, où l'on apprenait à grimper aux arbres, à construire des maquettes des châteaux de la Loire, où l'on entendait des contes féeriques de Bretagne, avec des rois moustachus aux bottes pareilles à celles du Chat botté.

De fait, ces cours s'avéraient aussi utiles aux élèves qu'à l'enseignante, car, elle aussi, l'isolement social la guettait, et, plus encore, l'isolement religieux qui, de tout temps, aura été la forme la plus grave.

Normalement, Chantal aurait pu constater que les joies ne venaient pas que du ciel mais aussi de la terre ; pourtant, elle ne remerciait que Dieu de la bénédiction des leçons données à sa troupe infernale de petits anges.

Joseph Sibou restait *bouche bée** en remarquant combien les gamins dans la cour ne s'attachaient pas seulement à la langue française, mais commençaient aussi à s'attacher à *la tante France**, en tant que personne nationale.

Il en ressortait un pur amour qui pouvait donner, dans un proche avenir même, des citoyens français, pourquoi pas ? Aurait-on fouillé les sacs à dos de ces morveux, on y aurait en effet trouvé, chez chacun, la canne pliante d'un adulte français.

Il était fier en tant que père, mais triste en tant que diplomate. Ce que lui-même n'avait pu obtenir que de façon fragmentaire et au prix de grands efforts par la voie réglementaire, en enseignant un français rugueux aux filles et aux garçons des deux lycées de Iași, Chantal y parvenait à toute allure avec ses cours perchés dans les arbres.

9

Peut-on se considérer comme un soldat des livres si l'on s'occupe exclusivement des ouvrages des autres, en négligeant ceux qu'on a le devoir sacré d'écrire, de corriger et de faire imprimer ? Après avoir sauvé d'une mort certaine trente mille volumes russes, il était temps que le professeur Negru s'occupe de faire naître sa grande œuvre, *Le Descolindat chez les Roumains.*

Apparemment rien ne l'en empêchait, d'autant que Papacostea avait tenu parole et lui avait offert le poste de directeur adjoint de l'Institut d'études et de recherches balkaniques, avec pour seule tâche professionnelle celle de rédiger son manuscrit, puis de le passer minutieusement au peigne fin de la correction.

Un grand Roumain et un ami brillant, ce Papacostea ! Il n'était pas à la portée de tout le monde de convaincre les autorités, surtout en temps de guerre, de la nécessité de créer un vrai poste pour quelqu'un écrivant une étude scientifique destinée à révéler une coutume obscure de notre peuple. Le patriotisme n'aurait pas suffi en la matière, cela exigeait en plus un degré exceptionnel d'intelligence du cœur.

Le contexte personnel s'alignait sur la tendance internationale, qui détournait son visage des horreurs pour regarder la beauté humaine. Fragilisée par la névrose et l'ostéoporose, la guerre constituait fébrilement son dossier de retraite à grand renfort de certificats médicaux et autres paperasses.

Les lumières de la connaissance pénétraient de nouveau dans les imprimeries. Les éditions brûlaient d'impatience d'abandonner l'impression de torchons de propagande belliqueuse, pour retrouver leur vocation de semer les sciences et la culture, attelées à la charrue des grands idéaux de l'humanité.

Mais on en était encore loin… Juste au moment où il s'apprêtait à retrousser ses manches pour se consacrer à la troisième série de corrections du manuscrit, Negru se vit dans l'obligation de sauver une deuxième fois les livres russes de la bibliothèque des langues slaves de l'université de Iași.

Cette fois, il fallait les préserver de la fureur de l'Armée rouge, qui asphyxiait – par des canonnades déchaînées et des assauts de chars – la ville défendue bec et ongles par les Allemands. Paradoxalement ou non, les livres russes risquaient de disparaître, écrasés par des montagnes de gravats, précisément à cause des Russes.

Il était temps de penser à un refuge. L'université de Iași, qui était en première ligne de la culture nationale, se voyait contrainte de traverser les montagnes vers la Transylvanie afin de sauver de l'anéantissement le bataillon intellectuel et son trésor accumulé.

Bien que tous ses projets aient été bouleversés, Negru restait maître de soi. Les livres bourlingueurs aimaient bien courir le monde et il se voyait investi du rôle principal dans l'épopée des missions grandioses. Après avoir, encore une fois, été rangées dans des caisses, ligotées en paquets avec de la ficelle goudronnée, les bibliothèques des facultés de lettres et de philosophie furent finalement entassées dans cinq wagons.

Le manuscrit du *Descolindat* et les textes folkloriques recueillis au cours des ans voyagèrent dans la malle de dot alsacienne que le consul Joseph Sibou avait commandée à une époque maritalement optimiste pour les noces de Chantal. La splendeur extérieure de l'objet – aux motifs floraux timides entourés de losanges virils – était complétée par un intérieur tapissé de velours rouge, semblable au tapis que l'on déroule sous les pieds des privilégiés de ce monde.

Mais comme Chantal avait stérilisé toute idée de mariage et, en général, toute pensée de bonheur terrestre, le folkloriste la lui avait réquisitionnée sans scrupule, séduit non tant par l'esthétique de l'objet que par les roues placées aux quatre coins pour en faciliter les déplacements.

Poursuivant son rôle de reine Marie des livres, Negru accompagna les collections tout au long du parcours jusqu'à Zlatna. Ce ne fut pas facile, en particulier sous les bombardements meurtriers de l'aviation anglo-américaine sur Ploiești et Brașov, quand le train universitaire prenait l'allure d'un jouet de fer-blanc dans les mains de dieux écervelés.

Mais on ne prend pas au dépourvu un grand spécialiste du folklore ! Quand les avions amorçaient leur vrombissement dans le ciel et semblaient fixer leurs regards sur le train, il grimpait sur le toit de la locomotive et se mettait à les maudire en vers créés pour la circonstance. Pour renforcer son message, il visait les bombardiers avec quelques pages du manuscrit du *Descolindat* qu'il roulait pour mimer un canon de mitrailleuse antiaérienne :

Avions, avions, maudits avions
Qui bombardez comme des cons
J'ai mis les livres dans mon abri,
Vous n'aurez rien, je vous le dis

Le Saint-Esprit les garde bien
Vous crèverez comme des chiens !
Et le diable, qui l'eût cru,
Puisse-t-il vous trouer le cul !

« Vous crèverez comme des chiens » ? « Puisse-t-il vous trouer le cul » ? Le mécanicien de la locomotive le regardait avec défiance car il s'attendait à un tout autre langage de la part d'un professeur d'université. N'aurait-il pas affaire à un espion ?

Après avoir rapidement compris de quoi il s'agissait, la stupeur du mécanicien se mua en admiration. Oui, monsieur, tout à fait d'accord pour « cons » et « cul » ! Dans les circonstances présentes, c'était exactement la façon dont devait s'exprimer un puits de science de professeur ! Quand il accompagnait un transport de grands livres de l'humanité, sous un raid aérien manifestement dévastateur, cet homme devait monter sur la locomotive et proférer à tout va les pires malédictions. Même Décébale le brave n'aurait pu mieux faire !

Le cheminot lui adressa le même regard que celui des soldats-péquenots à Marcel Fontaine lors de la bataille de Mărășești. Et poussé par une impulsion qui n'était pas dans sa nature, il grimpa lui aussi sur le toit de la locomotive, entoura de son bras l'épaule de Negru et se mit à dévider avec lui des incongruités facétieuses, fraîches et sincères comme l'herbe à peine fauchée :

Bombardiers, bombardiers
Faits de fiel et d'acier
Puissé-je vous voir incendiés
Et votre moteur grippé !

La malédiction fut efficace. Un avion en feu se mit en vrille, tournant comme une saucisse qui veut griller de tous côtés. Visiblement intimidés, les autres avions s'éloignèrent avec un bourdonnement de frelons.

Negru embrassa son frère cheminot, faisant deux taches roses sur ses joues noires de suie.

– Qu'en dis-tu, mon vieux ? Tu crois que le pot de terre a des chances quand il se bat contre le pot de fer ?

– Pour sûr, monsieur le professeur, comment n'en aurait-il pas ? Quand le bon droit est du côté du pot de terre, il en a ! répondit celui-ci en descendant vers ses manettes – pour remonter aussitôt sur le toit de la locomotive avec une bouteille de *palinka*[1] de prune.

1. Eau-de-vie (tzuica) titrant plus de 50°.

10

L'austérité du refuge dans la petite ville de Zlatna se révéla favorable au travail du savant, qui ne se départait pas de la concentration exigée par la rigueur de ses corrections. Enfin un peu de tranquillité ! Tout semblait parfait, quand…

Cette fois, l'incident provenait de la famille elle-même. C'était l'heure sereine du dîner, quand toutes les fonctions du bon père de famille se mettent en veille. En moins d'une demi-heure, Negru eut à éprouver sur sa propre peau le fait que le conflit classique belle-fille/belle-mère avait son équivalent masculin dans le conflit gendre/beau-père. Le soir du 6 juin 1944 marqua le dernier échange de paroles entre lui et Joseph Sibou.

La faute à la guerre, une fois de plus ! Qu'elle aille au diable ! Comme les victoires soviétiques sur les Allemands faisaient jubiler, de façon un peu oligophrénique, l'Alsacien qui se cachait dans le consul, le gendre se crut obligé de le tempérer :

– On a vu ce qu'on a vu avec les Allemands, mais ce n'est qu'avec les Russkofs que ça va se déchaîner ! Ce sera *dégueulasse** !

– *Mon cher, j'en ai assez de toutes tes sottises, y compris de ton non-conformisme !** Si tu es tellement sûr que ce sera *dégueulasse** avec les Russkofs, pourquoi as-tu sauvé leurs livres, et pas qu'une fois ?

– Les livres que j'ai sauvés n'ont pas de nationalité, ils appartiennent à l'humanité tout entière. Même s'ils sont russes, ils ne sont pas la propriété des Russes. Je les ai préservés de la destruction, tout comme j'ai sauvé ceux de la bibliothèque de langue et littérature françaises de l'université, en vous épargnant la peine de les emballer et de les mettre dans le train. J'ai tout fait venir ici, à Zlatna, où ils sont en sécurité.

– Et la langue des Russes, pourquoi la parles-tu, *mon cher** ?

– Vous savez quoi ? Moi, je vous parle de livres sauvés, et vous, vous vous en prenez à mon russe. Je parle le russe comme je parle allemand, et français, et italien, et-et-et…

– *Calme-toi !** Maintenant que la guerre touche à sa fin, d'où crois-tu que viendra la liberté, si ce n'est de l'Est ?

– De l'Ouest, *comme d'habitude**.

– Je ne crois pas à la liberté de l'Ouest ! Je suis venu en Roumanie pour échapper aux préjugés…

– … aux préjugés français. Remerciez le Ciel de ne pas avoir eu à vous frotter dans vos fonctions à ceux des Roumains. Mais vous aurez l'occasion de faire le plein demain, dans les jours qui viennent, avec ceux des Russes, ne vous en faites pas !

Pour un homme de la trempe du folkloriste, la rupture, si douloureuse fût-elle, ne pouvait qu'être définitive. À partir de cet instant-là, chaque fois que le consul s'adressait à lui, *comme d'habitude**, en français, il lui répondait invariablement en russe.

– Pierre, tu sais bien que je ne connais pas *cette langue** !

– Vous allez la connaître, petit père ! Je vous promets que vous la saurez mieux que Staline, *dedouchka*[1] !

– Et si je refuse de l'apprendre ?

– Vous pouvez refuser de l'apprendre, mais elle ne se privera pas de vous en faire voir !

---

1. « Petit père », en russe.

– Bien, Pierre, mais…
– Vous savez quoi ? Allez vous faire voir, Excellence !

Fidèle à ses jugements, issus autant de sa droiture innée que de la culture populaire, qu'il assimilait avec avidité, Negru se jetait dans les polémiques avec des airs de mousquetaire. Il reconnaissait la valeur thérapeutique des duels intellectuels et il lui était égal, à la fin, de se trouver ou non dans le camp des vainqueurs. De ce point de vue, il avait toujours su faire contre mauvaise fortune bon cœur.

Mais les duels en famille l'attristaient considérablement… La famille, c'était sa source d'eau thermale, et peut-on imaginer plus mauvais lieu pour des querelles qu'une source d'eau thermale ?

La confrontation avec Sibou était une profanation sulfureuse de la source thermale de la famille. Ils étaient au bord de l'éruption définitive, qui couvait depuis un bon bout de temps dans la sismologie du consulat. De toute évidence, il n'avait plus rien à dire à un bureaucrate aussi borné que lui, et il n'était pas même d'humeur à lui passer la moutarde à table.

À la fin de leur dernière dispute, il le recouvrit d'un drap blanc, comme un membre de la famille identifié à la morgue et laissé aux soins des pompes funèbres pour être embaumé, maquillé, avant son passage au domaine éternel.

C'était ça, son beau-père ? Oui, disaient les papiers, mais il n'en avait rien à faire des papiers. La base de son travail demeurait l'oralité.

Dans le cas d'un Sibou proférant des insanités, sa position de beau-père – ajoutée à celle de consul de France – était aggravante et non atténuante. Honte à la France d'avoir maintenu à ce poste un tel spécimen !

11

Pour s'évader ne serait-ce que d'un pied de l'amertume insomniaque dont l'accablait cette querelle, Negru éprouva le besoin de se remplir l'âme de quelque chose de symphonique. Et par une belle nuit de juin, que peut-il y avoir de plus symphonique que le ciel si bon, si chaud, et universel ?

Il défit le double fond du coffre aux manuscrits et tira de son nid la longue-vue achetée durant la Première Guerre mondiale chez les contrebandiers d'Odessa, lesquels l'avaient obtenue d'un marin turc tellement soûl que son fez glissait tantôt sur sa nuque, tantôt sur son oreille.

Par Jupiter, quel objet extraordinaire ! La combinaison des lentilles lui offrait des images féeriques de mondes lointains et il ne regrettait pas le napoléon qu'il avait autrefois donné en échange.

Son efficacité avait été vérifiée avant la bataille de Mărășești. Grâce à elle, Fontaine avait pu voir qu'en direction de Iași, capitale provisoire de la Roumanie, il restait un couloir à la discrétion de l'armée allemande, après le départ furtif des Russes de la forêt de Răzoare. Sans les renseignements fournis par cet outil merveilleux, le capitaine français n'aurait pas pu se rendre compte des proportions de la catastrophe qui menaçait la Roumanie, et il n'aurait pas délivré du fond de ses tripes l'historique *descolindă* qui avait conduit à la célèbre victoire.

– Par temps clair, tu verras jusqu'au bout du monde, veinard ! avait dit la nymphe des catacombes pour vanter son instrument, avant de le lui remettre enveloppé de velours rouge cerise.

Avec son tube de laiton poli, la lunette trouait impitoyablement les secrets des lointains. Par chance pour l'observateur, la voûte du ciel avait de quoi se glorifier cette nuit-là. Quelque part, au-delà de contrées reculées, des vaisseaux aériens lançaient sur la terre une pluie d'objets fantastiques.

Seigneur Dieu, qu'ils étaient bizarres ! Qu'étaient-ils et quelle magie voulaient-ils transmettre à des lecteurs de signes de l'engeance de Negru ?

À en juger par leur grâce flottante, on aurait dit des méduses qui avaient confondu le ciel avec l'océan.

– Mais non, mais non, mais non ! Que le diable m'emporte si ce ne sont pas des champignons à tige humaine, des tiges humaines vivantes ! Tiens, en voilà une là ! Et une autre là-bas !

Il tint la bride courte à son instrument comme à un cheval rétif, rapprochant les images avec les rênes des lentilles. C'étaient des champignons, Seigneur Dieu, des champignons qui dansaient la ronde ! Quelque part, au-delà des terres et des mers, des torrents de champignons géants s'inscrivaient dans la scénographie du début d'un conte de fées universel.

Comme il ne pouvait se lasser de les regarder, il réveilla Alice, pour qu'elle aussi colle son œil à la lunette.

Ce jeu de lentilles et de bagues les gonflait de bonheur, les faisait planer tout comme les champignons fantastiques entre ciel, terre et océan.

Au même moment, la descente de Daniel Katz sur les terres de Normandie semblait assurée non par son parachute, mais par les ailes d'aigle cousues comme emblème sur la manche de son uniforme de soldat américain de la 101st Airborne Division.

De temps en temps, il tâtait la partie nord-est de son corps, non pour calmer les battements de son cœur, mais pour caresser à travers sa veste l'objet en peluche dont il ne se séparait jamais.

C'était son amulette, appelée Tom, un caniche abricot, au pelage et à la couleur parfaitement imités. Tom avait été vivant autrefois, et plutôt remuant, mais la vie l'avait transformé en un mélange de rabbin et de moine tibétain. Sa copie en peluche avait été réalisée fidèlement par un fabricant de jouets de Brooklyn à partir du modèle photographié une dizaine d'années auparavant.

Le soldat Katz atterrit et enroula le champignon de nylon qui le recouvrait comme les douces jupes d'une grand-mère. Il n'avait pas de temps à perdre. Il avait devant lui une nuit d'insomnie – la plus longue de sa vie et de tout un monde assoiffé de liberté.

Il avait réussi à se faufiler à travers les champs de mines de l'océan et du ciel, mais parviendrait-il à franchir aussi ceux de la terre ferme, pour s'en sortir sans dommages ?

Allait-il être blessé, amputé d'un bras ou d'une jambe ? Allait-il mourir en se tordant de douleur ou s'éteindre comme la petite flamme d'une bougie qui achève de consumer sa cire ?

C'étaient les frissons de la peur qui avaient la parole – mais c'étaient de bons frissons, sans lesquels on ne gagne pas les guerres. S'il était écrit qu'il devait mourir, que ce soit en compagnie de son Tom. Que la balle ultime transperce à la même seconde la douce peluche de leurs deux cœurs. À l'endroit où ils tomberaient pousserait un abricotier qui donnerait des fruits ayant la couleur de la fourrure de Tom.

Des gamins dégourdis et turbulents comme des caniches viendraient s'en régaler. Des femmes au ventre fertile et aux croupes rebondies en feraient des confitures et des compotes.

Des fermiers habiles et travailleurs sauraient en tirer une liqueur d'abricot forte et sucrée.

Mais pour l'heure, Daniel Katz passait les doigts dans les boucles frisées de l'amulette sous son veston. Tom restait le camarade sur lequel il pouvait compter en cas de coup dur.

– Allez, Tommy, on a du boulot ! Le moment est venu de libérer l'Europe, *baby !*

Le caniche remua le bâtonnet abricot de sa queue et lui lécha la main, comme si elle était tartinée de pâté. Il aurait bien aimé aboyer un peu, mais le règlement l'interdisait.

On ne rigolait pas avec la discipline à la 101st Airborne Division !

12

Quand les Anglo-Américains lancèrent leurs bombardiers sur Bucarest, l'hôpital de Constantin Ghițulescu fut évacué à trente kilomètres, dans le village de Periș. On attribua une chambre à sa famille dans l'enceinte de l'établissement et lui-même faisait de fréquents allers-retours à Bucarest pour trier les blessés et ramener ceux qui étaient encore bons à être opérés.

Lorsque l'armistice, signé le 23 août 1944, fit à nouveau des Russes les alliés des Roumains, Michaela eut l'occasion de voir les premières charrettes remplies d'anciens alliés allemands faits prisonniers. Ils étaient transportés ainsi non pour ménager leurs forces, mais parce qu'ils ne pouvaient pas se déplacer nu-pieds. Leurs bottes avaient été confisquées en vertu de la loi non écrite qui accorde au vainqueur le droit de déchausser le vaincu. Un saut dans le vide du sommet de la tour Eiffel n'aurait pu être plus tragique. Le moral drastiquement déchaussé, les prisonniers avaient dégringolé dans les fournaises de l'enfer.

De temps en temps, Michaela et les autres enfants, bouche bée, voyait un Russe passer fièrement, avec sous le bras une paire de bottes allemandes à semelles cloutées. Il ne pouvait se résoudre à les porter alors qu'il pouvait obtenir en échange tant de bonnes choses à manger et à boire.

Le bourdonnement craintif des gens du cru autour des roues des camions s'y enroulait comme des chaînes antidérapantes. Les parents envoyaient leurs enfants offrir aux Russes des fleurs, rouges comme leur armée victorieuse.

Les officiers prenaient les bouquets avec précaution, comme s'ils s'attendaient à trouver des boutons de grenade entre les pétales… Mais finalement ils portaient tout de même à leur nez cette poésie enivrante.

Le geste des enfants adoucissait l'humeur des Russes et endormait leur vigilance, car, en réalité, sur leur route, chaque Roumain avait caché quelque chose : son tonneau de vin, son cochon, son manteau, son épouse…

Le chirurgien Ghițulescu avait caché sa Chevrolet, sous une double meule de foin.

Dans les contes, la couleur rouge joue un rôle démoniaque marqué, suivant les directives du maréchal Belzébuth. Celui-ci avait choisi, on ne sait quand, l'habit de couleur carmin au détriment du noir, qui faisait une allusion trop explicite à la poix des chaudrons où l'on jetait les pécheurs.

Ayant choisi Belzébuth comme conseiller scientifique pour diriger sa thèse de doctorat, l'Empereur Rouge était, lui aussi, un despote qui fermait les yeux d'un air complice quand les dragons croquaient le Soleil et la Lune dans le ciel.

C'est pourquoi la morale des contes enjoint d'éviter avec prudence tout ce qui est rouge. S'il voit approcher un rouquin, un homme à barbe rousse, au nez rouge ou brandissant un drapeau rouge, le sage doit hardiment prendre ses jambes à son cou.

Que la couleur incriminée avait aussi mauvaise conscience dans la vie réelle, la femme qui courait en faisant de grands gestes derrière un camion de l'Armée rouge le démontrait. Elle courait et hurlait, et ses hurlements ne venaient pas du fond des tripes mais de quelque part dans ses talons. Elle criait à tue-tête, elle hurlait à en asphyxier le klaxon sur lequel le chauffeur appuyait de toutes ses forces, dans l'espoir de se débarrasser d'elle une fois pour toutes.

Elle hurlait parce qu'un Russe avait mis dans sa remorque son veau au cou orné d'un foulard rouge. Dans son esprit simplet, elle avait cru qu'elle le protégerait ainsi du mauvais œil et qu'il allait grandir gras et en bonne santé. Comment aurait-elle pu imaginer que le rouge du foulard serait précisément la raison pour laquelle un lieutenant soviétique allait le réquisitionner, en soutenant qu'il appartenait à son armée.

– Femme ! Ce jeune bovin est communiste, il est des nôtres ! Tu ne vois pas qu'il porte la cravate rouge autour du cou ? Il s'est porté volontaire pour participer sous forme de ragoût à la victoire finale contre le capitalisme pourri. Et arrête de gueuler comme une folle, si tu ne veux pas que je te perce un trou en plus de ceux que tu as.

La femme lésée s'était accrochée à la benne. Le camion avait ralenti et le lieutenant, la main sur la crosse de son pistolet, cherchait des yeux l'accord du colonel pour clouer d'une balle cette grande gueule.

Pour rendre la scène plus dramatique, une vieille femme, qui n'avait plus que la peau sur les os, sortit de terre et se mit à genoux devant le camion en implorant qu'on la fusille à la place de la jeune femme, qui apparemment était sa fille ou sa petite-fille.

Le colonel jaugeait la situation, les bras croisés. Sa moustache était hérissée comme les poils du loup qui hésite sur la façon d'attaquer une proie.

Sa moustache resta hérissée jusqu'au moment où, en fin connaisseur de l'éternel féminin, il recourut au seul geste approprié pour mettre fin au raffut qui attentait à l'image de l'armée soviétique. Il arracha des mains d'un capitaine le bouquet de roses que celui-ci venait de recevoir de Michaela et le tendit d'un geste courtois à la femme dépouillée de son veau.

Ce geste fit l'effet d'un bâillon sur la bouche de cette femme, car c'était la première fois qu'un homme lui offrait des fleurs (et aussi la dernière, mais, ça, elle ne le savait pas). Le bonheur l'aveugla, comme seul le bonheur peut aveugler, et elle ne vit plus la détresse du veau qui demandait à rentrer à la maison.

Le camion démarra et elle resta sur place, paralysée de romantisme, lançant des regards langoureux au colonel qui lui adressait des sourires sous la moustache de loup de la séduction.

La femme rêvait. Peut-être le beau Russe reviendrait-il un jour... Elle allait payer au pope des messes pour le faire revenir. Que diable, on voyait bien qu'il était amoureux d'elle, son geste avait valeur de serment.

Pour finir, elle retourna à ses pénates, avec aux joues deux roses radieuses qui venaient s'ajouter aux vingt-trois qu'elle avait à la main. Car c'est le nombre de fleurs que comptaient alors les bouquets – vingt-trois, une allusion claire à la date historique du 23 août 1944, quand la Roumanie avait signé l'armistice avec l'Union soviétique.

La rapidité de char d'assaut avec laquelle ces scènes dramatiques se succédaient était un fardeau bien lourd pour une jeune fille de treize ans qui ne s'était pas entièrement débarrassée de sa myopie. Michaela s'assit sur le bord de la route et ferma les yeux, serrant les paupières jusqu'au sang. Des gouttelettes amères se glissaient de sous leur couverture et roulaient sur ses joues comme de petits cailloux.

Elle pleurait de pitié pour le veau au foulard rouge, elle pleurait de pitié pour la femme bernée par le romantisme, elle pleurait de pitié pour les soldats allemands aux pieds écorchés, elle pleurait de pitié pour ses parents myopes, elle pleurait même de pitié pour les soldats russes qui ne savaient pas à quel point est fugace le goût de la victoire...

Elle versait des larmes philosophiques, elle pleurait comme un exergue inscrit en première page des ravages qui allaient suivre et se déchaîner brutalement sur tout le monde.

Elle pleurait parce que les adolescentes ont un instrument sensible bien à elles pour pressentir la vibration des malheurs et mesurer leur charge négative. Elles se mettent à pleurer car elles ne peuvent rien faire de plus. N'ayant ni indépendance et ni grande connaissance de la vie, elles ne disposent même pas des moyens pour les éviter.

Ainsi, quelles chances Michaela avait-elle de convaincre son père que l'on pouvait bien cacher une auto dans le foin, mais pas le sort de sa famille ?

13

À l'instar des princes de contes de fées qui refusent de quitter l'utérus maternel tant qu'on ne leur promet pas une princesse pour épouse, il y a dans le monde réel des livres difficiles à faire naître. En dépit des douloureuses contractions de l'auteur, ils refusent de venir au monde, même si la sage-femme leur présente un forceps en or orné de diamants.

Mais quant à savoir ce que désirent vraiment ces livres qui ne veulent pas naître – des princesses étrangères au visage de prix Nobel, ou on ne sait quelles garanties de jeunesse sans vieillesse –, cela reste enfermé pour toujours dans le coffre à énigmes du monde.

En octobre 1944, alors qu'il mettait, à Zlatna, la dernière main à la correction du *Descolindat chez les Roumains*, Negru se retrouva plongé dans une mésaventure absurde qu'on ne trouverait pas même dans un conte de fées, où pourtant l'absurde se balade en pantoufles.

C'était, en effet, incroyable ! La Commission roumano-russe avait inclus dans les réparations de guerre qu'il fallait transférer au grand ami de l'Est les livres rassemblés de partout et apportés à Iași dans le cadre de la vaste opération « Livres russes pour la bibliothèque des langues slaves de l'université ».

L'Union soviétique tenait à effacer son humiliation culturelle en revendiquant un étendard perdu, ainsi que le claironnaient les journaux roumains qui lui étaient déjà asservis, « du fait de la trahison des intellectuels impérialistes d'Odessa, de Cernăuți et d'autres villes ». On attendait du voleur de biens culturels Negru qu'il se comporte comme il faut et restitue ce qu'il avait dérobé, pour être convoqué ultérieurement devant un tribunal afin d'établir sa peine, proportionnelle à la gravité de la faute commise.

Quand la secrétaire de l'université lui remit la lettre avec la « liste de pilleurs de l'URSS », il se découvrit à la onzième place.

Évidemment, la présence de son nom sur cette liste ne pouvait qu'être la conséquence de la dénonciation d'un envieux. C'était donc ainsi qu'on le récompensait de ses efforts ? Au lieu des remerciements mérités et d'une médaille d'or, on lui cherchait des noises ?

Il fallait régler ce problème et il allait le faire en deux temps trois mouvements. C'était simple de démontrer qu'il n'avait pas volé les livres, mais les avait obtenus sur la base de quittances dûment signées, la plupart du temps par donation ou grâce à l'aide des habitants.

En réalité, il les avait sauvés deux fois. Il les avait recueillis comme des épaves dévorées par de toutes petites bêtes et les avait rendus dignes de figurer dans une pharmacie. Il leur avait fait retrouver la santé et la droiture, il leur avait retiré leurs guenilles et leur avait confectionné des habits de gala.

De plus, ils n'étaient pas arrivés n'importe où, mais sur les rayons de la bibliothèque des langues slaves de la plus importante institution culturelle de Roumanie.

Et pendant qu'on y était, cela n'aurait-il pas pu être le prélude d'un Institut culturel russe à Iași ? Pourquoi pas ? Les régimes politiques viennent et passent, mais la culture et la science restent.

Le savant ferma le manuscrit du *Descolindat* et le rangea dans sa malle. Malgré tous ses regrets, il se voyait contraint de différer les corrections. Comme on l'accusait d'un genre de crime de guerre, il devait prouver son innocence. C'est ce qui arrive après les grandes conflagrations, quand il faut une petite plaidoirie à l'intention des bornés rouillés sous l'uniforme, incapables de distinguer la subtilité des événements qui n'ont pas encore eu le temps de refroidir.

Il s'installa à son bureau et organisa ses arguments dans un mémoire. Il allait élucider la situation comme un écrivain, pas comme une brute épaisse. Une esquive, une fente, une piqûre de dague, et pour finir un coup de pied au cul.

Puisqu'on en était au temps des plaidoiries, qu'il arrive lui aussi avec une de celles qui bousillent les accusateurs.

On voyait qu'il avait étudié les créations folkloriques, mouillant son doigt de salive jusqu'à s'inoculer les microbes de l'imagination populaire. Déçu par la réalité, il en était venu à concevoir des contes de fées et à y croire avec l'intensité d'un gamin de trois ans. Il ignorait, naïvement, que les Russes l'avaient depuis trop longtemps dans leur collimateur pour être disposés à le suivre sur les sentiers de la fiction.

Il était loin, le temps d'Ivan Tsarévitch ! Ivan Bolchevitch, dit aussi Ivan Enkavédéïtch, s'était emparé de toutes ses prérogatives, ce qui n'était pas un simple baptême dans les fonts baptismaux communistes, mais un véritable coup d'État, survenu dans un monde en quelque sorte féerique.

Les lectures d'Ivan Enkavédéïtch étaient tout autres que des mémoires envoyés par un ennemi de l'engeance de Negru. Quels aphorismes personnels débitait-il ? Que les régimes politiques viennent et passent, mais que la culture et la science demeurent ?

C'était parfaitement vrai dans les grandes lignes. Mais il aurait fallu ajouter que certains régimes politiques passent très difficilement, diablement même.

À vrai dire, aux yeux des accusateurs russes, il ne s'était pas seulement rendu coupable du vol des livres, mais aussi de bien d'autres choses qu'il croyait oubliées. Copié à la main ou passé de bouche à oreille, son article sur la roumanité de la Bessarabie, bien qu'ayant été censuré au moment de son apparition, continuait d'étendre l'aire de ses lecteurs, jusqu'à se retrouver un jour sur le bureau des chefs du NKVD.

De tous les articles censurés dans la presse, celui-ci avait manifestement été le plus lu ; et pas n'importe où, mais aux niveaux les plus élevés du pouvoir.

Comme un Prince de la Droiture de conte de fées, Petru Negru se prenait en pleine poitrine le choc de ses premières grandes frustrations. C'étaient des frustrations de savant plein de droiture et il n'y en a pas de plus douloureuses.

S'il est une règle disant qu'une grande frustration ne vient jamais seule, elle fut confirmée au premier jour du mois de décembre 1944, alors que la plus ancienne université roumaine rapatriait à Iași tout son bataclan.

En gare d'Alba Iulia, alors que Negru chargeait pour la troisième fois les livres russes dans le train, on lui vola la malle contenant le manuscrit du *Descolindat chez les Roumains*, relu et corrigé pour être imprimé.

Cette fois, ce n'étaient pas les Russes qui s'étaient rendus coupables du vol, mais deux ou trois réfugiés qui retournaient en Moldavie. Attirés par la beauté de la malle de dot autrefois destinée à Mlle Chantal, les voleurs avaient supposé qu'elle contenait des bijoux ou d'autres objets de valeur.

Negru courait de tous côtés comme un hurluberlu en demandant à droite, à gauche :

– Vous n'auriez pas vu une malle de dot marron ornée de motifs floraux timides entourés de losanges virils ?

Les gens le regardaient de travers et certains ne retenaient pas leur indignation :

– Va au diable, espèce de détraqué, avec tes fleurs timides et tout le reste ! Nous ne savons pas où donner de la tête avec tous nos emmerdements, et les cinglés comme toi pensent à se marier !

– Vous ne comprenez pas qu'on m'a volé la malle de dot alsacienne ?

– Fais gaffe qu'on ne te vole pas aussi la fiancée, parce que tu n'as pas l'air de première fraîcheur !

– J'avais des choses inestimables dans cette malle !

– Tu avais sans doute un gros édredon ou quelque plaid… Il y en a qui ont perdu la vie et qui ne se plaignent pas !

– Je suis anéanti !

– Mets la main à la pâte, travaille, et tu reconstitueras la dot ! Tu as l'air costaud, tu auras du boulot, si seulement on retrouve la paix !

Il aurait gagné du temps en allant chercher directement dans les bistrots autour de la gare. Il récupéra la malle au bout de quelques heures, mais vide. Furieux d'avoir été bernés par la beauté extérieure de la malle alsacienne, les voleurs avaient jeté au feu le manuscrit plein de ratures du *Descolindat*.

Negru, serrant dans ses bras la malle vide, s'enferma dans le mutisme jusqu'à Iași. Appuyé contre la fenêtre du train, il considérait ses propres pensées comme à travers les lunettes d'un aveugle. Apparemment, il n'avait pas le choix. Il n'avait plus qu'à réécrire son ouvrage de mémoire, ce qui allait épuiser ses capacités cérébrales.

Il était terrifié, comme jamais il ne l'avait été, même avant la bataille de Mărășești. Que le manuscrit du *Descolindat*, prêt à être imprimé, disparaisse précisément le premier jour de décembre non seulement constituait une perte énorme, mais apparaissait comme l'annonce publicitaire d'une malédiction implacable, d'une menace impossible à ignorer.

Était-ce ce que ressentaient les gens détestés par la communauté avant d'être la cible d'une *descolindă* ?

Comme une marchande d'armes blanches, la nuit lui présentait par la fenêtre du train la collection d'hiver de ses ténèbres.

14

Un principe de base des contes veut qu'une histoire qui commence mal finisse bien. Dans la vie de tous les jours, les choses se passent rarement ainsi, et Negru eut à en faire l'expérience sur sa propre peau en l'année 1947, qui débuta mal et s'acheva de façon désastreuse.

Le premier coup dur, ce fut en février, quand le traité de Paris entérina le passage de la Bessarabie et du nord de la Bucovine dans le patrimoine territorial de l'Union soviétique. Cette fois, le Cosaque du tableau bien connu n'enlevait pas une enfant pour l'emporter au-delà d'une rivière, mais deux enfants au-delà de deux rivières, le Prut et le Dniestr. On avait doublé la mise du kitsch.

En grand patriote qu'il était, Negru commença à ressentir de plus en plus souvent des engourdissements dans la partie nord-est de son corps, comme si on lui avait arraché, à lui aussi, de sa carte personnelle, deux territoires essentiels au bon fonctionnement de son organisme.

Par la suite, alors que l'automne ajoutait son écot de lumière du soleil dans la pulpe des fruits et des légumes, Negru fut inscrit sur la liste de « compression » du personnel de l'université de Iași.

Encore une liste sur laquelle il figurait. Lui qui détestait furieusement toute association ! On restructurait les postes du personnel comprimé, autrement dit, on les mettait à la porte.

Il faut dire qu'il n'aurait pas été comprimé s'il n'avait pas mis à la porte de son amphithéâtre l'étudiant juif Otto Schechter. Celui-ci, qui n'avait pas pu achever ses études de psychologie à cause des persécutions antisémites durant la guerre, avait encore des examens à passer, dont deux de langue slave.

Negru, avec son faible pour la catégorie des gens lésés, dont il faisait partie, eut de la sympathie pour Schechter au début. Mais quand il l'avait vu venir aux cours avec un pistolet qu'il posait sur la table, il lui avait sonné les cloches.

– Monsieur l'étudiant, la seule arme autorisée à mes cours, c'est le stylo, et la seule balle, c'est le verbe ! Je n'ai pas toléré les légionnaires chrétiens quand ils venaient armés aux cours, je ne tolérerai pas davantage les communistes juifs.

– C'est-à-dire ?

– C'est-à-dire que soit vous jetez le pistolet par la fenêtre, soit vous quittez la salle de ce pas !

– Si je comprends bien, vous me mettez à la porte du cours ?

– J'effectue une compression, si vous préférez ce terme. Quand l'insolence dilate un étudiant, nous nous voyons contraints de le réduire.

– Moi, je crois plutôt qu'il faut réduire un professeur quand il fait trop l'important.

– Mesurez vos paroles ! Moi, je me suis battu à Mărășești, mais je ne viens aux cours ni avec un canon ni avec une baïonnette, et encore moins avec la médaille qu'on m'a accordée pour mes actions.

– Il y en a qui racontent des balivernes ! À Mărășești, ce sont les soldats russes qui ont été des braves, et pas vous avec votre baïonnette et votre médaille, que vous sortez des accessoires des contes idiots que vous ne cessez d'évoquer.

Mettez-vous bien ça dans la tête, monsieur le brave de Mărășești : vous verrez, la compression vous rapetisse, vous fait de plus en plus petit jusqu'à ce que vous disparaissiez tout à fait…

– Eh, le moutard ! Je n'ai pas craint les menaces des légionnaires, je ne craindrai pas celles des communistes !

– Allez vous faire foutre !

Otto Schechter quitta tout de même l'amphithéâtre, en faisant rouler son pistolet autour de son doigt, comme s'il n'arrivait pas à décider s'il allait tirer deux trois coups, avec ou sans cible.

Même si l'attitude de Negru était louable, un peu de prudence ne lui aurait pas fait de mal, car Otto Schechter n'était pas un Juif quelconque, mais le grand chef régional de la Sécurité de l'État. C'est-à-dire précisément de l'institution chargée de dresser la liste des salariés de l'université qui allaient être congédiés par compression des postes.

Habitué à travailler à partir de récits venus de la nuit des temps, le professeur de cinquante ans n'avait pas la capacité de prévoir le degré de noirceur du proche avenir.

Des temps pleins de ténèbres s'annonçaient pour les tenants de la droiture. Le nouveau régime, conscient du fait que la rectitude pouvait retarder les projets du communisme, se proposait de briser les plus obstinés et de faire plier les autres, peu à peu, jusqu'à les réduire à l'horizontale.

15

Les premières années d'infiltration et d'expansion du communisme en Roumanie ressemblèrent dans une large mesure à un internement dans un camp de transit, du genre de ceux des nazis à Drancy ou à Westerbork. Les internés séjournaient un certain temps dans un cantonnement, jouissant d'une liberté trompeuse, avant d'être confrontés aux dures réalités de la prison proprement dite, où ils étaient transportés par la suite.

Ces années apparemment anémiques assuraient le passage vers la vaste respiration soviétique. Tout le monde s'activait dans son domaine de spécialité. Negru faisait le coup du presse-citron à sa mémoire et tentait de réécrire le manuscrit du *Descolindat chez les Roumains* que son ami Victor Papacostea attendait pour le publier sous l'égide de l'Institut d'études et de recherches balkaniques. Comme le bruit courait d'une possible suppression de l'Institut, il fallait appuyer sur l'accélérateur.

Entre-temps, il avait adressé à la Commission roumano-russe son plaidoyer de vingt pages contre l'accusation de vol des livres et il attendait sereinement le résultat.

Il avait aussi adressé au gouvernement un mémoire contre la décision de comprimer les effectifs de l'université et attendait tout aussi sereinement d'être réintégré dans son poste de professeur.

Le chirurgien Constantin Ghițulescu continuait de manier le bistouri de main de maître, alors que Michaela, maintenant étudiante en lettres, trouvait remède à ses bouleversements aux cours du soir du Lycée français de Bucarest, dispensés par le charismatique Marcel Fontaine.

En été, quand on verrouillait la porte du Lycée français, elle allait toujours passer ses vacances à Iași, invitée par la famille Negru, dans le jardin du 12, rue des Muses, et elle y retrouvait les cours animés que Chantal Sibou faisait à des gamins entre trois et seize ans. Il y avait toujours le même chahut, fruit de la bonne humeur, mais elle-même ne parvenait plus à être au diapason…

Parfois, dans leur course étourdie à travers la cour, les élèves les plus jeunes se heurtaient à Joseph Sibou. L'ancien consul était cloué dans un fauteuil par un diabète cumulatif, attribué aux trois invasions de la France par les Allemands qu'il avait subies.

Son invasion allemande personnelle – qui, par le bonheur donné, avait équilibré la balance – s'était achevée au cimetière de Zlatna. C'est là que reposait la pauvre Hortense, emportée en novembre 1944 par une pneumonie qui avait galopé dans ses poumons.

– Ah, Hortense, soupirait le consul, avec tant de chagrin que les roues de son fauteuil se mettaient à rouler d'elles-mêmes, l'emmenant vadrouiller à travers la cour, jusqu'à ce qu'il se heurte à un arbre ou à la palissade.

Negru et son fils Petrică arrivaient en toute hâte à son secours en faisant attention de ne pas déplacer une éventuelle fracture ouverte. Mais le vieux Sibou, bien qu'il eût sur lui plus de bleus que tous les gamins des cours de français de Chantal, avait les os solides, alsaciens.

Il ne restait du fameux consulat d'autrefois qu'une simple adresse et, sur l'immeuble, une plaque de marbre commémorative. Le blanc du drapeau français avait été roumanisé lui aussi, ayant jauni comme un tricot trop souvent porté et trop souvent lavé.

Malgré tout, la mission qui consistait à diffuser la langue française se poursuivait de façon spectaculaire, grâce à la généreuse demoiselle Chantal Sibou.

Michaela était parfois présente, mais uniquement en qualité de trophée, pour que les élèves, des plus petits aux plus grands, puissent constater quelle classe pouvait avoir une diplômée émérite de l'école de jardin Chantal-Sibou.

Elle avait beau ne pas oublier que ces cours avaient été initialement institués pour elle, Michaela se rendait compte qu'il n'existait aucune échelle pour redescendre à leur niveau de puérilité. Le théâtre de marionnettes, les danses en petites sandales, les chansons enfantines, les grimpettes dans les arbres, les récompenses faites de bonbons et caramels… Elle n'avait plus goût à toutes ces sucreries.

Le niveau de Fontaine se situait quelque part au-delà des terres et des mers. Chantal enseignait aux élèves la langue française, alors que Fontaine leur enseignait l'amour entre la Roumanie et la France, dont les racines remontaient à des siècles. Chantal Sibou ne suivait pas le rythme de l'évolution de la langue, à la différence de Fontaine qui maîtrisait à la perfection tout autant les archaïsmes que les néologismes et l'argot – donc le sous-sol, le sol et les airs.

Le sang de Chantal s'était chargé d'alluvions roumaines, alors que celui de Fontaine coulait de plus en plus champagnisé. Chantal s'était figée, Fontaine connaissait des tunnels secrets qui menaient aux terres hexagonales, où les voies du bonheur attendaient Michaela.

Chantal incarnait la stagnation guettée par la régression, alors que Fontaine flirtait sans cesse avec l'émancipation. Elle était le passé, lui – l'avenir prenant son envol depuis les branches du présent. Les leçons du jardin du consulat, comparées à celles du Lycée français, c'était la terrasse de brasserie avec ses musiciens populaires face à l'établissement *chic**, où des messieurs à cravate entraient pour admirer la danse de demoiselles aux soutiens-gorges et culottes rétrécis.

Mademoiselle Ghiţulescu serait-elle un peu *méchante** ?

Elle l'était et pas qu'un peu, elle était vraiment *méchante** et avec ceux qui ne le méritaient pas. Elle avait cependant l'excuse d'une méchanceté telle qu'aucune adolescente ne peut la contrôler – une méchanceté qui donnait même un *certain charme**.

Michaela pratiquait la méchanceté. C'était un entraînement qui allait lui servir, et même beaucoup.

Sous la houlette du professeur Marcel Fontaine, les cours du soir du Lycée français de Bucarest accueillirent aussi un groupe de treize étudiantes : *les demoiselles de Fontaine**. Des voies bénéfiques pour l'esprit, le corps et l'âme s'ouvraient à elles : elles profitaient de films, de journaux et de romans directement arrivés par l'express de Paris, mais savouraient aussi des plaisirs éminemment roumains, comme des excursions vers les monts Bucegi, le delta du Danube ou la citadelle de Sighişoara.

– Les secrets d'une langue musicale comme le français peuvent aussi être révélés dans un cadre naturel roumain, n'est-ce pas ? Avec le français, vous pourrez servir votre pays, car vous serez bientôt guides des touristes qui viendront de France, de Belgique ou de Suisse photographier avec leurs Kodak ces paysages enchanteurs !

Un beau jour, Marcel Fontaine coiffa la casquette de chauffeur pour partir en vadrouille dans l'autocar du lycée jusqu'à Mărăşeşti, afin de voir le mausolée érigé en l'honneur des héros tombés sur la ligne de front Mărăşti-Mărăşeşti-Oituz pendant la Grande Guerre. Pour comprendre le présent et déchiffrer l'avenir, il fallait connaître le passé, surtout quand il était couvert de gloire.

En route, il leur a parlé du coq, Maurice, chef de l'enclos des poules qui l'approvisionnaient en œufs. Maurice avait été récupéré par son ordonnance après la guerre et avait vécu paisiblement auprès de Fontaine jusqu'à l'âge de onze ans. Pendant la dernière partie de sa vie, il était devenu mélancolique, comme tous les grands soldats mis à la retraite contre leur gré.

Les jeunes filles regardaient les photos de l'enclos que dominait, telle une couronne royale, la crête de Maurice, tout comme la crête de Fontaine au-dessus de leur petit groupe. Il leur décrivit le caractère de chacune des poules : Paulette était timide, comme Michaela, Noella mondaine comme Georgeta, Alexia farouchement attachée à la famille, comme Mariana…

Conduire un tel groupe de filles dans ce genre de lieux historiques n'était pas dépourvu de grands risques. Mais faudrait-il condamner *les demoiselles de Fontaine** parce qu'au musée du Mausolée elles avaient vibré avec le plus d'intensité devant les photos de beaux militaires, tombés au combat, et dans les yeux desquels brillaient aussi d'autres flammes que celles de l'amour de la patrie ?

On ne saurait les condamner, si l'on tient compte du fait que leur présence frémissante avait provoqué une réaction de même ampleur. Flattés par l'intérêt des demoiselles, les esprits des héros sacrifiés pour la patrie avaient répondu par un souffle d'air semblable aux sifflets plus courants dans les ruelles de village que sur les boulevards.

C'étaient des paysans, que voulez-vous ! À Mărășești, c'étaient les paysans qui étaient morts et non les freluquets qui draguaient les filles du bout des lèvres sur la Calea Victoriei de Bucarest :

– Excusez-moi, *mademoiselle**, vous aurait-on parlé aux cours d'histoire de notre régiment ? Ah, oui ? j'en suis vraiment *ravi** ! Pourrait-on en parler plus longuement au salon de thé de Capsa ? Que diriez-vous d'une coupe de champagne pour célébrer notre rencontre ?

Le sourire de Fontaine tantôt se cachait sous les rameaux de sa moustache, tantôt surgissait de derrière une feuille. Il n'était nullement surpris par la réaction des héros. Au contraire, il savait que ces hommes morts courageusement ne dédaignaient pas les plaisirs du monde et avaient aimé les femmes tout aussi naturellement qu'ils se nourrissaient des fruits de la terre qu'ils travaillaient à la charrue ou à la faux.

Le capitaine français était heureux de pouvoir réchauffer au moins un fragment de la triste postérité de ces braves.

Une fois la visite du lieu historique achevée, toute l'équipe s'en fut profiter d'un pique-nique au frais, dans la forêt de Răzoare.

Là-bas, après avoir raconté le miracle de la victoire roumaine contre les Allemands, malgré la trahison des Russes, l'ancien capitaine de la mission militaire française se mit à creuser avec un couteau de chasse au pied d'un arbre et en sortit une bouteille pansue cachetée à la cire rouge.

– C'est de la tzuica de tranchées, *mes poulettes**, mes chéries ! C'est ici même que quelques officiers entreprenants la préparaient avec le raisin des vignes environnantes. Ça faisait du bien au moral ! Allez, prenons-en une gorgée pour l'âme des héros qui ne meurent jamais !

*Les poulettes** se passaient la bouteille d'eau-de-vie, qui avait atteint entre-temps un degré d'alcool d'un niveau historique. Elles collaient leurs lèvres fruitées au goulot et buvaient un bon coup, puis secouaient leurs cheveux longs comme on secoue les branches des abricotiers et des pruniers chargées de fruits juteux.

Les cheveux de Michaela étaient les seuls de ce verger de jeunes filles à ne pas agiter leurs rameaux. Sa gaieté était brève comme un élancement, car il lui suffisait de tourner ses regards vers l'avenir pour être accablée par la plus glaciale des amertumes.

Elle était la seule, avec Fontaine, à entrevoir la prison nationale dont les barreaux devenaient chaque jour plus épais et plus solides. Mais Fontaine, avec sa grande expérience, savait dissimuler son inquiétude.

– *Il faut espérer l'inespéré !** ressassait-il comme un orgue de Barbarie.

16

Le manque de vitamines chrétiennes pour les fêtes de fin d'année 1947 avait pour but, entre autres, d'annoncer l'athéisme qui s'apprêtait à dominer le demi-siècle suivant.

Avant la tombée de la nuit du 31 décembre, une poignée d'enfants allèrent chanter leur *colindă* au folkloriste d'un air pâmé, exprès pour l'attirer dans une embuscade.

Il avait beau être lent et naïf, il n'avait pas son pareil pour déchiffrer les embuscades mises en scène entre Noël et le Nouvel An. Aucun stratagème ne pouvait lui donner le change. Il savait parfaitement ce qui allait suivre et attendait que cela se passe, tout à fait résigné.

Il avait toujours été conscient du fait que le Prince Charmant ne pouvait pas exister sans le Maître des dragons, tout comme il ne peut y avoir d'amour sans haine, de lumière sans obscurité et de *colindat* sans *descolindat*. Mais jamais de la vie il ne se serait attendu à ce que justement lui – le savant qui étudiait en spécialiste et avec dévotion une tradition aussi complexe – puisse en devenir la cible.

Il ne s'attendait pas à ce qu'un patriote de son envergure, qui avait impeccablement servi son pays, subisse le *descolindat* du nouveau régime politique qui tendait à imposer ses règles dans une langue indéchiffrable.

Il croyait dur comme fer que le patriotisme demeurait le même, quel que soit le régime politique du moment. Quand votre idéal est de servir votre pays, personne n'a le droit de vous chercher des noises.

La tradition fut respectée, même si le rituel eut à subir quelques changements. Tandis que le maître de maison Negru, auquel s'adressait la *descolindă*, voyait son moral chuter à chaque mot et chaque geste, le savant Negru notait avec une parfaite lucidité le déroulement précis des événements.

Pour commencer, il souligna dans son carnet que le lieu où se manifestait la coutume en cette sainte nuit avait une signification particulière. Il y avait à cette adresse les domiciles des familles Negru et Sibou, mais c'était aussi le siège du consulat français. Et même si les activités de ce bastion diplomatique étaient, selon Fontaine, sur le point d'être officiellement supprimées par les nouvelles autorités, il fallait le protéger jusqu'au dernier jour de son existence, ainsi que l'exigeaient les normes nationales et internationales.

Negru ne savait pas que les *descolindatori* se fichaient de ces détails. C'étaient des *descolindatori* d'un nouveau genre, pour qui primaient leurs propres règles, non celles venant de lois en vigueur ou du bon sens.

Dès la tombée de la nuit, un pétard mit le feu au pelage, aux nerfs et aux tympans du chien, Christophe. Il se roula dans la neige en glapissant, pour quitter ensuite le théâtre des opérations et disparaître chez les voisins comme un champion olympique du saut de palissades.

Dans les instants qui suivirent, la plaque signalant le consulat français s'envola, puis les fils du téléphone furent coupés et les vitres de la maison volèrent en éclats sous les boules de neige plombées de glace. Au passage, la luge et la balançoire des enfants furent mises en miettes à coups de faucille et de marteau.

Au même moment, un voyou démontait le portail et le balançait au milieu de la rue, pendant qu'un autre, aux talents d'alpiniste, escaladait la maison pour arracher le drapeau tricolore dont le blanc avait roumainement jauni. L'alpiniste essaya même d'y mettre feu, mais comme le gel empêchait le tissu de prendre, il se contenta de le déchiqueter.

Le professeur referma son carnet. Il ne pouvait plus se concentrer. Sa main tremblait trop, sa lucidité cédait le terrain à des frissons que même les étreintes de sa femme et de ses enfants ne pouvaient apaiser.

C'étaient les frissons du *descolindat* que ni l'amour du cœur de l'épouse, ni celui des enfants, ni aucun amour au monde ne pouvait atténuer.

Ceux de la Sécurité de l'État, que la population appelait déjà « les gars blonds aux yeux bleus », se présentèrent deux heures et demie avant le passage à l'année nouvelle. Ils se préoccupèrent d'abord de placer un soldat armé jusqu'aux dents à la porte et un autre au portail.

Ils lui accordèrent vingt minutes pour les suivre. Le folkloriste embrassa sa femme et ses enfants comme il aurait mordu dans un sandwich au jambon rance, alors que le fourgon cellulaire attendait devant le portail, moteur en marche.

Avant qu'on ne lui passe les menottes, il alla envelopper dans un plaid alsacien son beau-père qui somnolait dans son fauteuil, rêvassant aux différences et ressemblances entre l'occupation allemande et l'occupation russe.

La saison avait oublié de prendre ses cachets pour les nerfs et ses gouttes pour le nez. Les bourrasques glacées couvraient de neige la piste du chant de *Bonne et heureuse année 1948*.

À l'intérieur du fourgon, les flocons tombaient autant qu'au-dehors, quoique non sans une certaine poésie. Il ne leur fallut pas plus de cinq minutes, les roue patinant tant et plus, pour atteindre le siège de la Sécurité, boulevard du 23-Août.

On lui agrippa un bras et on le fit descendre. Un gardien le conduisit par le col sur quelques mètres puis ouvrit un trou qui ressemblait au nombril de la terre et le poussa d'une main ferme dans les boyaux sombres qui tâtonnaient sous le bâtiment. Il ne distinguait rien, ni par la vue ni par l'ouïe, comme s'il avait des lunettes et un appareil auditif de tôle noire.

Toujours poussé dans le dos, il traversa des couloirs, descendit des escaliers ébréchés en sentant des gouttes suintantes lui vriller la nuque à la chinoise. La mélancolie lui tournait autour, comme un chiot à la fourrure encore humide, lui faisant regretter les catacombes d'Odessa, où il avait joui d'un accueil chaleureux, même si l'hospitalité était de nature commerciale. Il n'aurait pas refusé la compagnie de quelques nymphes odessites pour vaincre la peur et le froid glacial.

Il marcha, désorienté, jusqu'au moment où il fut poussé dans un trou borgne, sourd et mouillé, avec trois brins de paille éparpillés sur le sol gelé.

– Bienvenue dans votre nouveau « chez-vous » !

En tournant, la clé de la cellule serra le cordon de glace qu'on lui avait passé autour du cou. On entendait résonner dans le couloir la voix du gardien, qui s'efforçait de prendre les accents d'un rhinocéros rentrant content d'avoir pu paître à son aise et monter les femelles.

Bonne et heureuse année
Sans Negru, ce mec borné,
Pour qu'il apprenne, cet idiot
On lui fera la peau !

Le détenu était meurtri par les griffes acérées de la coutume roumaine qu'il avait étudiée avec tant de passion.

– Merci beaucoup, bonne année à vous aussi et à ceux qui vous sont chers ! gémit-il d'une voix mourante à l'adresse du gardien qui, de toute façon, n'avait pas d'oreilles pour lui.

Chaque lettre du mot D-E-S-C-O-L-I-N-D-A-T le tourmentait à sa manière :

D le décapitait ;
E l’émasculait ;
S le satirisait ;
C le congédiait ;
O l’opprimait ;
L le lapidait ;
I l’intimidait ;
N le niait ;
D le dévastait ;
A l’amputait ;
T le tuait.

TROISIÈME PARTIE

Mets-en un lot au trou aujourd'hui, demain il fera des petits !

1

Au cours de l'été 1947, la Sécurité de l'État sortait du giron de la Police générale, pour passer sous le contrôle des communistes, impatients d'en faire un petit NKVD à usage personnel, qui allait acquérir une renommée durable sous le titre de « Direction générale de la sécurité du peuple » – bref, la « Securitate », ou encore, dans le langage des amateurs de métaphores : le « tranchant de l'épée dans la lutte des classes ».

Officiellement, la Securitate fonctionna à partir de 1948, mais son squelette attendait de se couvrir de chair dès 1947, quand le « tranchant de l'épée dans la lutte des classes » se préparait à jouer son grand rôle en décapitant tous les adversaires du communisme.

Afin d'assurer la réussite de ce processus, l'organigramme de la Sûreté qui se métamorphosait en Securitate fut secoué comme un tapis pourri de mites bourgeoises, et rafraîchi par une composition conforme aux temps nouveaux : 64 % d'ouvriers, 28 % de fonctionnaires, 4 % de paysans et seulement 2 % d'intellectuels.

Les 2 % restants pour faire 100 % restaient un mystère, mais on peut supposer qu'il s'agissait de mites coopérantes.

L'enquêteur qui interrogea Petru Negru était l'un des intellectuels de l'institution. Ce pouvait être un bien, mais aussi un mal, d'autant que l'individu qui lui faisait face semblait être un non-conformiste. Peut-on savoir ce qui sortira de la rencontre de deux non-conformistes, surtout si ce sont des intellectuels ? En général, ils ne s'apprécient pas du tout, parce que chacun considère l'autre comme entré par imposture dans le domaine du non-conformisme.

L'interrogatoire commença peu après 23 heures. L'officier l'attendait debout, près d'une table garnie d'un tas de bonnes choses, et il ne s'assit que lorsque son « invité » daigna goûter à un toast au caviar d'un brochet dont la gymnastique d'entretien avait sans doute été la nage en eau-de-vie de Sighișoara.

– Faites comme chez vous, monsieur le professeur ! Nous allons réveillonner à deux.

Le détenu aurait pu rester fermement sur ses positions, mais toute révolte peut être contrôlée dans les moments où le corps et l'âme d'un homme se tournent vers le Nouvel An, hormis la révolte sortie des rangs du prolétariat digestif. Des gargouillements aussi éloquents qu'un discours de Socrate remontèrent des profondeurs de son être et ne se calmèrent qu'après les premières bouchées des toasts du plateau.

Le poêle en céramique ronronnait des histoires cordiales dans le bureau de l'enquêteur, qui s'excusait du manque de confort. Non, il n'y a pas de métier sans outils, mais les siens semblaient avoir bénéficié d'un affûtage supplémentaire. Quand il posait des questions, ses épaules ployaient comme celles d'un facteur chargé non d'une, mais de deux sacoches pleines du fardeau d'un métier ingrat. C'était un bel homme, irrésistible même, et une touriste assoiffée se serait précipitée pour se désaltérer à ses cheveux, tant ils ressemblaient à l'eau qui sourd de l'endroit où deux montagnes se cognent la tête. Ses sourires, glissant constamment entre le centre et les coins de ses lèvres, étaient dispatchés par le nez qui, du souffle d'une seule de ses narines, aurait pu rétablir l'ordre dans une salle de tribunal.

– En réalité, monsieur le professeur, ce n'est pas pour un interrogatoire que je vous ai dérangé en cette soirée sacrée, mais pour m'intéresser à votre œuvre. Et quand aurais-je mieux pu le faire qu'à la veille du Nouvel An, lorsque la coutume du *descolindat* se manifeste dans toute sa splendeur ?

« Et comment auriez-vous pu le faire mieux qu'en me faisant passer par les états spécifiques aux destinataires du *descolindat* ? » compléta Negru en pensée.

Quand il avait été laissé seul dans la cellule où on l'avait jeté, il s'était armé moralement afin de ne pas sortir le moindre petit mot, même s'il était soumis aux tortures les plus violentes. Pas un seul instant il n'aurait pu se douter qu'un mec instruit, aux yeux d'azur, allait l'inviter respectueusement à parler de son travail, devant une table qui menaçait de s'écrouler sous le poids de choses délicieuses.

– Vous vous intéressez vraiment à mon travail ? Je vais vous en parler, je vais vous en parler tout de suite. Je ne sais pas par où commencer...

Il était bien le seul détenu politique disposé à en dire plus qu'on ne lui en demandait. Il parla toute une heure. Non, ce n'était pas un interrogatoire, pas même un dialogue. Ce fut un monologue animé, un cours magistral dispensé à l'étudiant le plus attentif qu'il ait connu de toute sa carrière professorale.

Quand il avait fallu imiter les onomatopées propres au *descolindat* des Tziganes, il s'était mis à tourner en rond dans le bureau en croassant et en agitant les mains avec tant de conviction qu'il s'était envolé au-dessus du tapis et, après avoir fait quelques tours à travers la pièce, il ne s'était arrêté que sur le haut de l'armoire aux dossiers, soulevant un nuage de poussière qui en disait long sur le zèle de la femme de ménage.

L'enquêteur n'aurait pas cru que les traditions roumaines négatives avaient des vertus aérodynamiques. Pour décider le folkloriste à descendre du haut de l'armoire, il l'appâta avec des cerneaux de noix.

Il l'écoutait de façon active, en remplissant de notes les pages d'un carnet bleu. Dans tout ce qu'il entendait, il décelait de frais bourgeons d'athéisme scientifique, car le simple fait de propager des messages virulents le jour de la naissance de Jésus, quelle autre signification cela pouvait-il avoir, sinon la ferme négation du christianisme ?

Et lorsqu'on faisait quitter la scène à l'amour de Jésus, c'est la haine qui apparaissait dans toute sa cruelle beauté. Il suffisait de tendre la main vers la coutume du *descolindat* pour saisir les germes fragiles de la haine de classe, garants de l'édification et de l'épanouissement du communisme.

C'était une haine particulière, pleine de ferments créatifs ! Souhaiter à quelqu'un, précisément au moment des fêtes sacrées, une mort immédiate au lieu d'une longue vie, la faillite au lieu de la prospérité, chagrins et désastre personnel au lieu du bonheur... Dans tout cela, il y avait une hostilité durable et zélée, d'où naquit l'idée exceptionnelle de procéder aux arrestations politiques dans la période entre Noël et le Nouvel An, quand les fonctions vitales de l'ennemi de classe étaient fragilisées pour des raisons de calendrier.

Certes, sur le tronc de cette grande idée pouvaient pousser des rameaux efficaces, puisqu'à d'autres périodes de l'année on pouvait aussi se saisir d'un détenu ayant baissé la garde, si bien qu'il était facile de lui tirer jusqu'à la dernière goutte d'informations.

Par exemple, les jours des fêtes se prêtaient merveilleusement aux arrestations : aller cueillir l'industriel Mitică[1] un 26 octobre, jour de la Saint-Dumitru, passer les menottes au pétrolier George le 23 avril, jour de la Saint-Gheorghe, mettre au trou les propriétaires terriens Lenuța et Costel le

1. Diminutif du prénom Dumitru.

jour de la fête des saints empereurs Constantin et Elena, le 21 mai… Et l'espionne Mihaela, quel meilleur jour pour l'arrêter que la fête des saints Mihail et Gavril, qui tombe le 8 novembre ?

Non, là, une exception s'imposait. Le colonel Moïse Dulberger respectait ses homonymes plus ou moins proches et les ménageait. Pour tous les Mihai hostiles et les Mihaela hostiles, il ferait une grande concession, il les arrêterait quelques jours avant ou après leur fête.

Et pourquoi ne pas étendre les arrestations aux anniversaires, quand l'ennemi du peuple célèbre l'accomplissement d'un âge qui s'est chauffé au four des infamies ? Juste au moment où le héros de la fête s'apprête à ouvrir les cadeaux de ceux qui entonnent « Joyeux anniversaire ! », qu'il ait la surprise de coups dans la porte, suivis de la perquisition conduite par l'organe habilité par l'État…

Le respect de l'enquêteur pour le savant qu'il avait devant lui prenait la forme chaleureuse de la reconnaissance. Celui-ci lui offrait des idées fertiles. Il ouvrit la fenêtre à barreaux de la pièce et saisit dans le seau à glace de décembre une bouteille de champagne français.

– Je la tiens de mes camarades qui ont combattu à Odessa ! C'est de la contrebande, mais de la contrebande marxiste-léniniste !

Negru était à son affaire. Il avait déjà remarqué que la contrebande pouvait être marxiste-léniniste, tout comme il avait noté que, dans les plus beaux contes, le Maître des dragons pouvait interpréter avec beaucoup de talent le rôle du Prince Charmant.

Il passait sans aucun doute un réveillon aussi spectaculaire que celui qu'il avait vécu à Oprișeni pour le Nouvel An 1935. Avant minuit, il compta les secondes une à une : quatre, trois, deux, un, zéroooo ! et ils s'embrassèrent, lui et le frère enquêteur.

– Il y a de bons signes pour cette année, *cher Pierrot** ! Bonne année et dors bien !

Ses zigzags jusqu'à sa cellule furent dirigés par un autre gardien, doué cette fois de manières d'ange gardien. Il retrouva les brins de paille sur le sol recouvert d'un matelas suffisamment épais, et même s'il manquait une couverture à petits cœurs, la tinette bien lavée était fidèle au poste, en vue des jets nocturnes. À son chevet, deux bières et un flacon de jus de choucroute étaient prêts à remplir leur fonction d'agents de réveil matinal.

Le professeur bâilla d'un air satisfait avant de s'écrouler dans un sommeil aux ailes d'angelot.

2

Le flacon de jus de choucroute et la bière lui donnèrent un vague petit coup de main trois heures plus tard, quand on le réveilla pour le ramener à l'interrogatoire.

L'enquêteur était le même, mais semblait différent. Son visage état assorti à son costume gris et les virgules violettes sous ses yeux avaient tari son charme masculin aux premières heures de l'année nouvelle. Sur la table débarrassée de ses délices, il y avait une revue épaisse, accompagnée d'un porte-plume qui trempait dans l'encrier.

– Je voudrais bien une dédicace, si ça ne vous dérange pas !

La revue *Însemnări ieşene* était ouverte à la page 258, où commençait son copieux article consacré à la roumanité de la Bessarabie. Mais le porte-plume ne voulait absolument pas marcher, comme s'il ne s'agissait pas, pour le professeur, d'écrire une dédicace, mais de signer son arrêt de mort.

– Courage, maître, courage ! Ceux qui complotent contre la patrie ne doivent pas être des dragons seulement quand ils rédigent leurs trahisons dans la presse impérialiste, mais aussi quand vient le moment d'en supporter les conséquences !

En guidant sa main droite avec la gauche, l'auteur des écrits censurés les plus lus de la presse roumaine parvint à bafouiller une dédicace au plus bas de l'échelle de son inspiration : « Avec la considération distinguée et les vœux de santé, de prospérité et de longue vie d'un serviteur des traditions populaires roumaines. » Signé : « Petru Negru ».

L'enquêteur souffla sur la dédicace pour sécher l'encre. Sans daigner la lire, il prononça un « Voilà, voilà ! », puis ouvrit la porte du poêle et transmit au feu la mission de finir le sale boulot.

– Alléluia ! C'est ainsi que périt le dernier exemplaire du n° 11 de l'année 1940 de la revue *Însemnări ieşene* trouvé dans une bibliothèque de Roumanie ! Dorénavant, l'existence de cet article peu inspiré ne troublera plus votre sommeil !

Comme une extension lointaine du pacte Molotov-Ribbentrop, les exemplaires de la revue ayant échappé en 1940 à la rigueur allemande étaient détruits à présent par le malaxeur russe. Les flammes brûlaient le cœur du professeur, comme si la roumanité de la Bessarabie s'était nourrie de l'article qu'il lui avait consacré.

– Passons au sujet numéro deux… Comment ça s'est passé pour les livres russes volés et apportés à Iași ? Vous savez que vous figurez à la onzième place sur la liste des pilleurs de l'Union soviétique ?

Bien qu'il connût l'accusation, le folkloriste pâlit. Cette fois, une jalousie impossible à contrôler lui faisait se demander qui pouvaient bien être les dix qui le précédaient et en quoi consistait leur pillage. Il y en aura bien un pour avoir volé les livres sterling du portefeuille de Staline et un autre l'agenda de Beria – le redouté ver solitaire du NKVD qui rongeait l'Union soviétique de l'intérieur ?

Les bras de l'enquêteur ressemblaient à deux aiguilles à tricoter qui confectionnaient un pull-over solide fait d'os et de muscles. En les voyant s'enrouler, se tendre et se détendre en une agitation permanente, le détenu avait du mal à récupérer ses arguments dans les tiroirs mis en pagaille par sa gueule de bois.

– Iași, voyez-vous, est le seul centre universitaire de Roumanie où l'on étudie la langue russe. Je ne voudrais pas me vanter, mais, dans des temps difficiles, j'ai dû combattre les préjugés officiels pour maintenir ce bastion culturel. En recueillant les livres et en les apportant là, loin des zones de guerre, je les ai protégés.

– Vous les avez protégés… Comment les avez-vous protégés alors que onze mille deux cent vingt-huit d'entre eux, sur les trente mille « sauvés », ont disparu ? Où sont-ils ? Ils ont été volés, pas vrai ?

Comme tout rêveur professionnel, Negru était intimidé par les nombres qui dépassaient cent.

– Onze mille deux cent vingt-huit ? Il y en a tant que ça qui ont été perdus dans le bordel des bombardements de Iași, et des transports jusqu'à Zlatna et retour ?

– Vous savez très bien combien il y en a. En admettant que ce ne soit pas vous qui les ayez volés en Union soviétique, ça veut dire que d'autres l'ont fait par la suite sur le territoire roumain. Qui sont-ils ? Nous devons les appréhender et les exécuter sans pitié !

– Monsieur, un intellectuel ne peut pas raisonner ainsi. Il se peut que les personnes en question doivent être décorées, et non exécutées !

– Quooooi ? Qu'est-ce que c'est que ces sornettes ? Ne forcez pas votre chance !

– Cher collègue, voler un livre s'apparente à de l'admiration. Personne ne vole un livre stupide, on irait plutôt en prendre un pour en faire son livre de chevet. Surtout en temps de guerre et dans l'après-guerre, un livre volé, c'est du bon pain pour un homme qui a subi tant d'épreuves.

– Doucement, doucement… Ne tombez pas dans le mauvais goût avec vos exagérations ! Un livre n'a pas de croûte dans laquelle croquer de bon appétit !

– Et la couverture que l'on tient dans ses mains ? Qu'est-elle, sinon une croûte succulente ?

Les bras de l'officier cessèrent de tricoter les os et les muscles, ce qui encouragea l'éloquence de Negru :

– Je crois fermement que le vol de livres russes devrait être soutenu et non découragé. Des milliers de Roumains sont là, à la lueur d'une bougie, à se réchauffer le cœur à l'inégalable chaleur venue de l'Est. Un croûton de pain, un verre de thé et un livre russe, c'est tout ce dont ils ont envie pour reprendre des forces avant une nouvelle journée de travail.

Quelques grattements brisèrent la glace professionnelle déposée sur le crâne de l'enquêteur, favorisant à nouveau le ruissellement de sources d'eaux intelligentes.

– M'sieur le professeur, m'sieur le professeur, c'est dur d'être votre confesseur... On dirait que vous avez réponse à tout !

3

Negru n'avait pas une, mais plusieurs réponses à chaque question. Cependant il les gardait pour lui et attendait d'être fixé sur son sort avec une résignation de ruminant. Quand il apprit que l'officier avait été envoyé tout spécialement de Bucarest pour s'occuper de son cas, il comprit qu'il serait un pionnier des prisons communistes imposées en Roumanie par les Soviétiques.

Il savait ce qu'il en était, Fontaine l'avait mis au courant. Le système pénitentiaire russe de travail forcé était un monstre anthropophage qui ne le cédait en rien au confrère nazi. Dans leur haine déchaînée, les serviteurs de la Bolchévie n'épargnaient personne. Il suffisait de penser au cas des deux cent cinquante prisonniers français libérés du camp de Buchenwald par les troupes soviétiques pour être ensuite emmenés à pied de Berlin à Odessa. Leur libération n'avait été qu'une façade, un trompe-l'œil pour les photographes américains…

Par la suite, une équipe fureteuse de la Croix-Rouge, dirigée par *Miss* Christiane Wilson, avait retrouvé ces détenus spectraux travaillant aux fours d'une usine métallurgique dans un village du Caucase. Elle eut toutes les difficultés à leur rendre leur liberté, après une sérieuse querelle avec les autorités russes.

Libérée de la même manière, une amie de Fontaine avait raconté son histoire dans le journal *Le Populaire*. La situation était tragique : cinq cents Français « sauvés » des camps nazis étaient déjà morts dans les colonies de travaux forcés d'URSS, et mille sept cents étaient encore en vie – si cela pouvait s'appeler une vie.

– Mille sept cents Français, Pierre, les os tout juste maintenus par la peau pour éviter qu'ils ne s'éparpillent au sol ! Demande-leur quelle est la différence entre le fascisme et le communisme ! Se poser en sauveurs des prisonniers de Himmler, juste pour s'assurer les quartiers de viande humaine destinés à la consommation quotidienne de la Bolchévie... Comment peut-on appeler ça ?

« Zéro illusion, donc », se répétait en pensée le folkloriste, conscient du sort qui l'attendait.

Dommage que Sibou n'ait plus eu dans la tête qu'un grain dépareillé ; il aurait voulu lui démontrer à quel point étaient idiots ses espoirs concernant l'avancée des Russkofs en Europe. Dans ses rares moments de lucidité, l'ancien consul se rappelait seulement leurs anciennes disputes :

– Ce paysan se comporte comme un célibataire sans obligations ! pérorait-il en fonçant à travers la cour comme un champion du fauteuil roulant. Il oublie qu'il a trois enfants aussi grands que lui ! C'est un excentrique, ridicule ! Un dérangé du cerveau !

La définition de l'ancien diplomate ne tombait pas loin de la réalité. Être un patriote roumain, dans ces temps nébuleux, c'était s'inscrire bénévolement sur la liste toujours plus longue des déglingués du cerveau.

Une nouvelle liste, donc, pour le folkloriste qui avait cru que le patriotisme, c'était plus que porter la main droite à son cœur en chantant l'hymne national – un geste imposé par les politiciens dans les festivités publiques, on aurait pu croire qu'ils étaient frappés d'un infarctus synchronisé. Son patriotisme avait été, par ses études, au service de l'âme nationale nichée dans les traditions populaires. Tout pouvoir étranger, même celui de l'occupation soviétique, se devait de respecter l'âme roumaine.

Il aimait tant son pays qu'il en avait persuadé d'autres de le choisir pour foyer. N'avait-il pas été professeur d'âme roumaine pour Fontaine, alors que celui-ci était son professeur de droiture ? N'avait-il pas forcé la famille Sibou à revenir vite fait de France en échange d'une poignée de grains de grenade, aussi précieux que des napoléons ?

Et puis, de but en blanc, un gourdin de *descolindat* avait heurté sa porte, prédisant que le dragon gouverné par l'Empire Rouge mettrait la faucille et le marteau à la place du soleil et de la lune, tant sur le ciel national que sur son ciel personnel.

Le nom de Petru Negru figurait en onzième position sur la liste des pilleurs de l'URSS ?

*Pardon**, mais de son point de vue, il voyait cela à l'envers : sur la liste des pilleurs de Petru Negru, l'Union soviétique occupait la première place.

Ses cinquante ans de vie mêlaient les expériences tristes et heureuses, tout comme les serpents des contes mêlent leur salive, un jour de printemps, jusqu'à en faire une écume qui se changera en pierre précieuse. Une pierre précieuse aux vertus nourrissantes, capable d'assouvir la faim et la soif des reptiles qui la léchaient.

Mais un beau jour, un serpent aux aptitudes de leader bousculait tous les autres et avalait la pierre. À peine cette nourriture minérale était-elle arrivée dans son ventre qu'il se mettait à grandir, grossir, s'allonger, puis se voyait pousser des ailes et de nouvelles têtes – chacune avec sept, huit ou neuf langues… C'est ainsi que venait au monde un nouveau dragon.

On offrait à Negru la possibilité de lécher la pierre précieuse, lui aussi. Pour ce qui était de l'avaler, la question ne se posait pas.

Au cours des trente-six jours de détention du folkloriste, l'enquêteur Moïse Dulberger cueillit ses pensées une à une et les mélangea aux siennes avant de les mettre dans le mixeur.

Parfois, le professeur lui apparaissait comme le prototype du communiste parfait, dont la pensée pouvait servir à accroître l'efficacité du travail de renseignement.

D'autres fois, il lui semblait tout juste bon à être envoyé devant le peloton d'exécution, pour tout ce qu'il avait fait et surtout pour ce qu'il était capable de faire.

Ce n'était d'ailleurs pas une mauvaise idée. Mais pour la mettre en pratique, il fallait trouver un motif solide – par exemple le mysticisme qu'il propageait par la nature même de sa profession. On aurait pu spéculer sur ce mysticisme à la solde de l'impérialisme, pour pouvoir ensuite tout naturellement l'accuser de trahison.

Non, non, ça ne collait pas. Tout être humain est mystique, au moins dans ses recoins les plus secrets. Lui-même avait tant de superstitions qu'il aurait fallu l'exécuter une fois par semaine.

Lorsqu'il obtint sa libération, l'enquêteur se sentit encore plus soulagé que le détenu hanté par les pensées les plus sibériennes. Le soulagement les fit soupirer d'un même souffle, dans lequel les légumes de l'âme roumaine cuits avec les os à moelle de l'âme russe donnèrent ce pot-au-feu d'une saveur unique qui domine le menu en Europe de l'Est.

Il le raccompagna jusque chez lui, en lui offrant le bras pour qu'il ne glisse pas sur la neige. Negru ouvrit le portail et fut accueilli par les reproches du chien Christophe, aboyés sur un ton un peu pleurnichard. Celui-ci, depuis la nuit du réveillon, souffrait d'une labilité psychique inquiétante :

– Où étais-tu donc passé tout ce temps, mon maître, mon ami ?

L'enquêteur retira son gant pour serrer la main de Negru.

– M'sieur le professeur, m'sieur le professeur, qui a été le confesseur de l'autre ?

– Ça, c'est le temps qui nous le dira, cher collègue.

– Je vous remercie pour ce réveillon passé à deux ! J'en ai appris plus que pendant toute l'année !

– Il est bien à plaindre, l'homme qui ne peut se vanter d'un réveillon inoubliable !

– Finalement, le patriotisme, qu'est-ce que c'est, monsieur le professeur ?

– Le patriotisme, c'est de faire son métier avec calme et honnêteté, en utilisant les outils qui nous sont donnés.

– Ces paroles tiennent lieu de « bonne nuit ».

– Et aussi de « bonjour ».

Comme d'habitude, l'officier entendait un mot et en comprenait deux. Il s'éloigna avec une lenteur étudiée, patinant sur l'édredon de neige qui recouvrait le trottoir. C'était la démarche d'un homme conscient d'appartenir à l'élite intellectuelle de la Sûreté qui se muait rapidement en Securitate.

– Si je comprends bien, pour nager comme un cygne sur les eaux des temps nouveaux, l'homme sage doit avoir un patriotisme bicéphale, qui s'adresse autant à la Roumanie qu'à l'Union soviétique !

4

Dans la série d'effondrements provoqués par la soviétisation de la Roumanie, il y eut aussi celui de l'édifice des croyances mystiques, qui, soi-disant, entravaient le progrès national. Le nouveau régime tenait à se présenter en habits matérialistes-dialectiques, taillés par la main d'une Securitate dotée de ciseaux géants.

L'effet ne fut pas exactement celui qu'escomptait cette institution, qui, hormis son rôle de « tranchant de l'épée dans la lutte des classes », avait aussi celui de « pilier de soutien du régime de démocratie populaire ». Petit à petit, la Securitate s'insinuait dans l'imaginaire collectif comme une créature secrète assoiffée de sang, d'où le soin que tous mettaient à éviter ses mâchoires, sa salive, son estomac et son tube digestif.

La terreur répandue dans la population, au lieu de les faire disparaître, accroissait l'intérêt pour les rites magiques. De l'homme de la rue jusqu'au sommet de la société, ils s'inscrivaient dans un mysticisme à usage personnel, adapté à la fonction de chacun.

Dans la mesure où le nouveau dirigeant de l'Est cultivait la peur comme les céréales dont on fait le pain le plus nourrissant, on fermait les yeux sur le mysticisme d'en bas.

Mais celui d'en haut était toléré, lui aussi. Étant à la merci d'un destin chiffré, les secrétaires du Parti, les ministres et les activistes consultaient en permanence des numérologues, des astrologues, des augures lisant dans le marc de café, interprétant les lignes de la main ou le tarot – tous clandestins –, cherchant à localiser les dangers qui les guettaient, afin de pouvoir les éviter à temps.

La hiérarchie de cette organisation clandestine de haut niveau était régie par Gheorghe Gheorghiu-Dej, le secrétaire général du Parti des travailleurs roumains. Rien d'étonnant, car plus l'homme est rudimentaire, plus il se laisse volontiers subjuguer par la dictature des superstitions populaires. Et Dej en demeurait captif, bien que la propagande officielle mentionnât dans sa biographie son passage par quelques prestigieuses universités pénitentiaires de la vie, à commencer par la prison de Doftana, qui était un peu la Sorbonne roumaine.

Son enfance n'aurait certainement pas été marquée par l'amour de l'argile si, à l'époque où il vivait comme un cabri dans les environs de son Bârlad natal, il n'avait pas rencontré le maître Mihai Bâzdâgă. Homme à la fière moustache sous le nez et au four à céramique dans sa cour, celui-ci l'adopta parmi ses apprentis.

Ils couraient la campagne tous deux, sur une charrette tirée par un cheval, à la recherche de la bonne argile, et il fallait voir comme le grand Bâzdâgă jetait le filet de son regard sur les collines et les vallées jusqu'à ce qu'il trouve l'endroit où faire mordre les bêches.

– Ici, les gars, juste là !

Les gars piochaient et creusaient comme des diables aux sabots et aux cornes d'acier. Quand ils parvenaient à la couche d'argile, le père Mihai retirait son bonnet et se mettait à la tâter, l'écouter, la flairer. Pour être utilisée en céramique, il fallait qu'elle soit onctueuse, qu'elle ne contienne pas trop de sable, qu'elle...

Il fallait pouvoir y lire les écrits de la terre.

Quand le test était réussi, les gars la chargeaient à toute vitesse dans la charrette et filaient jusqu'à la cour du maître où ils la déchargeaient dans une fosse spéciale, jusqu'à en faire une mamelle géante. Ils s'asseyaient ensuite en cercle tout autour et l'épouillaient pour en retirer toute saleté.

Tout d'abord, il fallait dégager les racines de plantes, puis la terre noire que les coups de bêche hâtifs avaient associée à la précieuse matière de couleur jaune. Enfin, ils palpaient la mamelle du bord vers le centre comme s'ils faisaient un dépistage du cancer. Les yeux agrandis par les télescopes de l'attention, on recherchait le calcaire – la redoutable pierre de chaux –, qui était le motif de bien des allocutions professionnelles de l'exigeant Bâzdâgă :

– Il n'y a pas en ce monde de pire ennemi du potier que la pierre de chaux ! Elle se cache avec perfidie, elle se tait et trahit... Elle se glisse sous la peau et dans le cœur de l'argile, juste pour faire éclater plus tard les poteries mises au four. La pierre de chaux, c'est le mal caché, c'est la rancune du monde !

« La rancune du monde ». Ces mots se sont glissés et nichés tout au fond du cœur de Ghită[1] Gheorghiu.

Bâzdâgă n'exagérait pas. Si elle parvenait à conserver sa clandestinité dans les matières mises au four, la miette de calcaire faisait des ravages. Elle manigançait des réactions chimiques, retardait la contraction provoquée par la perte d'eau et finalement faisait se détacher de petits et de grands fragments de la poterie qui prenait vie dans le ventre du four.

Comme le but du calcaire était de détruire, c'était d'autant plus agréable de le deviner du bout de ses doigts, de le démasquer et de l'éliminer de l'argile veloutée, avant qu'il n'ait pu envahir les poteries et les faire craquer.

Ce qui se passait alors, c'était un nettoyage, une purification, une œuvre de justice... On rendait justice à la terre !

1. Diminutif du prénom Gheorghe.

Une fois cette étape d'épuration achevée, les gars étalaient l'argile en une couche uniforme et la tassaient à la colère de leurs talons, en ajoutant de l'eau s'il le fallait, jusqu'à obtenir une pâte homogène – ni collante ni friable.

Et pour finir, ils lui administraient encore un aplatissage au maillet pour lui faire tousser tout son air. Car l'air, le deuxième ennemi secret de la céramique, s'il n'était pas supprimé à temps, ruinait lui aussi la cuisson.

À partir de là, la matière pouvait être modelée facilement, sans coller aux doigts, ni se fendiller. Apprivoisée et disciplinée, elle pouvait être travaillée sur-le-champ ou conservée dans des tonnelets de bois frais, à l'abri des courants d'air.

Ghită Gheorghiu était un bourreau de travail. Il malaxait l'argile à mains nues ou avec un pétrin électrique, comme celui des boulangers, puis il lui donnait la forme de rouleaux ou de galettes, en fonction de l'objet final souhaité.

Ensuite, il évidait et collait entre elles les diverses parties en se servant d'une pâte d'argile appelée « barbotine » qu'il étalait au pinceau. Et toujours au pinceau, mais cette fois un fin, il peignait sur les tasses, les bols et autres poteries des symboles figurant tantôt la virilité du soleil, tantôt la féminité de la lune, la maturité de l'eau ou la jeunesse du feu…

On remarquerait avec justesse que les objets auraient pris forme plus rapidement et plus commodément s'il avait travaillé au tour de potier. Mais alors, ils auraient perdu l'authenticité du tour de main qu'exigeaient les clients du père Bâzdâgă. Parce qu'il vendait sa marchandise à un grossiste arménien qui la distribuait jusque dans les magasins chics de Bucarest, rue Lipscani…

Réalisés avec un savoir-faire patient, les objets sortaient du four vivants et chargés d'une partie de l'âme du potier. C'est ce qui faisait la différence.

Ghită Gheorghiu modelait en rêvant, d'autant que la forme de certaines poteries, amples de bassin et fines de taille, lui évoquait les corps de femme tant désirés. Après que les poteries avaient passé l'étape de la cuisson, il leur caressait avec nostalgie les hanches et, parfois, s'endormait en en serrant une contre sa poitrine.

Le soir autour du feu, les histoires du père Bâzdâgă se mettaient à voleter. La plupart semblaient s'adresser personnellement à Ghiță.

– Chaque fois que dans ma vie je me suis trouvé à la croisée des chemins, j'ai demandé conseil à l'argile, parce qu'elle est simple et pure. Par l'intermédiaire de l'argile, Dieu nous écrit des petits mots, la plume trempée dans l'encre sacrée.

Le sommeil de ces nuits-là fournissait à Ghiță des rêves d'un monde meilleur et plus juste. Il se voyait boire de la tzuica assis sur les genoux de Dieu, qui n'avait pas de barbe mais seulement une moustache dont était issue celle du père Bâzdâgă.

De temps à autre, Dieu filait à Ghiță une taloche éducative derrière la nuque, comme le faisait aussi le père Bâzdâgă.

– Apprends à écouter l'argile, nigaud ! Quand tu ne sais quel parti prendre, interroge-la et elle te répondra !

Il est permis de supposer que, là-bas, près du four qui filait paisiblement sa quenouille de braise, le futur chef de l'État acquit les habitudes communistes de boire et de fumer.

Bien des années plus tard, alors que les rênes du pouvoir se rassemblaient dans sa main droite, Gheorghiu-Dej fit venir le père Bâzdâgă auprès de lui. Il l'installa dans une maison bien gardée de la banlieue de Bucarest et plaça sous ses ordres deux apprentis sourds-muets, pêchés dans un orphelinat.

Le père Mihai construisit un four, creusa une fosse à argile dans la cour et poursuivit l'exercice de son métier. Il battait la campagne à la recherche de l'argile et sa moustache se hérissait quand il en découvrait la tanière. Il lui suffisait de décréter qu'elle était bonne pour qu'on la lui apporte chez lui, où les apprentis l'épouillaient de ses impuretés et la rouaient de coups de maillet jusqu'à ce qu'elle acquière l'exacte rigueur.

Dej lui rendait régulièrement visite et ils se mettaient à créer ensemble des objets en céramique. Après les avoir mis au four, ils commençaient à égrener des histoires en buvant de la vodka ou du whisky et en fumant des cigarettes russes ou américaines dans une harmonie alcoolo-tabagique qu'ils auraient souhaitée à toute la planète.

Leurs poteries témoignaient d'une authenticité appréciée à sa juste valeur par les éminents invités étrangers auxquels on les offrait à l'occasion d'événements internationaux, sans leur dire que le chef de l'État lui-même les avait créées. Le seul à avoir donné l'ordre d'enquêter sur la provenance d'un flacon – utilisé pour garder sa vodka au frais –, ce fut Staline.

Dans le rapport fourni par Lavrenti Beria, il était écrit, clair comme de la vodka de roche : « Cet objet suspect a été fabriqué par Gheorghi Afanasievitch Gheorghiev-Dejov, en collaboration avec l'agent anglo-américain Michael Buzzdago, que nous nous proposons d'arrêter, interroger et exécuter pour espionnage de nature mystique. »

Un peu plus bas, la raison de cette proposition radicale était expliquée : il était question d'un rituel extrêmement grave pratiqué par le leader roumain. Celui-ci, quand il s'agissait de prendre une décision d'intérêt national, avait en effet l'habitude de demander conseil à l'argile d'une façon qui rappelait les pratiques de sorcellerie du Moyen Âge.

5

Le système pénitentiaire roumain avalait, sans les mâcher, les quartiers de viande fournis par la Securitate, qui recrutait ses bourreaux en fonction de leurs capacités à mettre en pratique la haine politique, hissée au rang de critère absolu de compétence professionnelle.

Les deux pour cent d'intellectuels qui formaient la matière grise de la « nouvelle Inquisition de la Roumanie », comme Negru appelait la Securitate, avaient un rôle raffiné, celui de supprimer la virgule entre le sujet et le prédicat de cette haine. Deux pour cent, c'était bien assez pour la bonne marche de l'institution. En fin de compte, à quoi bon tant d'intellectuels ? Leur sale habitude de dialoguer avec leur propre conscience aboutissait à des tumeurs cancérigènes appelées « scrupules ». La Roumanie n'avait pas besoin de sécuristes à l'esprit compliqué. Quand ils étaient dépistés, les « scrupules » se faisaient extirper sans anesthésie.

Le modèle du sécuriste avait été taillé à la hache. Dans son désir de perfectionner constamment sa haine de classe, il accordait peu de prix aux études et abordait plutôt son métier avec la brutalité d'une barre de fer et l'inflexibilité du bouchon d'une bouteille de vodka bas de gamme. Pour ses loisirs, il s'avérait un explorateur infatigable de l'éternel vaginal, et malgré son évident manque de manières, il restait le seul homme dont les femmes, par crainte ou par intérêt, ne refusaient pas les avances.

Le modèle de chaque agent, c'était le chef de la Securitate lui-même : Gheorghe Pintilie. Véritable génie de l'hostilité, il avait partagé en prison le bout de pain, la doctrine et le coefficient d'intelligence du camarade Gheorghiu-Dej.

Gheorghe Pintilie n'était que le pseudonyme dont il signait ses œuvres, son véritable nom étant Pantelei Bodnarenko. Mais ses camarades de foi ne l'appelaient ni Gheorghe ni Pantelei… Ils l'appelaient Pantioucha, ça ressemblait à un roucoulement de pigeon.

Sorti du ventre maternel quelque part en Ukraine, Pantelei avait apporté en Roumanie le goût de la satire du peuple voisin, qu'il transposait brillamment dans le domaine du crime, où tant d'autres génies s'étaient illustrés avant lui.

On ne cessera jamais de parler de l'œuvre de Pantioucha, preuve que l'immortalité s'acquiert aussi grâce au crime. La barre de fer était le stylo avec lequel il signait ses œuvres, et Stefan Foriș – l'ancien secrétaire général du Parti – l'a sentie sur son crâne. La barre de fer de marque Pantioucha en vint à être plus célèbre en Roumanie que les stylos Pelikan.

Les ennemis de classe arrêtés étaient considérés comme des récoltes, mais la production à l'hectare n'était pas obtenue en moissonnant de façon chaotique, n'importe où et n'importe comment. Entre la qualité et la quantité, on avait établi un cours des valeurs, qui faisait, par exemple, qu'un pope arrêté et condamné valait au taux de change communiste autant que cent paysans attachés à un piquet.

Le produit fini – l'ennemi de classe emprisonné – n'était parfois obtenu qu'au prix d'efforts de galérien. Il fallait hacher le détenu, l'interroger menu menu, l'accommoder au sel de mine, le saupoudrer des condiments de son passé secret… Finalement, on enquêtait aussi sur son entourage, ses amis, pour y cueillir encore quelques ennemis du peuple.

Une véritable émulation s'était déclenchée entre les équipes de sécuristes, donnant le coup d'envoi à la compétition socialiste. Chaque équipe s'efforçait de haïr mieux, plus efficacement, plus vite, pour obtenir des productions record de condamnés, ce qui leur procurait la satisfaction du devoir accompli, des promotions hiérarchiques et des augmentations de salaire.

Il était normal que les intérêts personnels viennent se greffer sur la sécurité du pays. Le cheminement vers le communisme allait de pair avec l'avancement de chacun en grade et en fonction, et pour atteindre ces objectifs, il fallait augmenter sans cesse le nombre d'arrestations et de condamnations politiques. Un beau travail, mais épuisant. Arrêter les ennemis du peuple un à un, c'était comme aller moissonner un épi de blé après l'autre. Les sécuristes étaient tellement exténués qu'ils s'endormaient cigarette allumée au bec et bouteille de vodka à moitié pleine sur le sein de leurs amantes, sans plus être capables de l'acte qui consacrait leur statut de mâles alpha.

C'est alors qu'un esprit brillant eut l'étincelle révolutionnaire : procéder aux arrestations et aux condamnations par « lots ». On n'aurait pas pu rêver d'un plus extraordinaire accroissement de la productivité dans le travail !

Sous prétexte d'association dans les activités subversives, les incriminés n'étaient plus récoltés un par un, mais directement en gerbes.

Il se trouve que Negru, bavard comme il l'était, avait donné un coup de main aux stratèges de ce travail gigantesque. Pendant les trente-six jours doux-amers de sa détention, il avait eu l'occasion d'expliquer à Moïse Dulberger en quoi consistait le pouvoir adoucissant du diminutif.

Son monologue avait débuté sur la voie de l'amitié conclue entre lui et l'enquêteur. Comme ce dernier s'adressait à lui en l'appelant Pierrot, et que lui répondait en disant Michou, il s'était permis une digression champagnisée, de celle dont il régalait ses étudiants durant ses cours.

– On sait bien que les noms des gens proviennent d'appellatifs... Mais le diminutif, monsieur, qu'est-ce, sinon l'enfant chéri du prénom ? Et vous savez pourquoi c'en est l'enfant chéri ? Parce qu'il a la faculté unique d'attirer la sympathie. On peut se fâcher contre Gabriel, on peut même l'injurier en pensée ou à haute voix, mais Gabi est intouchable...

« On peut se fâcher contre Pantelei, mais pas contre Pantioucha, compléta l'officier en pensée. Il vous fait des massages à la barre de fer, mais ce serait malvenu de lui en vouloir pour si peu. »

– Prenons votre cas : on peut se fâcher contre Mihai, et plus encore contre Moïse... Mais jamais contre Michou. Michou, c'est le serveur sympa, Michou, c'est le coiffeur habile ou le tailleur qui met en valeur la grâce du client...

« Michou, c'est le menuisier-charpentier », ajouta l'enquêteur en pensée.

– Qui n'a pas besoin d'un bon tailleur ? Vous avez besoin d'un costume d'urgence ? Vous lui passez un coup de fil et il vous donne rendez-vous promptement.

« Qui n'a pas besoin d'un bon menuisier-charpentier ? réfléchissait l'enquêteur. On lui passe un coup de fil et il vous fixe une date aussitôt : "Père Michou, j'ai besoin d'un petit travail de menuiserie ! – Et de quoi a-t-il besoin, le petit ? – D'un lot d'ennemis du peuple, père Michou ! – Tout de suite, mon petit !" »

C'est ainsi que Moïse Dulberger décida d'humaniser et de roumaniser son nom en Michou Dulgheru[1], avant d'être intronisé à la tête de la direction d'enquêtes pénales de la Securitate.

1. *Dulgheru* : menuisier-charpentier.

Aussi longtemps qu'il avait été comptable à la banque, même ses amantes – et c'était un lot d'amantes à intérêts mensuels – n'auraient pas osé l'appeler Michou, on aurait plutôt appelé le prophète Moïse Michou, mais pas lui. Pourtant, dans une institution aussi flexible que la Securitate, le diminutif Michou convenait parfaitement à une personne aux aspirations de général.

Avec son esprit de banquier, Michou Dulgheru savait qu'une fois déposé sur le compte de la prison, le lot de détenus devait rapporter des intérêts. Le slogan bancaire « Dépose un sou dans ton compte aujourd'hui, / Demain il fera des petits ! » pouvait automatiquement se transformer en « Mets-en un lot au trou aujourd'hui, / Demain il fera des petits ! ».

6

Negru n'était pas le seul en droit de vilipender la prolongation de l'âge d'or des listes. Quand Marcel Fontaine trouva le nom de Charles de Gaulle sur la liste des vingt-cinq auteurs étrangers interdits en Roumanie à partir du 1er mai 1948, il se rendit compte qu'il aurait peu de pages à arracher à son agenda avant d'être lui-même arraché au pays pour lequel il avait combattu pendant la Grande Guerre.

L'écrivain de Gaulle figurait en cinquième place de la liste mentionnée, étroitement relié à d'autres titans de l'écriture comme Hitler, Mussolini, Goebbels et Göring. Les noms étaient classés par ordre alphabétique… Mais comme bien des choses en ce monde, elle était, en fait, faussement alphabétique.

Les libraires et les bibliothécaires étaient sommés de retirer de la circulation quinze catégories d'ouvrages, à commencer par les « manuels scolaires antérieurs à l'année 1947 » et « tous les livres favorables à un régime de gouvernement autre que le régime soviétique ».

À la treizième place, on liquidait un autre contentieux sur le terrain roumain en interdisant « les livres influencés par la culture française et occidentale, dans le passé de la Roumanie ».

Ainsi donc, qu'y avait-il d'écrit ? « Culture française et occidentale », et non « culture américaine », « culture britannique et occidentale » ou « culture italienne et occidentale » !

*Touché !**

Pour Fontaine, dont les bagages pour partir en France étaient prêts depuis deux ans et demi, tout cela n'avait rien de surprenant. Il s'y attendait depuis le fameux discours de Winston Churchill prononcé le 5 mars 1946 à l'université de Fulton dans le Missouri.

Un « rideau de fer » tombé entre l'Europe soviétique de l'Est et l'Europe démocratique de l'Ouest marquait le début de la guerre froide. La façon dont la Russie avait fourré dans sa besace les États voisins – en en prenant le contrôle, en les pillant et en les dépersonnalisant – représentait une grave menace pour l'ensemble du monde civilisé.

Staline maîtrisait bien ses nerfs, sauf avec Churchill.

– Écoute, bouffi, nous nous sommes installés dans les États voisins par crainte de la résurrection du fascisme. Nous, nous ne les pillons pas, mais nous les défendons du mal que les gens comme toi peuvent leur faire, espèce de rapace !

Pour être plus convaincant, il rangea Churchill à côté de Hitler sur la branche pourrie des prédisposés au génocide, dans une interview accordée à la solennelle *Pravda* et reprise par la presse internationale. Et pour que l'affinité de l'Anglais et de l'Allemand se manifeste jusque dans les recoins les plus perdus des bibliothèques roumaines, il jucha le fumeur de cigares sur le podium de la liste des auteurs interdits en Roumanie.

– Tu es très bien là, perché en troisième place. Puisse ton cigare te servir de suppositoire ! Tu peux dire *goodbye* à tes lecteurs ! Et reçois en même temps aussi un *big do svidania*[1] de ma part !

L'histoire de la littérature allait démontrer que cette persécution avait avantagé plutôt que défavorisé Churchill, dont les Mémoires étaient guettés par le glacial prix Nobel

1. *Do svidania* : « au revoir », en russe.

de littérature de l'année 1953. Sans le vouloir, Staline joua pour son ennemi le rôle d'un agent littéraire parfait.

Mais les cas de certains écrivains russes, comme Isaac Babel et Daniil Harms, illustrent aussi le talent d'agent littéraire malgré lui de Staline, qui exécuta le premier en le faisant fusiller et le second en l'affamant dans un hôpital psychiatrique. Leur destin tragique allié à leur talent littéraire assure à ces deux-là une postérité dont maman Russie continue de tirer des bénéfices en matière d'image.

Voilà comment certaines actions sadiques de Staline ont eu des résultats patriotiques, là où personne ne s'y attendait !

Son départ de Roumanie brisait le cœur de Fontaine. Après des décennies de fraternité franco-roumaine arrivait le moment de la rupture.

De même que la culture, le monde de l'enseignement aussi s'éloignait de la France. Les professeurs de français étaient obligés de se réorienter vers le russe ou d'autres langues moins génératrices d'étincelles.

Le retour au pays des Français qui se trouvaient dans la douce Roumanie semblait inévitable. Qu'avaient-ils encore à faire par ici ? Sur le plan économique, l'Hexagone n'investissait plus de capitaux.

Tout était devenu bizarre, mais Fontaine considérait que son cas était d'une bizarrerie extrême, car, lui, il méritait vraiment son adoption roumaine. Pendant la Grande Guerre, il avait entraîné les troupes roumaines et il avait même combattu pour ce pays, et, au cours de la suivante, il avait été à l'avant-garde du bon côté. Même les rapports de la Sécurité soulignaient ses positions antifascistes, et certains le donnaient pour agent du redoutable Intelligence Service.

Il avait devancé la Roumanie, engagée jusqu'au 23 août 1944 aux côtés de l'Allemagne avant de tourner casaque. Fontaine n'avait pas pratiqué un antifascisme de pique-nique, il avait été très actif. *Par exemple**, combien de Juifs arrivés de

Pologne n'avait-il pas sauvés des persécutions nazies en leur fournissant de fausses identités pour s'échapper ?

Dans sa fougue, il oubliait que la Roumanie soviétisée n'aimait pas les avant-coureurs. Et, en général, les problèmes de morale ne compliquaient pas la vie de la Securitate, qui, conformément au moule de pensée soviétique, voyait en tout nom étranger une parfaite carcasse pour les activités d'espionnage.

Marcel Fontaine était français ? *Alors** qu'il bouge son cul en direction de sa France impérialiste et qu'il nous foute la paix.

– *Allez, dégagez vite !**

Le héros de Mărășești allait devoir quitter *les demoiselles de Fontaine**, ses élèves préférées des cours du soir du Lycée français. Entassées dans des facultés de langue russe, elles avaient de bonnes notes sur leurs carnets, mais en réalité baragouinaient à peine un *spassiba* ou un *dobri dién*[1].

Confrontées à une langue d'envahisseurs imposée à coups de barre de fer par Pantioucha, elles faisaient semblant d'être enthousiastes, comme une femme violée mimerait un orgasme par peur de la colère de son violeur. Elles entraient dans un rôle de théâtre qui ne leur demandait pas trop d'efforts, car les professeures de russe – en majorité reconverties de l'enseignement du français – craignaient de leur mettre des notes trop basses sous peine d'être accusées de sabotage pédagogique ou d'autres trouvailles.

Mais, comme mimer l'enthousiasme exigeait un sédatif, elles avaient trouvé un asile linguistique et culturel au Lycée français, choix auquel avait contribué de façon décisive Smaranda Chehata, leur ancienne prof du lycée Carmen-Sylva.

La charismatique Smaranda Chehata, ex-épouse d'un Égyptien à la peau caramélisée et sœur du célèbre romancier

---

1. « Merci » et « bonjour », en russe.

Cezar Petrescu ! Quand elle était passée du lycée Carmen-Sylva au Lycée français pour y donner des cours du soir, les filles, narcotisées, l'avaient suivie, comme on suit une prêtresse fumeuse de cigarettes roulées avec des pages de romans parisiens.

Mais à présent, ça aussi, c'était fini ! À l'automne 1948, le Lycée français n'avait pas été rouvert, laissant son personnel lire et relire la notification de licenciement reçue par la poste.

Au pot d'adieu organisé dans l'appartement de fonction de Fontaine au lycée, les jeunes filles alignaient leurs chevilles et leurs épaules aux chaussettes et chemises blanches. Autour de leur cou pendouillaient des cravates tricolores au centre desquelles la dualité blanc jaunâtre continuait de miser sur la carte de l'amitié franco-roumaine, profondément ébranlée en ces jours sombres.

Les cravates trouvèrent tout de même le moyen de trembler à l'instant où résonna, du fond des poitrines, *Le Chant des partisans*, l'hymne de la Résistance française pendant la guerre. Elles le chantèrent pour le professeur Fontaine et la professeure Chehata, mais surtout, elles le chantèrent pour elles-mêmes, pour renforcer leur propre moral, en marquant le rythme du pied droit – on aurait dit que le blanc des chaussettes transmettait des signaux lumineux aux patriotes roumains cachés dans les tanières creusées au cœur des montagnes.

Elles s'administraient ces paroles comme on s'administre un vaccin contre un virus qui menace de propager une grave épidémie. Elles rendaient leurs voix graves, comme celles de Pères Noël, du fond de leurs poitrines, et chantaient en lançant de strophe en strophe des regards à Chehata et à Fontaine, leurs agents de liaison avec le monde civilisé.

– *Ami, si tu tombes, un ami sort de l'ombre à ta place !**

Les petites soldates exprimaient leur refus de se transformer en grosses soldates russes.

Les petites soldates apaisaient l'immense frustration que leur causaient tous les orgasmes mimés depuis que la langue russe avait été enfoncée dans leurs larynx à coups de barre de Pantioucha.

Les petites soldates scellaient leur serment d'entrer dans la clandestinité.

Le Français connaissait leur regard *par cœur**. C'était celui des soldats de la forêt de Răzoare. C'était une prière formulée avec les yeux.

À Mărășești, comme maintenant, c'étaient les Russes qui semaient la zizanie. Aujourd'hui, comme à l'époque, avec ce genre d'alliés, on n'avait plus besoin d'ennemis.

*Les demoiselles de Fontaine, ses mignonnes**, ses petites soldates. Leur moral s'était niché dans sa poitrine. Il s'attarda auprès de chacune d'elles avec le buis béni d'un baiser et l'eau bénite des larmes. Il gémit avec elles toutes, comme s'il avait soufflé dans une cornemuse.

Avant de les quitter, il embrassa tout le groupe du regard. Les cravates se mirent à flotter, pareilles à un drapeau roumano-français déchiqueté aux ciseaux et recousu au fil de fer.

7

Le lot de personnalités modelé par l'esprit bancaire de l'exceptionnel sécuriste Michou comprenait également – avec des sénateurs, députés, ministres et préfets en activité durant la période 1920-1944 – Victor Papacostea, ancien sous-secrétaire d'État au ministère de l'Éducation nationale.

Sa nièce Michaela Ghițulescu fut incluse dans le Lot français – organisation d'espionnage dont le noyau était constitué des espiègles *demoiselles de Fontaine**. Au début des années 1950, elles étaient toutes étudiantes en Lettres, sauf une certaine Marta Condurache, élève au Conservatoire.

Les petites Françaises n'avaient trahi ni leur mentor, ni le pays qui leur avait offert un asile linguistique et culturel. Malheureusement pour elles, leur refus romantique de se transformer en grosses soldates russes leur avait valu la paille humide des cachots.

De toute évidence, l'incarcération du Lot français aurait été plus laborieuse si Fontaine n'avait pas manifesté, depuis la France, son aversion du bolchevisme au nom du « patriotisme roumain » (comme il l'appelait) ou de « l'esprit réactionnaire antiroumain » (comme l'appelait la Securitate).

Nommé en 1949 chef de la section roumaine de la Radiodiffusion française, il envoyait depuis Paris, un dimanche après l'autre, ses attaques herziennes contre le nouveau régime de Bucarest. Et bien que la nouvelle censure ait brouillé intensément l'émission intitulée de façon ostentatoire et offensante *L'Heure de la Roumanie*, il était écouté aussi bien par le public qui avait des couilles au cul que par les leaders du Parti, les agents de la Securitate et les commissaires soviétiques qui surveillaient tout le monde et prenaient les mesures qu'il fallait là où il le fallait.

À quelques années d'écart, mais sensiblement avec les mêmes protagonistes, les éditoriaux de l'émission *L'Heure de la Roumanie* connaissaient le sort des vingt-six pages de l'article – censuré, mais beaucoup lu en secret – que Petru Negru avait consacré à la roumanité de la Bessarabie.

Quant à Fontaine… Il était, sans conteste, un grand patriote au sens large du terme. Mais dans un sens restreint, il restait animé de l'égoïsme typique de beaucoup de combattants pour de grandes causes. C'est pourquoi il minimisait les risques que prenaient les filles à lui envoyer régulièrement des lettres et des coupures de journaux d'où il tirait les informations pour ses émissions.

On pourrait dire que sa manière d'apprécier la destinée des lots humains se rapprochait de celle de Michou Dulgheru. Le « syndrome de Mărășești », en le portant à raisonner comme un comptable de banque, lui avait appris qu'une victoire était impossible à obtenir sans pertes massives dans les rangs de l'infanterie et de l'artillerie.

C'étaient des pertes assumées, car les lots de soldats et de petites soldates avaient le devoir de générer des intérêts consistant en actes de bravoure. C'est tout !

Pendant ce temps, la Securitate écoutait son émission et se posait des questions auxquelles elle répondait elle-même :

– D'où diable ce sale Parisien tire-t-il ces détails sur la nationalisation des pharmacies, la pénurie dans l'approvisionnement des ménages, le mécontentement des étudiants dans les universités ? Hein ? Ces informations lui viendraient-elles de son lunatique ami Petru Negru ?

C'était exclu, car celui-ci avait été viré de l'université et les gens l'évitaient. Si bas qu'il ait pu tomber, le rôle de taupe ne lui allait pas.

– Alors peut-être de la famille d'Alexandrina Zaharia, la femme de Fontaine ?

– Encore plus exclu, parce que sa parentèle moisit dans la logique provinciale de Turnu Severin. Selon cette logique, le timbre d'une lettre destinée à l'extérieur doit être collé à l'intérieur de l'enveloppe, puisque pour une lettre intérieure on colle le timbre à l'extérieur.

La seule déduction logique possible était que les informations provenaient de son ex-harem, appelé *les demoiselles de Fontaine**. Qui donc ne connaissait pas ces prétentieuses qui ne parlaient que français entre elles ?

Une fois ce raisonnement achevé, Dulgheru ordonna sur-le-champ d'intercepter leurs lettres. Absolument toutes leurs lettres, et non pas quelques-unes.

Le grand menuisier-charpentier Michou allait constater bientôt que les matchs avec Fontaine n'étaient pas faciles à gagner, parce que, tout de même, la Grande Guerre et le métier de journaliste avaient fait acquérir *un peu de tactique** au Français.

L'ancien capitaine de la mission militaire française était un fin renard. Connaissant l'habitude qu'avait la Securitate de décoller à la vapeur, lire et recoller les lettres qui partaient vers les pays capitalistes et en arrivaient, il avait combiné une diversion propre aux bêtes qui creusent des tanières à double accès.

Ainsi, il entretenait avec ses pouliches, par les Postes roumaines, une correspondance insipide, sachant qu'elle serait lue par les « yeux bleus » de la Securitate, et faisait passer les enveloppes contenant des informations concrètes par le courrier diplomatique de la Légation française.

C'est ainsi que Dulgheru s'était retrouvé dans la posture pénible d'un *voyeur** qui décollait et lisait des lettres falotes sur les auteurs au programme de l'université et sur la façon dont les filles fuyaient le « baiser français » pour chercher en échange la perfection du « baiser soviétique ».

C'est alors seulement qu'il ouvrit des yeux comme des soucoupes.

– Le « baiser soviétique » ? Ce truc-là existe et on ne m'a pas mis au courant ?

Pour ajouter une minute après :

– Est-ce que par hasard ces petites putes ne se ficheraient pas de moi ?

Dans son bureau, à Paris – à une distance de 1 870,40 km *à vol d'oiseau** –, Fontaine jubilait en vers méprisants à l'adresse de la Securitate :

Securita, Securita…
Jeune tu es, mais bien gaga !

S'il avait jubilé en prose, il n'aurait peut-être pas sous-estimé la paire de points de pourcentage intellectuels de la police secrète, ratio représenté dans le cas présent par l'habile Michou. Orfèvre en la matière et connaissant, de plus, les subterfuges du monde des hormones inflammables, il entama un nouveau raisonnement sur la base de son étonnement logique :

– Pardon, mais comment se fait-il que la correspondance de l'agent Fontaine et de ses contacts à Bucarest soit comme une eau de toilette qui sent bon mais ne tient pas ? Comment se fait-il que les lettres ne contiennent pas la moindre médisance sur le régime, pas même un petit ragot, inévitable et, en fin de compte, excusable ?

Il savait que le harem avait collé le Français dans son cœur comme le timbre sur la lettre. Il savait que *les demoiselles** lui vouaient un culte éhonté et lui destinaient des flirts *sans dessous**.

Et alors ? N'auraient-elles pas dû lâcher quelques informations sur la population qui râlait contre les bas salaires, les queues pour se procurer du lait ou de la viande de porc ? N'aurait-il pas dû leur échapper des descriptions de l'atmosphère soviétisée des cours à l'université ?

Et si le trafic de renseignements passait par une autre voie ? Est-ce que ce renard français n'aurait pas ménagé deux portes à sa boîte aux lettres ? De sorte que le courrier confié aux Postes roumaines ne soit conçu que pour faire marcher la Securitate, et que l'essentiel passe par la deuxième porte ?

Le colonel Dulgheru faisait les cent pas dans son bureau en inspirant la fumée de cigarettes Chesterfield et en l'expirant au rythme d'une chanson qui lui glissait des paroles à double sens, pas vraiment favorables à son activité professionnelle :

Tu colles à mon cœur comme le timbre à la lettre,
Il n'y a aucun moyen de te faire me lâcher !
Tu colles à mon cœur, tu possèdes mon être,
Je comprends que t'aimer, c'était perdre la paix.

*D'accord, camarade** Fontaine ! Tu auras beau jouer au renard absolu, treize échanges épistolaires ne peuvent pas tourner autour de promenades sous les étoiles et de descriptions de langue glissée dans la tanière buccale de l'autre pour effectuer le « baiser soviétique ». Les détentrices d'hormones brûlantes iront plutôt placer leurs économies dans des tailleurs et des chaussures en imitation daim, elles ne vont pas gaspiller leurs sous en timbres pour l'étranger afin de communiquer toutes ces bagatelles, fussent-elles pimentées.

Il était de plus en plus évident que, parallèlement à la correspondance par les Postes roumaines, il s'était établi un échange subversif de messages pour lesquels on avait eu recours à un mode de transmission qui excluait tout risque d'interception.

Un mode de transmission qui excluait tout risque d'interception ? D'où venait-il et sur quoi se fondait cette assurance absolue ?

Ce coquin de Michou épuisait les questions baignées par les nuages de fumée de cigarette qui flottaient dans le ciel du bureau. Son raisonnement et son intuition le menaient vers une seule voie de communication possible entre l'agent français et sa bande d'espionnes.

Une voie et une seule : la valise diplomatique de la Légation française. La valise dans laquelle les règles internationales (foutues règles internationales !) ne permettaient à personne de mettre ne serait-ce que le bout du nez.

Il avait pourtant des raisons d'être heureux. Il avait pincé le Français :

– *Monsieur Marcel, à mon avis**, tu t'es réjoui trop tôt, *mon cher dupe**, gogo que tu es ! Tu as jubilé, mais tu aurais dû te retenir un peu. Comme certains souffrent d'éjaculation précoce, toi tu souffres de jubilation précoce.

Il alluma une autre Chesterfield, celle du triomphe... Il allait démanteler le petit bordel dont le Français était si fier.

Comme toutes les huiles de la Roumanie communiste, Michou Dulgheru fumait des cigarettes américaines, mais il le faisait ouvertement, pas en cachette comme Gheorghiu-Dej, qui se délectait de Viceroy, mais les cachait dans un paquet autochtone de marque Snagov.

Il n'y avait que Pantioucha pour fumer des cigarettes Plugarul. Pour ses poumons desséchés par le travail, c'était un choix parfait, en attendant le jour où débuterait la fabrication de cigarettes « La Barre de fer ».

8

Il eût été judicieux qu'en découpant aux ciseaux les articles de la presse communiste pour les envoyer à leur mentor, *les demoiselles de Fontaine** accordent davantage d'attention à l'ensemble du journal.

Si elles avaient lu un mot, elles en auraient compris deux, comme Michou Dulgheru, et auraient été plus vigilantes. Elles auraient dû parcourir consciencieusement, dans la *Scînteia* du 6 septembre 1951, le discours de Gheorghiu-Dej qui s'en prenait aux ambassades des pays capitalistes, tout en faisant passer un avertissement aux personnes proches de ces tanières occultes où l'on pratiquait le *descolindat* anticommuniste.

Le leader de la Roumanie était bien remonté contre les États-Unis d'Amérique et les pays de l'Europe de l'Ouest « qui ont transformé leurs représentations diplomatiques en officines d'espions et de comploteurs », raison pour laquelle « ils ont envoyé et continuent d'envoyer dans les pays de démocratie populaire des agents de diversion et des saboteurs ».

La Securitate lui avait fait savoir que « tous les fils des complots antipopulaires découverts par les organes du pouvoir du peuple avaient mené et menaient encore aux représentations diplomatiques des États capitalistes »…

Eh oui ! Les filles sont les filles ! Ça ne leur aurait peut-être pas déplu, ça les aurait même flattées de savoir qu'elles étaient surveillées, car quelles demoiselles romantiques n'aimeraient pas se découvrir surveillées par des agents secrets aux yeux bleus ?

Ces admirateurs jouaient serré ? Tant mieux ! Les demoiselles ont toujours préféré les durs aux mollassons, bons à mettre à la poubelle.

À cause de la solidarité de prénoms déjà mentionnée, Michou Dulgheru ménageait ses homonymes. C'est ainsi que Michaela n'avait pas été arrêtée le jour de sa fête, mais un peu avant.

On aurait pu croire que, grâce à cette arrestation anticipée, son entourage aurait fait l'économie d'un cadeau, d'un gâteau, du champagne. En réalité les choses étaient bien plus douloureuses. La nuit où la Securitate avait frappé à sa porte, Michaela rêvait au rendez-vous fixé le lendemain avec un étudiant de l'Institut polytechnique.

Elle n'irait plus au cinéma, elle ne l'embrasserait plus dans le noir. Sa frustration était immense, car, dans sa vie, les garçons se montraient plus rares que son jour de fête.

Elle avait suivi en silence ceux qui étaient venus l'arrêter. On lui avait confisqué ses lunettes en descendant du fourgon, mais cette fois-ci la myopie était en sa faveur. Dès les premières heures de prison, elle s'était retrouvée dans une confusion salutaire.

On lui donnait néanmoins des lunettes, qui ne lui servaient à rien, au cours des interrogatoires qui s'enfonçaient à coups de pic au cœur de la nuit. Paradoxalement, bien que l'activité du Lot français ait été découverte grâce à la perspicacité d'un représentant des deux pour cent d'intellectuels de la Securitate, on avait choisi pour l'interroger un officier tiré de la majorité ouvrière. Ça aussi, c'était une tactique.

Question : Qu'est-ce que tu écrivais à Marselfonten par les Postes roumaines ?

Réponse : En général, j'écrivais des banalités à Marcel Fontaine : je parlais de la myopie que j'ai depuis l'enfance et du fait qu'apprendre la langue française avec Chantal Sibou m'avait beaucoup aidée dans la vie.

Question : Qu'est-ce que c'est, ça, *chantalibou* ?

Réponse : Chantal Sibou est une professeure de français retraitée de l'enseignement public qui continue à enseigner dans la cour du consulat de Iași, c'est la fille de l'ancien consul français.

Question : Fonten, il t'écrivait quoi ?

Réponse : Il me disait combien Paris est différent d'une saison à l'autre. Et il me demandait ce qui se passait dans le Petit Paris, comme on appelle aussi la ville de Bucarest.

Question : C'étaient vos seules lettres ?

Réponse : Non. Moi et toutes les filles du groupe, nous correspondions aussi par le courrier diplomatique de la Légation française.

Question : Par le courrier diplomatique vous abordiez les mêmes problèmes sur la grandeur de Paris et la petitesse de Bucarest ?

Réponse : Les lettres échangées par le courrier diplomatique abordaient, à la différence de celles confiées à la poste, des sujets réactionnaires et cosmopolites.

Question : Donne-moi des exemples de ces sujets !

Réponse : J'ai entre autres proféré des insultes contre l'Union des jeunes travailleurs et j'ai affirmé de vilaines choses concernant le niveau de formation des professeurs de l'université. J'ai dit des salaires de Roumanie qu'ils étaient très bas et que les gens qui travaillent souffrent de faim et passent leur temps à faire la queue pour acheter du lait, du fromage, de la viande et des œufs.

Question : Tes trahisons, elles servaient à quoi au Français ?

Réponse : Il s'en servait pour la propagande diffusée dans l'émission *L'Heure de la Roumanie* contre notre régime de démocratie populaire.

Question : Définis cette propagande !

Réponse : Cette propagande est éhontée.

Question : Éhontée, c'est bien ?

Réponse : C'est mal !

Question : D'où te venait cette attitude hostile qui a servi l'activité d'espionnage d'une puissance impérialiste ?

Réponse : Mon attitude venait de l'influence néfaste de Marcel Fontaine, qui a profité de ma crédulité et de mon manque de vigilance révolutionnaire.

Question : À part les messages, qu'as-tu envoyé d'autre au dénommé Marselfonten ?

Réponse : Je lui ai envoyé des articles sur la collectivisation de l'agriculture et sur la politique intérieure et extérieure de la France que je trouvais dans la presse roumaine et que je découpais aux ciseaux.

Question : Décris le genre de ciseaux utilisés pour découper les articles, et les modalités pratiques d'envoi des lettres en France.

Réponse : C'étaient des ciseaux fabriqués à Cugir, de taille moyenne. Moi, je rassemblais les lettres des filles du lot et je les donnais à la professeure Smaranda Chehata. Au cimetière Bellu, elle les remettait en mains propres à une personne de liaison qui travaillait à la Légation française.

Question : Parle-moi de cette dénommée Chata Smarada !

Réponse : Elle a été ma professeure au lycée Carmen-Sylva, et ensuite, aux cours du soir du Lycée français. Elle est aussi la sœur du romancier Cezar Petrescu.

Question : Nomme et définis deux ouvrages de référence de ce dénommé Petrescu Cezar.

Réponse : Je peux citer *La Rue de la Victoire* et *Miss Roumanie*, deux romans qui décrivent et analysent les mœurs des anciennes classes exploitantes de notre pays.

Question : Comment procédiez-vous pour recevoir les lettres que vous envoyait Marselfonten ?

Réponse : La même personne de liaison de la Légation française les lui remettait et elle me les donnait pour que je les distribue aux destinataires.

Question : Est-ce que Marselfonten vous adressait des messages chiffrés au cours de l'émission *L'Heure de la Roumanie* ?

Réponse : Il concluait toujours ses émissions par le message : *Il faut espérer l'inespéré !**, qui n'était destiné qu'à nous, selon un accord conclu avant son départ pour la France.

Question : Comment définis-tu ce message ?

Réponse : Ce message est profondément réactionnaire et hostile au Parti des travailleurs et au peuple roumain.

Question : Explique pourquoi ce message est réactionnaire et hostile.

Réponse : Le message est réactionnaire et hostile dans la mesure où le peuple roumain doit aspirer à l'unité et à la solidarité, non à l'égoïsme bourgeois du chacun fait à sa guise.

Bien que ses réponses se soient pliées à tous les jalons fixés par l'officier selon une logique insensée, Michaela eut droit à la condamnation la plus sévère, de toutes les filles.

Le dernier interrogatoire, celui sur lequel tout se jouait, fut aussi le plus déroutant, d'autant qu'il avait lieu de jour, ce qui rendit myope son horloge biologique, adaptée depuis tant de mois à l'oral nocturne.

Pour brouiller aussi l'horloge de son intelligence, les questions ne lui furent plus adressées par un enquêteur tiré de la masse prolétaire, mais par un autre, provenant des deux pour cent aux neurones bichonnés de la Securitate.

Question : Qu'es-tu allée faire à Mărășești avec l'espion Fontaine ?

Réponse : J'ai fait le voyage de Mărășești avec le groupe de filles conduit par les professeurs Smaranda Chehata et

Marcel Fontaine, du Lycée français, pour connaître les hauts faits du temps de la Grande Guerre.

Question : Pourquoi fallait-il que ce soit un citoyen étranger qui vous décrive la bataille de Mărășești ?

Réponse : Marcel Fontaine était capitaine dans la mission militaire française qui a instruit les troupes roumaines en vue des glorieuses batailles ultérieures.

Question : Quelles précisions Fontaine a-t-il données sur cette page d'histoire nationale et internationale ?

Réponse : Il nous a dit que la France avait doté les troupes roumaines d'équipements de combat et d'armement, depuis les fusils Lebel jusqu'aux canons de 75 mm, que les casques, les grenades et les obus venaient aussi de France.

Question : Comment Fontaine a-t-il défini la bataille de Mărășești ?

Réponse : Il l'a appelée sans réserve « *le Verdun roumain** ».

On pouvait lire sur le visage terreux de l'enquêteur que Michaela avançait en terrain miné. C'était le type d'homme qui, même rasé de frais, avait l'air un peu barbu. À sa naissance, les fées avaient cherché en vain un rasoir Gillette à deux lames, car une lame ne faisait pas l'affaire.

Quel sort alambiqué avait cette bataille de Mărășești ! Plus la terrible année 1917 s'éloignait, plus elle ressemblait à une dame décédée dont l'héritage était revendiqué par toujours plus de ses amoureux de jeunesse – certains réels, d'autres imaginaires.

Dans la dernière version revue et corrigée, les Français avaient été sortis du tableau, pour ne plus retenir que le sacrifice de l'infanterie roumano-russe, dont les assauts avaient été protégés par la calme assurance de l'artillerie…

De l'artillerie russe, bien entendu…

9

La bataille de Mărășești n'était pas la seule à passer à l'heure soviétique. À l'échelle nationale, les aiguilles de toutes les horloges s'accordaient pour faire triompher les sciences, la culture et l'idéologie de souche russe sur le territoire carpato-pontico-danubien délivré de la botte française.

Quant à l'heure de la Roumanie, victime des décalages dictés par les étranges mécanismes de l'histoire, elle restait une simple émission de radio, où claironnait le dimanche la voix de Fontaine.

La russification était générale.

Sur les murs des écoles, des usines et des champs, le roi Michel avait poliment abdiqué pour céder la place à son aîné, Staline.

Le boulevard Maréchal-Prezan de Bucarest était rebaptisé boulevard Maréchal-Vorochilov.

La radio était arrachée des mains de *mascalzone* de Marconi, pour être restituée au doux Popov, son inventeur, dans les documents de propriété intellectuelle soviétiques.

La « loi de conservation de la masse et des éléments » ne reconnaissait plus pour seigneur et maître le porteur de perruque pouilleuse Lavoisier, mais frétillait auprès de la perruque parfaitement hygiénique de Lomonossov.

Le poète Pouchkine transperçait en duel à toute heure le Français d'Anthès ; d'ailleurs, ainsi que le précisait le communiqué de l'agence TASS, se fondant sur des lettres personnelles dévoilées, ce n'était pas d'Anthès qui avait couché avec la femme de Pouchkine, mais Pouchkine avec toutes les maîtresses de d'Anthès... Et il l'aurait fait avec d'Anthès lui-même si cela avait été davantage à son goût.

Les coupables du massacre, dans la forêt de Katyń, de vingt-deux mille Polonais – officiers d'active et de réserve faits prisonniers à la suite du pacte Ribbentrop-Molotov –, ce n'étaient plus les Russes, ainsi qu'on l'avait affirmé en 1943 à la découverte des fosses communes, mais les Allemands.

Et à la question de culture générale « de Chopin ou de Schubert, quel est le plus grand compositeur ? », la réponse résonnait sur la voie la plus acoustique de la logique :

– De Chopin ou de Schubert, le plus grand compositeur, c'est Chostakovitch !

Suivant la direction générale de bonne conduite, les professeures de français devaient faire une triple culbute, comme les personnages des contes, pour être ensuite hissées par recyclage sur la haute marche occupée par les professeures de russe. À la suite de cette métamorphose, leur anorexique charme parisien faisait aussi trois fois la culbute en se transformant en charme de l'avenir, le charme moscovite.

La cour du consulat de la rue des Muses de Iași était le seul endroit où subsistait la verdure d'un brin de francophonie, grâce aux leçons que persistait à donner Chantal Sibou. Comme elle avait refusé de se convertir à la langue russe, l'éternelle demoiselle avait perdu son poste d'enseignante d'État, mais elle n'y avait pas vu la persécution du régime communiste ; pour elle, il s'agissait encore de la volonté de Dieu, cohérent dans sa façon de lui confier des missions qui exigeaient un courage exceptionnel.

Il était impossible de séparer Chantal, que l'aîné de ses neveux appelait tendrement Matatasalem, de son école de jardin, créée bien des années auparavant en faveur de la famille Ghiţulescu, pour éviter à Michaela l'enlisement dans la solitude. À l'époque on avait fait appel à des enfants de voisins et d'amis, mais, en ces temps de plus en plus défavorables à la langue française, l'enseignement végétal du jardin prenait des allures de clandestinité caractérisée.

Il s'y produisait des phénomènes étranges, qui glissaient hors des mains de l'athéisme scientifique comme des poissons magiques. Les leçons dans les arbres prodiguaient clairement un charme que ne pouvait entamer ni le foulard violet dont Chantal couvrait sa tête, ni son pull-over becqueté par des mites ennuyées, ni la loupe suspendue à son cou comme une croix pour apprivoiser les mots sauvages.

Depuis quelque temps, ce magnétisme inexplicable n'attirait plus seulement les enfants des Roumains frustrés par le nouveau régime, mais aussi ceux des huiles communistes. On voyait toujours plus souvent les rejetons des activistes du Parti, même ceux des sécuristes, amenés en limousines Volga et déposés à la porte de l'ancien consulat pour participer à la ronde roumaine des lettres françaises.

Quel paradoxe de voir la professeure Sibou, congédiée de l'enseignement d'État parce qu'elle avait refusé de baiser l'anneau russe, enseigner le français, en cours particuliers, aux enfants de ceux qui l'avaient mise à la porte ! C'était comme si, à cause d'une panne de locomotive, un train rempli de Français s'était arrêté au beau milieu d'une colonie de travaux forcés russes… Et dans la pagaille provoquée par cet arrêt inattendu, ce n'étaient pas les détenus qui, pour les sauver, confiaient leurs enfants à ceux du train, mais les gardiens eux-mêmes !

Ce genre de choses dépassait le plafond de petites illégalités sur lesquelles on fermait les yeux pour ne pas laisser la fille de l'ancien consul crever de faim, comme elle l'aurait sans doute mérité. Sans compter que les leçons où la balançoire tenait lieu de chaire étaient payées au noir, avec de l'argent qui disparaissait dans l'une des orbites de l'évasion fiscale.

Il en découlait un enchaînement de questions déplaisantes pour l'honneur de la demoiselle française et de sa famille :

– En d'autres termes, pourquoi la Securitate cherchait-elle des poux à Smaranda Chehata et à tout le Lot français, alors que Chantal Sibou n'était pas dérangée par le moindre contrôle officiel ? Passons encore sur son refus de se reconvertir dans la langue russe, ce qui, en soi, était une raison suffisante pour être arrêtée, n'y avait-il aucune instance fiscale pour l'accuser de spéculer sur des langues étrangères ?

Il devenait évident qu'il y avait quelqu'un, en dehors du Bon Dieu, qui la protégeait sur terre. La première pensée menait à son père, mais cela ne tenait pas la route plus de trois secondes.

– Soyons sérieux ! La qualité de fille d'un ancien consul français aurait-elle plus de poids que le fait, pour Smaranda Chehata, d'être la sœur d'un écrivain en grande vogue ?

C'était un peu fantaisiste. À force d'être empruntés par un public de lecteurs, les romans de Cezar Petrescu en étaient arrivés à distribuer, dans les bibliothèques, des microbes de toute nature, alors que les microbes cérébraux de Joseph Sibou avaient été anéantis par le gâtisme. Ce pauvre consul, personne ne lui prêtait plus attention, sinon peut-être les cerisiers et les griottiers contre lesquels il se cognait dans ses trajets incohérents en fauteuil roulant.

Et si la solution de l'énigme était quand même cachée derrière quelque cerisier ou griottier ? Et si ce qui était en cause, c'était la qualité d'agent sous couverture de Petru Negru, lequel, insensiblement, était devenu un personnage inattaquable du nouveau régime ? Et si, plus récemment, il s'était mis à prendre, comme tant d'autres, l'heure exacte à la grande horloge moscovite ?

Peut-être l'avait-on congédié de l'université par pure forme, pour dérouter l'opinion publique ? Il ne fallait pas oublier que sa femme, Alice, épargnée par toute épuration ou réduction de personnel, avait été promue de l'enseignement secondaire à l'enseignement supérieur.

Cette affaire ne sentait pas bon.

– Camarade Negru, nous te mettons à la porte pour duper le monde, en espérant que tu ne te fâcheras pas pour si peu, en revanche nous donnons de l'avancement à ta femme pour préserver l'équilibre financier et émotionnel de la famille. D'accord ?

Ça donnait à réfléchir, que le système ne l'ait pas éteint comme une cigarette dans le grand cendrier soviétique. Ça donnait sérieusement à réfléchir.

10

La vraisemblance de cette théorie était étayée par les personnes bien informées qui cueillaient les bruits grouillant sur les radios étrangères. Il y en avait beaucoup qui avaient entendu, à *L'Heure de la Roumanie*, l'animateur de l'émission dominicale blâmer Negru, sans prononcer son nom, mais en donnant suffisamment de détails pour qu'il puisse être identifié.

– Un folkloriste de Iași, qui était mon ordonnance à l'époque où j'étais membre de la mission militaire française conduite par le général Berthelot, fait lui aussi partie de la distribution dans la mise en scène soviétique, il est devenu une marionnette non conformiste dont les fils sont tirés par Moscou. Pour des individus de son espèce, on a monté un scénario de « rébellion dirigée » qui ne peut guère berner les connaisseurs du comportement typique de ces signataires de pactes de trahison. Ils font de l'esbroufe sur commande, pour créer un simulacre de liberté d'opinion dans une Roumanie complètement bolchevisée.

En parfait connaisseur de la langue roumaine, le présentateur se permettait de jouer sur les deux sens du mot « ordonnance ».

– Obéissant aux nouvelles ordonnances édictées par l'horloge du Kremlin, mon ancienne ordonnance se balade les mains dans les poches sur le boulevard, alors que des étudiantes, à la conscience pure, effeuillent les fleurs de leur jeunesse en prison. Ces pauvres jeunes filles sont accusées d'espionnage en faveur de la France, mais leur seul « espionnage » consiste à avoir fréquenté les cours du soir, la bibliothèque et la médiathèque du Lycée français de Bucarest, avec pour seul objectif celui d'élargir leur horizon culturel. Ce qui, en définitive, représente un acte de patriotisme, car la culture acquise devait être mise au service de la Roumanie.

Davantage sur le front que dans ses expériences hertziennes, Fontaine avait appris à donner l'impression d'avoir encore suffisamment de munitions, mais de les garder pour les attaques à venir.

– Il est facile de faire celui qui a son franc-parler quand tu te sais protégé par les camarades communistes fricoteurs avec lesquels tu as lié des amitiés louches dans les catacombes d'Odessa, où tu allais t'approvisionner en conserves de poisson turques, culottes de dame égyptiennes et plans d'action bolcheviques…

La vibration du mystérieux message persistait dans les oreilles des auditeurs, quand un « cocorico » parfaitement modulé (hommage pieux au coq Maurice) annonçait la fin de l'émission.

– Jusqu'à la prochaine émission de *L'Heure de la Roumanie*, Marcel Fontaine vous encourage à ne pas capituler ! *Il faut espérer l'inespéré !**

Des accusations aussi graves venant de la bouche de son professeur de droiture auraient lacéré les entrailles de Negru s'il les avait entendues personnellement à la radio, ou rapportées de vive voix par un ami. Si ton professeur de droiture doute de toi, le risque de ployer te guette, avec toutes ses conséquences désagréables.

Heureusement, il ne les entendit pas, ni directement ni indirectement. Par principe, il n'écoutait pas les radios étrangères, et peu de personnes cherchaient à l'aborder, parce qu'on le soupçonnait de faire partie des organismes secrets.

Le raisonnement de l'ancien capitaine de la mission française semblait logique, car Negru était devenu bien trop intouchable après trente-six jours de détention à peine, à l'aube de 1948. Autour de lui, les intellectuels étaient fauchés par gerbes et il ne s'agissait pas seulement du Lot de personnalités ou des *demoiselles de Fontaine**, qui avaient écopé de deux, trois ou quatre ans de prison, hormis la professeure Smaranda Chehata, qui avait été condamnée à perpétuité. Bien d'autres avaient subi de telles rigueurs.

Et *à propos** de l'arrestation de Victor Papacostea, ancien sous-secrétaire d'État et directeur de l'Institut d'études et de recherches balkaniques depuis sa création en 1938 et jusqu'à sa suppression en 1948... Faites excuse, mais pourquoi Negru, directeur adjoint de l'Institut, n'avait-il pas été alpagué par la Securitate pour complicité d'on ne sait quelles manigances ? Ils avaient pourtant été non seulement collègues mais aussi amis intimes.

Bien des soupçons planaient sur lui. Et *à propos** de l'espionnage auquel se prêtaient les représentations diplomatiques, pourquoi n'avait-il pas été accusé dans le Lot des gendres et belles-filles de consul ? Car enfin, d'après le modèle de pensée soviétique, les gendres et belles-filles des diplomates étrangers étaient des espions impeccables, pas vrai ?

Le pacte entre le pouvoir communiste et lui devenait palpable, car il se permettait trop de dire n'importe quoi sur n'importe qui. Il posait au non-conformiste, mais il ressemblait davantage à un bouffon de cour qui se baladait avec un jerrycan d'essence et allumait le feu, là où l'envie lui en prenait, pour sauver les apparences d'une démocratie disparue à toute vitesse.

Pour un œil attentif, aussi bien l'anticonformisme que le feu étaient factices.

Par exemple, lors d'une assemblée festive de l'université, à laquelle il n'avait même pas été invité, il avait demandé la parole, depuis la salle, et avait proposé que les élèves roumains aillent aux cours non en uniforme, mais en costumes populaires, en fonction de la région où était située leur école.

– Renonçons au carcan des uniformes rugueux – pâles reproductions de ceux de l'étranger et équivalant à un esclavage d'ordre psychique !

C'était un affront grave adressé à notre grand ami de l'Est, qui avait fait revêtir à la jeunesse des uniformes à même de garantir l'idée d'égalité dans les écoles.

Negru forçait sa chance. Et on ne sait pas quel tour auraient pris les événements si quelqu'un, dans le conseil de la présidence, n'avait eu la présence d'esprit de se lever brusquement et de se mettre à scander, suivi par toute l'assistance :

– URSS, bastion de la paix sans cesse !

Après ce slogan, il y en eut un autre, tout aussi prolétaire dans son message et ses rimes, puis un autre et encore un autre, et quand la série se fut achevée, personne ne se rappelait plus l'initiative subversive du bouffon Negru, qui voulait faire porter en classe des costumes populaires roumains.

Mais pour ce qui est de l'arrêter, personne ne vint l'arrêter après cet incident. Ce qui, une fois de plus, en disait long.

– Ils arrêteraient Ana Pauker, Vasile Luca et Teohari Georgescu[1] plutôt que lui ! matraquait avec impétuosité Fontaine, au micro de *L'Heure de la Roumanie.*

1. Hauts dignitaires du Parti.

11

Gardant dans l'ombre son activité mystique par peur des Russes – comment savoir quel dossier d'information on lui concocterait à Moscou –, Dej modelait avec passion des objets en céramique pendant ses loisirs, assisté par son éternel mentor Bâzdâgă.

Mûri dans le métier, Dej était devenu un véritable expert. La première fois, il avait consulté l'argile au sujet de Foriș, l'ancien leader du Parti communiste roumain. Autour de 1946, quand les camarades le gardaient au frais parce qu'il exhalait des miasmes impérialistes, Dej réalisa une statuette à son image et la mit au four plein d'espoir de la voir s'incarner en céramique.

Foriș ne réussit pas le test. Par bonheur pour la marche lumineuse du pays vers les horizons communistes, la figurine qui lui ressemblait explosa au four, à cause des impuretés bourgeoises qu'elle contenait. La pierre de calcaire – l'élément traître, la « rancune du monde », comme l'appelait maître Bâzdâgă –, avait sapé la matière dont elle était faite, si bien que Foriș fut démasqué et qu'il eut droit à un autographe à la barre de fer du respectable auteur Pantioucha.

L'argile avait parlé. L'argile ne saurait mentir.

Quelques années après la juste sentence appliquée au bandit susmentionné, Dej eut une nouvelle fois recours à son rituel et pétrit un Lucrețiu Pătrășcanu tout petit – on aurait pu lui faire prendre un bain dans un verre d'eau. Il usa de tout son savoir pour façonner ce pantin pomponné qui exhibait même les rides de son vaniteux modèle.

Comme il ne savait quel parti prendre, Dej voulut une fois de plus demander conseil à l'argile millénaire. L'ancien ministre de la Justice, son camarade du Parti depuis les années de la clandestinité, Pătrășcanu, avait été arrêté sur son ordre et il devait décider de son sort : soit sa signature sur le formulaire de sortie de prison, soit la signature éternelle d'un revolver à la tempe.

Chez Pătrășcanu, il haïssait la culture, l'élégance et l'assurance. Il détestait la distinction de sa diction, de sa démarche, de ses costumes. Il lui en voulait pour sa facilité à recueillir la sympathie des gens, non pas grain par grain, comme un communiste honnête, mais en bouquets ou en bottes.

Où qu'ils aillent ensemble, Pătrășcanu se plantait au centre de l'attention. Faites excuse, mais c'était quoi, ce genre de communisme ?

Une fois la figurine achevée, Dej la mit au four les mains tremblantes, en se demandant quel verdict énoncerait le juge suprême qui jamais ne se trompait. La figurine de céramique mettrait-elle à nu l'élément impérialiste infiltré ? La rancune du monde capitaliste, pétri de colère parce qu'il perdait ses privilèges en faveur du prolétariat, frère de la paysannerie, serait-elle mise au jour ?

Après le temps nécessaire au mûrissement de la céramique, le petit Pătrășcanu sortit du four, avec l'allure bichonnée du Pătrășcanu réel. Dej le saisit comme un avorton et se mit à l'examiner des chaussures à la coiffure. Les genoux avaient l'air normal, la poitrine bombée comme au temps de la conférence de la paix à Paris, le cou se dressait, arrogant, comme lorsqu'il faisait étalage de son érudition…

Déçu, il s'apprêtait à le jeter au panier quand il remarqua une fissure qui craquelait au niveau de la tempe, qui continuait de craqueler et n'arrêtait plus sa douce craquelure.

Un rugissement de satisfaction jaillit de la poitrine du grand combattant pour la cause populaire ! Il se précipita chez le père Bâzdâgă et faillit l'étouffer sous ses embrassades.

Il avait toutes les raisons d'être aux anges : l'argile avait prononcé son verdict, et l'argile était le dieu des athées. La tête de la figurine qui imitait Pătrăşcanu s'était fendillée en un réseau pareil à une toile d'araignée malmenée par les coups d'une barre de fer minuscule.

– Alléluia ! Puisse-t-il ne pas reposer en paix !

Néanmoins, Dej décida d'ajourner l'exécution de Pătrăşcanu à cause d'une urgence survenue dans son agenda. Le pauvre homme ne savait plus où donner de la tête avec tant de travail !

Une des formes de manifestation de la démocratie dans la société socialiste, c'est que même les leaders considérés à un moment donné comme inamovibles voient arriver leur tour d'être ébranlés par les services secrets. Un jour on est installé avec tout le confort dans un slogan de propagande, et le lendemain on se retrouve aux abois, derrière les barreaux.

Ana, Luca, Teo, Dej
Ont pris les bourgeois au piège !

C'est avec ce genre de mots qu'un slogan de large consommation, crié plus ou moins spontanément par les travailleurs en diverses occasions, exprimait sa fureur contre le capitalisme.

Mais depuis quelque temps, Gheorghiu-Dej était contrarié par sa position de lanterne rouge dans le slogan évoqué. On le mettait donc en dernière position pour le plaisir de faire rimer « Dej » et « piège », comme s'il avait les pieds sales et de la boue entre les orteils ?

– Foutus cons de déviationnistes de droite ! Vous allez vous repentir quand j'aurai refait l'analyse de la situation en réfléchissant mûrement.

Pareil à une toile de tente sous laquelle ronflait et rêvait trop de monde, le slogan était près d'éclater. Pour quelqu'un tel que lui, aimant les espaces généreux comme les vastes étendues de son Bârlad natal, l'atmosphère devenait irrespirable.

Pour l'aérer, il planifia l'arrachage des mauvaises herbes, de façon à terrifier à lui seul les bourgeois au cœur du slogan. Ça aurait bien plus d'allure :

Gheorghe Gheorghiu-Dej
A pris les bourgeois au piège !

À vrai dire, les souvenirs liés aux partenaires dont il voulait se débarrasser n'étaient pas vraiment négligeables. Avec la virtuosité d'un quatuor à cordes, ils avaient attaqué et interprété des thèmes sensibles, tels que celui de la suppression d'un chef devenu indésirable.

Quand, par exemple, Dej avait donné le *la* à l'exécution de Foriș, le quatuor avait repris la partition avec ardeur, puis ils s'étaient lancés dans un menuet souligné par un rondo, leurs instruments vibrant et leurs talons grésillant sur le pavé comme de la poudre à fusil.

Ils avaient indiscutablement formé un grand quatuor à cordes. Le secrétaire général du Parti souriait en pensant au sens savoureux du mot « corde », qui en argot roumain veut aussi dire « putain ».

Les cordes Ana, Luca et Teo... Il avait bien du regret, mais un bon communiste ne peut pas se permettre d'être sentimental. Entre le communisme et le sentimentalisme, il ne pouvait y avoir ni bague au doigt, ni alcôve.

Le temps de la musique de groupe était passé ; la promotion du soliste se pointait. Pourquoi ne pas façonner pour Ana, Luca et Teo un de ces lots qui tombaient à pic pour la

Securitate ? Ça leur apprendrait à vivre, surtout à Teohari Georgescu qui faisait le coq dans la commission d'enquête sur Pătrășcanu. Il fallait faire voir à tout le monde qu'on peut être membre d'une commission d'enquête contre un agent impérialiste un jour, et le lendemain se retrouver l'agent sur lequel on enquête.

Ana, Luca, Teohari
Finiront comme Mata Hari !

Afin d'interpréter la partition avec virtuosité, il avait d'abord fallu obtenir l'aval du grand compositeur Staline. Il l'obtint facilement, parce que le « petit père des peuples » aimait beaucoup les épurations. Comme il s'en était pris dernièrement aux Juifs et qu'il souhaitait en épurer non seulement l'URSS mais aussi les pays qui voletaient comme des papillons de nuit autour de la lampe moscovite, il détestait tout particulièrement Ana Pauker.

Pour un fils de la terre comme Dej, le consentement de Staline ne suffisait pas. Il avait besoin de l'apostille suprême qu'accordait son dieu, l'argile. Sans elle, ses mains restaient engluées d'impuissance.

Il multiplia ses visites au père Bâzdâgă. Torse nu, en slip kangourou qui soulignait sa haute tenue génitale, la cigarette Viceroy dégageant la fumée comme un mini-haut-fourneau entre ses lèvres, le chef de l'État modelait des figurines représentant Ana, Luca et Teo. Les grands prestidigitateurs du Lot des déviationnistes de droite avaient été transformés en nabots tout juste bons à brûler dans le four.

– Sainte argile, décide du sort de ces traîtres ! Juge-les, rends justice ! Tu seras l'esprit et je serai l'esclave qui accomplira ta volonté !

La première à sortir du four fut la statuette du ministre des Finances, Vasile Luca. En ce qui le concernait, l'argile n'avait pas bégayé, tant les interstices calcaires révélaient sa trahison. Sa figurine était fissurée en des dizaines d'endroits, le malheureux !

En revanche, la statuette de la ministre des Affaires étrangères, Ana Pauker, était sortie pimpante et mamelue comme en septembre 1948 quand elle avait illustré la couverture de la revue américaine *Time* en qualité de « *most powerful woman alive* ».

La figurine dédiée au ministre de l'Intérieur était du même tonneau. Teohari Georgescu quitta le four en sifflant, jovial comme quand il chiffonnait les draps avec les femmes des légionnaires emprisonnés, ou avec celles des demandeurs de passeport pour un départ définitif du pays.

L'argile avait rendu justice. Gheorghiu-Dej tomba à genoux pour la remercier.

Les conséquences du test au détecteur céramique de mensonges suivirent le rythme allègre de la société socialiste. Vasile Luca s'éteignit en prison, un bout de charbon après l'autre, en adressant à son ancien collègue de Doftana des épîtres de pardon aussi longues et enflammées qu'inutiles…

À sa différence, Ana Pauker s'en tira avec deux mois de prison, doux comme deux plumes arrachées à un cygne noir. Ayant compris l'avertissement, elle se retira sagement du premier cercle du Parti et de l'État, pour se consacrer à la traduction de la langue française. Officiellement, elle figurait comme employée des Éditions d'État, mais en réalité, elle traduisait la correspondance que certains éléments suspectés d'espionnage entretenaient avec leurs chefs en France.

Un peu plus sévère que la peine d'Ana fut celle infligée au fléau de ces dames, Teo, dont la Securitate ne cessait de compter les maîtresses, parce qu'à chaque relevé il y en avait toujours davantage. Il écopa d'une condamnation à trois ans, supportable, qu'il effectua non sans philosophie, puis, en lui donnant une gentille tape sur l'épaule, on le nomma directeur d'une imprimerie, avec cependant un salaire et une quantité de maîtresses sensiblement diminués.

Il avait mérité sa grâce, parce qu'au procès il avait su se défendre non par de petits chantages de nature lacrymogène, mais par des arguments virils liés à des données palpables.

12

Lors d'un des interrogatoires nocturnes, on reprocha à Teo son « manque de combativité et son attitude de conciliation ». On considérait comme honteux et condamnable le fait que précisément lui, en sa qualité de ministre de l'Intérieur, n'ait pas offert à ses subalternes des exemples dignes d'être suivis, en pratiquant cette haine parfaite, conforme aux exigences du nouveau régime. Pardon, mais avec des simulacres veules, la société communiste que nous nous efforçons d'édifier risque de s'effondrer au premier coup de vent bourgeois !

Pour lui faire la morale à propos de sa manière lamentable d'administrer les réserves nationales d'hostilité, on lui assigna comme enquêteur un ancien subalterne, qui posait au coureur de jupons, bien que son visage grêlé de petite vérole ait dû tempérer ses grands airs. L'ancien ministre ne le connaissait que vaguement de vue, car son regard s'attardait sur les femmes subalternes, non sur les hommes.

Passé maître dans l'art de choisir les mots et le ton de son discours, le grêlé était un des ténors qui interprétaient avec talent l'air des changements de rôles à la tête du monde communiste.

– Comment expliques-tu que, tout en étant issu des rangs du prolétariat, tu aies eu, dans ton activité, une attitude exempte de haine de classe, une attitude de capitulation face aux éléments capitalistes, aux grands propriétaires terriens et aux fascistes ?

Teo avait prévu cette accusation. Pour s'en sortir, il appela à son secours la division blindée issue du bureau de l'ancien comptable de banque Michou Dulgheru.

– Du 6 mars 1945 jusqu'en mai 1952, l'ennemi de l'intérieur et de l'extérieur a subi d'innombrables coups. Plus de cent mille bandits ont été arrêtés et condamnés pour avoir manigancé contre le régime, ce qui signifie que des centaines d'organisations terroristes, de diversion et d'espionnage ont été découvertes et anéanties. La totalité de l'appareil de répression dont disposait la bourgeoisie – la Sécurité, le Service spécial de renseignements, les services de contre-espionnage de l'armée – a été mise aux arrêts. De même ont été appréhendés les éléments légionnaires qui avaient eu des responsabilités durant la période 1920-1944 auprès des directions centrales et locales des partis bourgeois : des ministres, des préfets, des sénateurs et des députés.

Il avait fait une pause pour verser trois seaux d'air frais dans ses poumons, puis avait conclu :

– Tout cela ne pouvait être réalisé sans haine de classe !

Un beau plaidoyer, sans doute, mais pour ce qui est d'applaudir, personne n'avait applaudi !

Au moment de partir en détention, Teohari Georgescu fut d'ailleurs rejoint par son chef de cabinet, l'habile et élégant Michou Dulgheru, redevenu Moïse Dulberger depuis son arrestation. On lui fit, à lui aussi, une petite place dans le fourgon cellulaire, à titre d'intérêts du compte « Lot des déviationnistes de droite », déposé sur le livret de la Securitate.

Quelle destinée ! C'est lui qui avait émis l'idée que chaque lot de bandits mis en prison avait vocation à produire des intérêts, conformément à la formule : « Mets-en un lot au trou aujourd'hui, / Demain il fera des petits ! »

Jamais de la vie il ne lui serait passé par la tête qu'un jour proche de la fête des saints Mihail et Gavril – qu'il célébrait, bien qu'étant juif, avec des boissons raffinées et de jolies longues jambes de dames –, il contribuerait lui-même, en chair et en os, à arrondir les intérêts évoqués.

Le cercle se refermait avec un bruit de serrure de geôle que seules les organisations communistes savent produire.

13

Negru en était arrivé à être tellement évité par tout le monde qu'il aurait pu servir de rond-point aux carrefours difficiles de la ville. La *descolindă* qu'on lui avait dédiée au tournant des années 1947-1948 manifestait ses effets. Les mauvais coups du sort pleuvaient sur lui de toutes parts.

Même sa charrette familiale ne l'épargnait pas. Ses enfants – son fils, étudiant en mathématiques, ses filles encore au lycée – le traitaient avec la pitié accordée à un hérisson qui aurait émoussé ses piquants à force de piquer hystériquement de tous côtés.

Le reste de la famille ne le prenait plus trop en compte. Matatasalem Chantal était captive de son école végétale, et le consul dans son fauteuil roulant pleurait sa citoyenneté française, à laquelle il avait renoncé pour ne pas être expulsé du territoire roumain.

Alice était restée auprès de lui, mais dans la journée, elle était occupée par ses cours à l'université et leur préparation, et la nuit, elle dormait seule dans la chambre voisine.

Le professeur avait bien des choses à dire, mais il ne savait pas à qui. Il avait ruiné son autorité d'intellectuel et avait perdu, en partie, celle de chef de famille. Un intellectuel de premier plan a aussi un rôle de point de repère dans la société, mais lui, il n'était plus un repère pour personne.

Né pour briller dans les amphithéâtres, il ne lui restait plus qu'à faire les cent pas en long et en large dans la cour du consulat, tel un instrument à mesurer les surfaces tout déglingué. Le fauteuil roulant de Sibou l'évitait soigneusement, comme le terre-plein d'un sens giratoire.

Et pourtant, dans les ténèbres de sa solitude, une petite lumière vint briller là où il l'attendait le moins. Les Éditions d'État pour la littérature et l'art, nées à la suite de la nationalisation de la Fondation royale, lui firent savoir que la publication de son manuscrit *Le Descolindat chez les Roumains* venait d'être approuvée et qu'on l'attendait à Bucarest pour signer le contrat. La seule condition était de procéder à quelques petites retouches, en accord avec les temps nouveaux que vivait le pays.

– Vous êtes d'accord pour les petites retouches, j'espère ! dit le directeur en l'accueillant, car il n'avait pas de temps à perdre.

– Je suis d'accord, si elles sont petites !

– Petites, toutes petites, insignifiantes…

– Si je comprends bien, il s'agit de quelques phrases ou de fragments que je devrai reformuler…

– Reformuler, ce serait du travail, et vous, vous avez assez travaillé. Le temps de la récolte est arrivé. Vous savez quoi ? Je propose d'éliminer complètement le passage en question, pour remettre au plus vite le texte à l'imprimerie. Aujourd'hui même, vous allez encaisser une partie des honoraires que vous avez amplement mérités…

– Je vous remercie ! Et quel serait le passage incriminé ?

– « Incriminé », comme vous y allez ! Voyons, voyons ! J'ai là le dossier du livre, feuilletons-le un peu… Quel travail impressionnant, on y voit la main du maître ! Oui, voici le petit chapitre en question : « Le *descolindat* issu d'antipathies religieuses et ethniques ».

– Un peeetiiit chapitre ? Mais il s'agit de tout un chapitre dans les règles de l'art !

– Camarade, vous manifestez une attitude d'auteur frustré ! C'est ainsi que vous réagissez tous, pardonnez-moi de vous le dire !

– Bien, d'accord ! Comme il s'agit d'un chapitre en deux parties – « Le *descolindat* des Tziganes » et « Le *descolindat* des Juifs » –, où voudriez-vous que j'intervienne ?

– Intervenir, ça prend du temps. Moi, je serais d'avis de tout éliminer…

– Éliminer toute une partie de chapitre ? Laquelle des deux ?

– Laquelle, laquelle… Eh bien, si on en élimine une, c'est injuste pour l'autre, et dans notre société, ce qui prime, c'est la justice ! J'ai une idée : que diriez-vous de les éliminer toutes les deux ?!

– Mais il s'agit de soixante-quinze pages de manuscrit !

– Camarade auteur, un homme de votre valeur lésinerait pour soixante-quinze pages ? Nous pouvons imprimer en caractères plus gros et on aura le même nombre de pages. Le principe socialiste exige que nous transformions la quantité en nouvelle qualité et non la quantité en un nouveau défaut.

– Mais je ne peux tout de même pas estropier mon œuvre !

– Et vous ne pouvez pas non plus estropier l'image du peuple roumain ! Nous avons suffisamment d'ennemis à l'extérieur pour le faire !

– Et quelle serait la raison pour laquelle vous voulez que j'élimine le « petit chapitre » en question ?

– Ce que vous y avez écrit n'est pas dans l'esprit de notre peuple. Vous avez présenté les choses de façon tendancieuse, sur un ton diffamatoire. Jamais les Roumains n'ont eu les attitudes que vous décrivez vis-à-vis des nationalités cohabitantes. Voyez-vous, on pourrait facilement vous accuser de racisme. S'en prendre ainsi à nos camarades tziganes… En quoi vous ont-ils fait du tort, camarade intellectuel, en quoi ?

– Je n'ai fait que consigner une situation sur le terrain, après m'être documenté assidûment. Le seul objectif de la recherche scientifique, c'est d'établir la vérité.

– À condition que cette « vérité » s'inscrive dans la ligne du matérialisme scientifique et contribue à la formation de l'homme nouveau. Que se passerait-il dans le cœur de nos jeunes s'ils lisaient que leurs grands-parents brisaient à Noël les vitres des maisons des Tziganes ou des Arméniens ? Hein ? Ils ne seraient pas bouleversés ? Ils n'auraient pas besoin d'aide psychiatrique d'urgence ?

– Bon, mais tout le peuple obéit aux traditions, y compris l'homme nouveau.

– L'homme nouveau bâtit de nouvelles traditions, en commençant par celle de la lutte des classes. Point final !

Cette discussion ravageait tellement Negru que le directeur décida de la rafraîchir avec un peu d'eau de source.

– Il est vrai que, parfois, les traditions anciennes offrent des exemples brillants. À ce propos, j'ai apprécié le chapitre « Le *descolindat* par antipathie professionnelle ». Dense, bien documenté et admirablement écrit ! *Chapeau**, comme dirait votre beau-père, auquel je vous prie de transmettre *mes salutations distinguées !**

– *Merci beaucoup !**

– Le camarade Gheorghiu-Dej lui-même m'en a demandé une copie pour s'en délecter. Bien des enseignements utiles sont révélés pas cette coutume… Les malédictions adressées par les villageois aux marchands qui traficotaient des affaires malhonnêtes démontraient bien la nécessité d'un commerce socialiste, fondé sur les principes équitables d'approvisionnement et de distribution des marchandises.

– Je ne crois pas que les malédictions adressées aux marchands allaient aussi loin ! Ce qui prévalait, c'était la jalousie sociale du pauvre face à celui qui possédait des biens !

– Camarade, ne sous-estimez pas le peuple roumain ! Ça va trop loin ! Cette façon d'accabler d'injures les usuriers présageait la création de la Caisse d'entraide mutuelle qui, de nos jours, accorde aux travailleurs des crédits dans des conditions d'égalité et de solidarité.

– Je vous remercie, mais tous les chapitres de mon étude sont importants.

– Quand ils le sont ! Le petit chapitre que nous nous proposons d'éliminer ne l'est pas, il semble plutôt être le fruit de votre imagination.

– Quoooi ?

– Parfaitement ! Nos experts sont allés sur le terrain et personne parmi les gens du pays ne savait quoi que ce soit de ce que vous mentionnez dans votre ouvrage. Ils connaissaient les *colinde* adressées avec douceur à d'autres nationalités, ça oui... Mais pas les *descolinde.*

– Je n'ai jamais nié que les nationalités cohabitantes aient été l'objet de *colinde.* Mais le *descolindat* occupe une place importante et parfois même prédominante.

– Je remarque que personne ne peut vous sortir de vos idées fixes.

– Je serais bien curieux de savoir quels sont les experts dont vous parlez. Autant que je sache, l'expert numéro un, c'est moi.

– Il y a toujours de nouveaux experts. C'est une attitude bourgeoise que de se croire éternellement le numéro un.

– Concrètement, où exactement sont allés ces experts ?

– Très précisément à l'endroit que vous avez indiqué : à Oprișeni, aux environs de Fălticeni.

– À Oprișeni ?

– À Oprișeni ! Moi, je vous dis d'accepter le remaniement que nous vous proposons et de passer à la caisse pour percevoir vos honoraires. Il s'agit de cinquante mille lei. Vous toucherez en outre les droits d'auteur quand le livre sera mis en vente.

Il est très rare de trouver dans la nature un arbre si raide que même les nervures de ses feuilles ne bougent pas quand souffle le vent. Comme le disait si bien le directeur des éditions, personne ne peut les faire sortir de leurs marottes.

Negru réalisait que, dans tout ce kamasutra que le communisme proposait au savant, la position verticale était la plus acrobatique. Certes, son inflexibilité provenait aussi d'une légère carence d'humour, raison de plus pour fonctionner comme un rond-point.

Il réfléchissait depuis un bon bout de temps à la tactique de Tudor Arghezi, qui avait envisagé d'écrire « par en dessous », en revêtant son message d'atours métaphoriques, pour en dissimuler le sens.

Mais la plume du savant n'était pas faite pour creuser des tunnels souterrains en caressant au passage les moustaches des taupes jusqu'à les faire éternuer. Le langage de l'homme de science était droit, sans détour, respectueux de la vérité.

Il quitta le bureau du directeur tellement offensé qu'il oublia son chapeau au portemanteau.

Dans le train qui le ramenait à Iași, il s'efforça en vain d'arrêter de penser aux honoraires proposés par la maison d'édition. Quelle allure il aurait eue s'il était entré dans la cour du consulat les bras chargés de cadeaux pour toute la maisonnée ! Il aurait même acheté une bouteille de pinot noir pour Sibou, afin de le sortir un peu de sa décrépitude.

Il ne pouvait pas refuser de regarder la réalité en face : lui, Negru, était devenu un parasite de la pire espèce – l'espèce inflexible. Il posait au persécuté politique, que ce soit vrai ou non. Quand le régime lui tendait la main, il retenait la sienne. Les revenus de la famille étaient austères : le salaire de sa femme, le peu que Chantal gagnait en donnant des cours particuliers, à quoi s'ajoutaient la pension du consul et la sienne, toutes deux d'un montant insultant.

Malgré tout, il était décidé à n'accepter aucun compromis. Son travail sur le *descolindat* serait publié intégralement ou pas du tout.

Les paroles du directeur martelaient son oreille comme si elles lui étaient transmises par les poteaux télégraphiques qui défilaient aux fenêtres du train. Non mais ! Aller dire que le *descolindat* des Tziganes et des Juifs n'existait pas !

Chaque fois qu'il avait rencontré un gredin dans sa vie, il avait espéré que ce serait le dernier. Il espérait de même quant aux imbéciles, mais toujours en vain. Et comme, dernièrement, les deux catégories montraient le fruit de leur union, allez donc vous entendre avec un gredin imbécile, si vous le pouvez !

Quelle insolence ! Il avait envie de sauter du train et de retourner flanquer une claque au directeur des éditions qui – *à propos** du chapitre qu'il proposait d'éliminer – était beau comme une barbe de Juif.

Et pourtant, si cette crapule avait raison ? Si toute la vilaine affaire d'Oprișeni n'avait pas été une querelle personnelle du village avec le Juif Willy Katz, mais avec le bistrotier Willy Katz, qui vendait, paraît-il, ses boissons coupées d'eau ?

Ou si les vers notés lui étaient parvenus aux oreilles de façon incorrecte, déformés par la confusion de l'instant et par ses espérances de recueillir à la source les détails de cette coutume ?

De plus, il ne fallait pas oublier qu'il avait bu quelques verres de tzuica et de vin ce soir-là, et donc qu'il n'était pas lucide à cent pour cent.

Il est vrai aussi que les *descolindatori* lui avaient fichu une bonne raclée et qu'ils l'avaient laissé sans toque de fourrure ni brodequins, si bien qu'il était retourné à Iași avec un mauvais bonnet de mouton et des savates paysannes qu'il gardait depuis sous son bureau en guise de pantoufles. Mais on lui avait peut-être infligé une simple correction parce qu'il était allé fourrer son nez de fouine dans un conflit qui lui était étranger ?

Et puis l'histoire du chien velu qui avait rendu l'âme... Ne se serait-il pas agi d'un accident ? Il y a tant de gens qui meurent accidentellement, alors que dire des chiens et autres bestioles ?

Ou alors, peut-être qu'il avait été remplacé par une imitation en peluche, pour fiche la trouille à Daniel, le fils de Willy Katz, et que le lendemain matin l'animal leur avait été rendu vivant et en bonne santé...

Était-ce possible ?

Oui, ça l'était.

Malheureusement, il n'avait plus aucun moyen de le savoir parce qu'à partir de cette nuit-là – théoriquement sacrée, mais en fait païenne –, il avait perdu tout contact avec Willy Katz. Était-ce parce qu'il était embarrassé après ce qui s'était passé ?

Non, c'était par pur égoïsme. Il avait été égoïste et lâche. Comme il avait fait le plein, que son carnet était rempli de notes, il avait mis à la poubelle aux sentiments l'amitié pour son bon camarade du temps de la Grande Guerre.

Un an après, il avait appris qu'il avait émigré en Amérique, ce qui voulait dire que la *descolindă* qu'il avait encaissée avait fait son effet :

Qu'aucun Youpin n'y mette les pieds
Pendant au moins deux mille années !

Il avait retenu le mot « Youpin » pour en chercher la généalogie.

La famille de Youpins Katz avait vidé les lieux. Et s'il avait aboli la distance entre Oprișeni et New York, là où

Katz s'était installé, il aurait reconnu l'exceptionnelle vitesse d'action de cette *descolindă*.

Il aurait dû rester quelques jours de plus à Oprișeni pour parler à froid avec Willy de ce qui s'était passé. Mais là…

Dorénavant, c'en était fini de ses études sur le *descolindat*. Il pourrait toujours s'accrocher pour avoir une autre chance d'être publié.

Mais il ne pouvait pas non plus se laisser engluer dans la propagande athéiste d'État. Il savait que l'objectif caché des Éditions d'État était de justifier, à l'aide de son livre, le fait d'avoir effacé Noël du calendrier. Autrement dit, les coutumes associées à Noël étaient si condamnables qu'il était bon qu'elles disparaissent avec Noël et tout le toutim ! Et si Noël disparaissait, alors les fêtes de Pâques, qui étaient tout aussi étroitement liées au patron de la chrétienté, disparaîtraient aussi.

Ce qu'il pouvait être bête, ce directeur : tout sauf l'antipathie ethnique !

– Ce genre de choses doit être dissimulé soigneusement, camarade ! Nous ne pouvons pas rendre le peuple roumain ridicule !

Comme s'il était interdit qu'un peuple ait aussi des traditions sombres, comme s'il existait quelque part du blanc sans noir et du bon sans mauvais. Parce que, même dans les contes de fées, on trouve autant la sagesse populaire que l'imbécillité populaire.

Negru constatait à ses dépens que les folkloristes eux aussi – dont la vocation était de reconstituer l'âme du peuple molécule par molécule – pouvaient être abominablement malheureux.

14

De retour à Iași, son moral était aussi bas que la queue mouillée du chien Christophe qui l'accueillit *comme d'habitude**.

Sa plus jeune fille était seule à la maison. Elle lui apprit que le consul était mort pendant son absence. Il reposait dans la chapelle du cimetière Eternitatea et les obsèques étaient prévues pour le lendemain. Toute la famille se trouvait là-bas.

Il en avait fait une belle affaire, ce grognon de Sibou, en renonçant à la citoyenneté française pour rester en Roumanie ! Non seulement il n'avait pas été expulsé, mais il allait même contribuer à la fertilisation de la terre qu'il avait choisie.

Negru jeta sa valise sur le lit, attendant que ses vêtements aillent s'accrocher tout seuls sur les cintres de l'armoire. Il prit le manuscrit du *Descolindat chez les Roumains* et le posa sur le bureau en respirant avidement l'odeur de papier, d'encre d'imprimerie et de colle des livres entassés tout autour de lui. L'homme de science n'avait pas d'autre fortin. Ces murs semblaient fragiles, mais en réalité ils étaient impossibles à percer.

Il retira ses chaussures et chercha du bout des pieds les savates paysannes qui lui servaient de pantoufles. C'est ainsi chaussé qu'il était venu d'Oprișeni le premier jour de janvier de l'année 1935. Il les avait achetées le 30 décembre 1934 chez un artisan des faubourgs pour les offrir à un confrère de l'université de Cracovie ; mais il était écrit qu'il les porterait lui-même. L'ébahissement du contrôleur dans le train avait été énorme, il n'avait certainement jamais vu de voyageur en savates paysannes dans un compartiment de première classe.

Ces savates lui servaient aussi de stimulant pour la mémoire. Il ne devait à aucun prix oublier ce qui s'était passé à Oprişeni à cause d'une tradition que la nouvelle censure déclarait inexistante.

Ah censure, censure,
Pourquoi donc crier si dur
Tu es pourtant éphémère
Comme le bourdon dans les airs

Crois-tu que ce soit élégant
D'opprimer si fort le savant
Qu'il ne peut plus écrire de lettres
Sur la terre même de ses ancêtres ?

Au lieu de partir renfrogné, il aurait mieux fait de réciter au directeur des éditions la *Ballade de la censure* composée par ce fusillé de Mihai Antonescu.

Pourtant une pensée ne cessait d'aller et venir : et s'il éliminait tout de même ce fameux chapitre, au lieu de se fermer à tout jamais les portes de la maison d'édition ? L'éliminer, toucher les honoraires et, plus tard, quand viendraient des temps meilleurs, le réinsérer à sa place dans une nouvelle édition du livre ? Et si, quand même, il ouvrait les yeux pour sortir de cette bêtise sociale dans laquelle il se complaisait ?

Le bout de ses pieds ne trouva pas les savates mais tomba sur une paire de chaussures solides. Il se pencha et souleva deux brodequins taillés dans un cuir marron, à doublure fourrée et semelle de liège.

Comment étaient-ils arrivés sous son bureau ?

Il les prit et en fit le tour, de l'œil et du pied. C'étaient des Wolverine américains et ils semblaient avoir été taillés exactement à ses mesures par un bottier fantastique. Avec ce genre de chaussures, on pouvait aussi bien marcher dans la bouse d'Oprișeni que sur un tapis rouge à Paris.

Comment étaient-ils arrivés là ? Par la poste, c'était impossible, à cause de l'habitude des douaniers de s'approprier les objets de valeur venus de l'étranger. Alors comment ?

À l'instant de chausser le pied gauche, il remarqua un petit rectangle de carton glissé sous les lacets. C'était la carte de visite du restaurant Five Stars de New York. Au verso, là où l'expéditeur écrit d'habitude un message, il n'y avait qu'une date : « 31 décembre 1934 ».

Negru secoua la tête comme un arbre secoue sa ramure. Non, il n'éliminerait rien de son ouvrage ! Chaque chapitre contribuait à son unité. L'âme roumaine ne serait plus l'âme roumaine sans englober toute la complexité du *descolindat*.

La vérité, seul objectif de la recherche scientifique, ne pouvait pas être dissimulée.

QUATRIÈME PARTIE

L'histoire du caniche débarqué en Normandie

1

Quand on en arrivait, dans le programme scolaire, à la leçon sur la prison de Doftana, la voix de la professeure d'histoire se noyait dans les larmes. Même si elle avait coupé les oignons pour le ragoût servi à la cantine du Parti communiste, elle n'aurait pas été frappée d'une semblable incontinence, capable de faire fondre un rocher.

Son émotion n'avait rien de déplacé, car Doftana n'était pas un simple mythe, mais l'unique distributeur de mythes autorisé au cours des années soviétiques de la Roumanie. Entre ses murs, de grands hommes comme Gheorghe Gheorghiu-Dej et Nicolae Ceaușescu, auxquels la nation reconnaissante devait son envol fougueux vers les cimes du progrès, y avaient enduré de grandes souffrances.

Selon l'un de ces mythes, Gheorghiu-Dej avait appris la langue française sur des feuilles de papier à cigarettes, entre les murs maculés de sang communiste de Doftana, et il la maîtrisait parfaitement. C'était la preuve suprême que ce grand combattant n'hésitait pas à sacrifier pour la cause du socialisme jusqu'à son vice de fumeur, pourtant si nécessaire à la survie en prison.

Car dans les geôles la cigarette n'était pas seulement une monnaie pour graisser la patte aux gardiens ou obtenir des faveurs sexuelles auprès des détenus ayant un penchant pour la camaraderie amoureuse... Derrière les barreaux frissonnants, la corde tressée de fumée bleue permet ces évasions à durée variable sans lesquelles l'esprit garderait difficilement son intégrité.

Le fumeur invétéré qu'était Dej se servait de ces fins langes de papier à cigarettes pour élargir l'horizon de ses connaissances, qui devaient être, elles aussi, mises au service des masses populaires par la suite. À la fumée inspirée jusque dans les poumons, puis libérée par les narines, il préférait l'embrasement studieux qui consolidait la renommée de Doftana en tant que « haute université communiste ». Au lieu de la toux tabagique, il choisissait la toux, supérieure, de l'intellectuel.

– Vous voyez, chers auditeurs, d'où provient, en Roumanie, la clandestinité de la langue française, que pratiquent maintenant des personnes agréées par le régime, comme la belle-sœur de mon ordonnance de Mărășești ? Précisément d'entre les murs froids de Doftana ! Mais, comme la roue tourne, le jour n'est pas loin où Dej lui-même va lâcher un *merde**, ou tout autre mot indécent, suffisant pour se faire arrêter par ses camarades actuels, accusé d'espionnage en faveur de la France !

C'est ce que supputait ironiquement Marcel Fontaine au micro de l'émission *L'Heure de la Roumanie*, avant de demander, pour la vingt-cinquième fois, la libération du Lot français.

– À quoi sert le français à quelqu'un comme lui ? À lire le matin, à la première heure, les mensonges de *L'Humanité* ?

La légende des études de Dej sur papier à cigarettes lui était parvenue aux oreilles depuis longtemps par les lettres reçues de « ses filles », mais il l'avait gardée pour s'en servir au moment opportun.

Le moment opportun s'était présenté vingt-cinq fois… Ce qui veut dire qu'il ne s'était jamais présenté.

En plus de l'apprentissage sur feuilles de papier à cigarettes, la légende prétendait que Dej avait acquis le russe et l'hébreu et obtenu ainsi la connexion linguistique lui permettant de se brancher à n'importe quelle prise internationale d'éclairage communiste. Le russe, il l'avait appris avec Pantelei Bodnarenko et l'hébreu avec le camarade juif Remus Kofler, lequel jetait aussi un petit coup d'œil sur ses notes de français en insistant sur l'orthographe et la prononciation correcte des mots.

Élève assidu, Gheorghe Gheorghiu-Dej éprouvait de nouveaux plaisirs. Il se régalait surtout d'expressions à double sens comme « *N'essaye pas d'aller plus vite que la musique !** » qu'on aurait pu exprimer en roumain par « tout gâte qui trop se hâte ».

Oh, oh, oh, les gogos ! Mais enfin, la beauté du communisme ça consistait justement à précéder d'un pas la musique ! Ils avaient l'esprit lourdaud, ces Français. Et ils étaient un peu aphones.

C'est encore à Doftana que ce grand lecteur de la Roumanie communiste s'était perfectionné en littérature, surtout en poésie, grâce aux livres reçus clandestinement par l'intermédiaire de contacts des détenus.

Quand nous entendions ça aux cours, nous, les élèves – qui, bien que recevant nos manuels gratuitement, ne nous cassions pas le crâne à apprendre –, nous baissions la tête, tout prêts à nous lier d'amitié avec les grains de poussière qui pullulaient par terre.

2

Une fois, j'avais dû, en guise de punition, apprendre par cœur un pavé de vers sur Doftana, tiré du *Chant pour le camarade Gheorghe Gheorghiu-Dej*, écrit par Mihai Beniuc.

La biographie de l'idole communiste était convertie en milliers de poésies, chacune frappant de sa faucille léniniste et de son marteau stalinien aux portes de la consécration. C'était du haut de sa tribune que ruisselait le lyrisme. Pareilles à des moineaux babillards, les natures les plus sensibles du pays baignaient leur plume dans l'encrier, prédisant un âge d'or de la poésie.

Les écrits étaient fébriles, engagés. Au bout des chaînes de production, la récolte remplissait des tonneaux de chêne ou des bidons d'aluminium, avant d'être expédiée pour la consommation courante. De toute évidence, vu la consommation de poésie par habitant, la Roumanie occupait une place d'honneur.

La création proletkultiste mettait l'accent principal sur le « front » et le « cœur » arrachés des corps pour être attelés au travail poétique dédié au socialisme. Le front de l'homme nouveau pensait en vers, son cœur agençait les sentiments en strophes.

Par conséquent, toutes les activités économiques prenaient des tournures poétiques, quasi pathologiques : le minerai n'acceptait de sortir des gisements que dynamité par le lyrisme, la fonte demandait à être coulée en rimes croisées, et les tracteurs suaient dans les champs au rythme des trochées ou des ïambes – selon l'inspiration du moteur.

Pareils à des étalons fantastiques sortis des contes populaires, les poètes se nourrissaient de braise et se désaltéraient de rosée, pour être en mesure de produire naturellement, comme du crottin, les pièces d'or littéraires qu'attendaient, avec fébrilité, les masses d'ouvriers fraternellement liées aux paysans et aux intellectuels.

Il est vrai que les serviteurs de la plume ne pouvaient guère se plaindre de mauvais traitements. Pour un effort qui se matérialisait en quelques strophes, un écrivaillon moyen touchait l'équivalent d'un an et demi de salaire d'un métallurgiste ou d'un grutier. Et pour un poème gravé dans le marbre, une éminence de la versification percevait la valeur d'un appartement de quatre pièces situé au « front » ou au « cœur » des villes de Bucarest, Cluj ou Iași.

Pour que les choses soient claires, dans une interview accordée à *L'Humanité*, l'ouvrier d'élite de la production poétique, H. Zilieru, avait répondu avec simplicité à la question posée sur son domicile :

– Maintenant, en ces années de construction socialiste, j'habite dans un poème où je jouis de tout le confort !

Ce qui passait pour une métaphore était la pure vérité, car Zilieru avait acheté son appartement avec l'argent perçu pour un seul poème. On pouvait donc dire qu'il résidait à l'intérieur : il préparait son omelette aux lardons dans la cuisine du poème, il alignait sur une feuille les « fronts » et les « cœurs » dans le bureau du poème, il se baignait dans la baignoire du poème et fusionnait avec ses admiratrices sur le vaste lit de la chambre à coucher du poème.

Mais tout, dans les poésies patriotiques, n'était pas bon et beau. Quand les circonstances l'imposaient, on taillait des vers acérés comme la lutte des classes, grâce auxquels les ennemis étaient soumis à un dur examen urologique :

Qu'une autre nuit, qu'un autre jour passe
Voici que s'affûte la lutte des classes.
Les ennemis du pays prennent le style
Des éléments les plus hostiles.

À lire cette strophe, on pourrait déduire que certains poètes faisaient partie du service « Bagarres lyriques », ce qui n'est pas loin de la vérité. Cependant, leur mission suprême était de présenter le « père chéri du peuple », Gheorghiu-Dej, comme un émissaire terrestre du saint-esprit marxiste-léniniste :

Gheorghiu-Dej est la chaude vérité
Qui pare nos cœurs et nos faits,
Rêve ailé et nostalgie brûlante
De la plaine qui chante.

Nous relevons un premier cœur qui bat bien fort dans la strophe…

Je vous ai vu serrer le pays
Tout contre votre cœur
Et l'emblème a fleuri
Comme la plus belle des fleurs !

Encore un cœur lancé dans le jeu par un autre poète joueur de cartes ! Ils devenaient minables, les étalons des contes de fées, avec leurs trois, sept ou neuf cœurs, comparés à Gheorghiu-Dej dont la poitrine était plus vaste que le coffre d'une limousine Pobeda…

Et là où apparaissait un cœur, hop, tout de suite après un front :

De quel cristal très pur arraché à la terre
Dans les hautes montagnes, de quelle unique pierre
Puis-je faire un miroir qui reflète ce front
Et qui renvoie l'image d'un visage si profond.

Rien ne semblait déplacé. Il était l'élu du peuple et tout devait se soumettre à lui – de façon naturelle, écologique – à commencer par Mère Nature :

Tout se veut près de LUI,
Le pré, le champ, le bois qui luit
Et sur son front, vois scintiller l'étoile
De l'aube fraîche qui se dévoile,
Vois le timide cerf venir à lui sans crainte
Sentir de sa main la douce et chaude étreinte.

De tout le trésor lyrique inspiré par le socialisme populaire, les soixante-trois pages du poème de Mihai Beniuc constituaient le rouleau de pièces d'or qui s'imposait par son éblouissant tapage. Publié par les Éditions d'État pour la littérature et l'art en 1951, le *Chant pour le camarade Gheorghe Gheorghiu-Dej* était composé de cinq parties : « Dédicace », « Grivitza », « Doftana », « L'évasion » et « Épilogue ». Chaque couplet de strophes était si solidement bétonné qu'il aurait pu, d'un seul coup, tuer un aurochs de Moldavie.

Le passage évoquant la rencontre entre Dej et le Parti communiste demeure édifiant. Le *coup de foudre** engendré par la lecture d'un manifeste ouvrier clandestin avait suscité des incontinences hormonales des deux côtés :

En ces temps de glorieux renom,
L'orient tout entier avait lui,
Le Parti avait trouvé son Homme,
L'Homme avait trouvé son Parti.

Les noces étaient célébrées au vu et su du peuple tout entier ! Les jeunes mariés s'enivraient de flots d'ocytocine et de dopamine, avant de s'envelopper dans le drapeau rouge comme dans un drap, et de goûter au miel fabriqué par les abeilles travailleuses du Kremlin !

Pour démontrer qu'il ne s'agissait pas d'une attirance passagère, mais d'un partenariat sentimental long comme l'éternité, on rappelait les qualités humaines du communiste Gheorghiu-Dej. En prison, sa fermeté morale avait frappé tout autant ses camarades enchaînés que ceux qui les avaient enchaînés :

Quand jaillissait une étincelle,
Chaînons de fer cognés au mur,
Son regard à l'éclair si dur,
Sur les geôliers, mais pas toujours
Fixait le noir de sa prunelle…

« Chaînons de fer cognés au mur » ? J'aurais plus vite fait d'attraper des sous-marins à mains nues que de faire jaillir ces vers de mémoire ! Pour pouvoir les réciter comme il le fallait devant la professeure, je devais gravir un Golgotha d'athéisme scientifique.

Forcé par les circonstances, j'avais fait appel à une étudiante qui habitait dans notre immeuble. Elle portait une chaînette dorée à la cheville et avait une façon de tanguer sur les trottoirs qu'aucun peintre ni aucun poète n'aurait pu rendre, mais peut-être un musicien de rue expérimenté jouant du cymbalum. Quand elle ondulait en marchant, l'éclat de son bijou sautillait, grisant, d'une cheville à l'autre, ça me donnait le mal de mer combiné au mal d'asphalte.

J'avais eu la chance de pouvoir aussi l'admirer à l'horizontale quand elle se faisait bronzer sur la terrasse de l'immeuble. Elle ondoyait comme une barque dépouillée de ses voiles, amarrée par la petite chaîne dont le soleil lui-même assurait l'éclat.

Bien qu'il y ait eu des différences nettes de pilosité, de diamètre et de finesse entre la cheville de Dej et celle de l'étudiante, cette chaînette ancra dans ma mémoire les chaînes plus massives du leader communiste. Grâce à mon petit truc mnémotechnique, je peux aujourd'hui encore vous réciter facilement la strophe suivante :

Ceux-ci touchaient, remplis de peur,
Le pistolet à leur ceinture.
Et alors, jusqu'au directeur,
Tous frissonnaient, comme de froidure.

Des frissons semblables faisaient de l'acupuncture sur mon dos quand je déclamais en pensant au bijou de la jeune fille. L'art de mon interprétation était si bouleversant que la professeure sollicitait périodiquement mes services aux cours d'histoire de la patrie, pour sortir la classe d'une apathie inconvenante.

La pauvre, elle mettait sur le compte de l'émotion éveillée par le poème de Mihai Beniuc ma voix étranglée et mes joues rougies ! Elle ne savait pas combien j'implorais les dieux pour que son regard exigeant se cantonne à la partie supérieure de mon corps et ne descende pas en dessous du nombril !

Inévitablement, la Loi universelle de la poisse m'a frappé. Et alors, la surprise de la professeure fut tellement violente que son incontinence lacrymale se transforma en incontinence salivaire. Je voyais les bulles s'agglutiner aux coins de sa bouche et je craignais le pire.

Elle n'arrivait pas à y croire, mais c'est vrai que c'était incroyable ! Ce qu'elle remarquait dans mon pantalon était si désolant pour son système de valeurs qu'elle ne trouva pas la force de me mettre à la porte : elle me fit signe du coin de l'œil d'aller au dernier rang, où il y avait un banc libre pour les pires des pires.

Je me déplaçai comme un cheval entravé, enregistrant en douce le contraste entre le rouge aux joues des filles de la classe et la pâleur de la professeure. Je devais rester pendant tout le reste de l'année au dernier rang sans jamais plus être appelé au tableau.

Et, bien que j'aie eu à lutter toute ma vie pour me sortir de la tête l'association entre les lourdes chaînes aux chevilles de Dej et la chaînette de l'étudiante, il m'en est resté un réflexe pavlovien qui, aujourd'hui encore, me met dans des situations délicates.

Le *Chant pour le camarade Gheorghe Gheorghiu-Dej* entra triomphalement dans le patrimoine culturel communiste. Après une période suffisante pour que le poème ait pénétré dans la conscience des masses, une séance extraordinaire de l'Union des écrivains décida par un vote qu'il était « incritiquable ». Quiconque, fût-il chroniqueur littéraire ou simple lecteur, se serait prononcé contre ce grandiose édifice poétique aurait automatiquement été accusé d'être un « ennemi de classe ».

Comme une noce de conte de fées, la réunion avait duré trois jours et trois nuits, au bout desquels les chefs de file de la corporation littéraire s'étaient mis d'accord sur le fait que porter atteinte au poème sur le camarade Dej, c'était porter atteinte au camarade Dej en personne, appelé dans un autre poème « le plus illustre Roumain de Dromichete[1] à nos jours », et donc frapper jusqu'au roi des Gètes, Dromichete lui-même.

Quand Mihai Beniuc sortit vers trois heures et demie du matin pour jouir de la béatitude du soulagement sous la voûte étoilée, il vit son jet urinaire éparpillé par le passage

1. Roi légendaire des Gètes et des Daces aux environs de l'an 300 av. J.-C.

galopant d'un fourgon cellulaire. De la façon dont il était resté braguette ouverte à le suivre des yeux, on pouvait déduire qu'une nouvelle flamme poétique avait embrasé son cœur et son front. Certes, la nuit tous les chats sont gris ; mais les accros à la licence lyrique rien n'empêche de les voir autrement et d'en parler :

Les fourgons, tels des coursiers blancs
Tranchent le jet d'urine jaillissant
Pour laver les plaies du pays en vol
Vers de communistes horizons !

Aux grandes époques de la poésie patriotique, pour un auteur renommé, même vider sa vessie peut se matérialiser en vers de gloire. Conformément à une alchimie matérialiste-dialectique, le jet se transforme en encre destinée à calligraphier dans l'air des messages purs et pleins d'ardeur.

3

Dans le fourgon cellulaire qui avait brisé le jet urinaire du grand Beniuc se trouvait Michaela Ghițulescu. Accusée de crime de « haute trahison » et de « complicité dans le délit d'agitation publique » en raison de sa correspondance avec « l'espion français Marcel Fontaine », elle était transférée de nuit entre les prisons de Jilava et Mislea.

Elle était incontestablement une criminelle, même à ses propres yeux, et méritait d'être jugée pour haute trahison. N'avait-elle pas trahi les attentes du jeune homme avec qui elle avait rendez-vous le lendemain ? C'était impardonnable !

Peu de détenus des prisons roumaines soviétisées avaient compris que le seul moyen de survivre était de transformer les désavantages en avantages. Vivant dans un brouillard permanent parce qu'on lui avait confisqué ses lunettes au moment de l'arrestation, Michaela attira le brouillard de son côté, elle en fit un allié.

Ce fut une trouvaille de génie. Au lieu de vivre une période bipolaire qui l'eût jetée dans les bras du désespoir, par des jongleries inattendues entre états positifs et négatifs, elle profitait tout le temps d'un coussin de brouillard qui amortissait les grands chocs de la détention. Au lieu de voir les horreurs en toute clarté, elle jouissait de lignes tremblotantes et de contours incertains.

Le brouillard prit son rôle au sérieux dès les premiers jours, lui épargnant les cruautés des gardiennes, qui lui parvenaient cotonneuses et calmes.

Au moment de la sentence, le brouillard l'aida à supporter le choc de quatre ans de prison ferme et de la suppression de tous ses droits, comme si les jeunes avaient eu des droits dans la Roumanie de l'époque...

Pendant les promenades quotidiennes dans la cour intérieure, le brouillard s'envolait de ses épaules tel un vol d'insectes, s'égaillait parmi les cimes des arbres pour redescendre et la suivre dans sa cellule avec la fidélité d'un brave petit chien bâtard. Mais Michaela ne rentrait jamais les mains vides. Pendant la demi-heure de répit dévolue à l'oxygénation, le brouillard recueillait et offrait. Il alimentait son moral de trilles d'oiseaux et de flocons de chants humains ; et c'est encore le brouillard qui trompait son estomac avec de précieuses miettes de pain et des cartilages de poulet grappillés parmi les vestiges des pique-niques en forêt. Et quand le temps se radoucissait, le brouillard lui apportait des fraises des bois et des mûres qu'il lui glissait dans la bouche.

Le brouillard humectait ses souvenirs, ce qui faisait gonfler leur volume, car rien ne pouvait être plus barbare, dans le monde déjà bien trop barbare des prisons communistes, que l'incarcération d'une jeune fille de vingt ans dont les ressources en souvenirs étaient trop pauvres pour alléger sa solitude.

Le brouillard lui rappelait la joie de vivre du groupe de filles lors de leurs excursions dans les monts Bucegi, et c'est encore le brouillard qui faisait germer dans son esprit les émotions de la visite à Mărășești, là où Fontaine leur avait parlé du miracle de la forêt de Răzoare, de son professeur d'âme roumaine, Negru, et de Maurice, le chef du détachement de poules partisanes. Pour que, finalement, ce même brouillard fidèle lui verse un doigt de tzuica de tranchées, boisson des vrais guerriers, et l'encourage à l'avaler d'un trait.

Le brouillard ne renâclait pas non plus devant les basses besognes. Toutes les semaines, il savonnait les taches répugnantes du linge des soldats que devaient laver *les demoiselles de Fontaine**, et la nuit, il bouchait la tinette commune de la cellule suffocante, pour lisser les ailes des rêves de Michaela.

Patiemment, les vapeurs de brouillard glissées secrètement dans le bleu marine des murs de la cellule le diluaient en pansement d'azur, bienvenu pour l'apaisement de l'âme. Cette décoloration avait été si lente que les gardiennes n'en avaient pas pris conscience, mais s'étaient retrouvées d'une bonne humeur qui tranchait avec l'austérité exigée par leur travail de surveillance.

Le brouillard camouflait Michaela comme un halo, pour qu'on ne la remarque pas les jours où elle s'assoupissait pendant quelques minutes, décuplées à la bourse chronologique de la prison.

Le brouillard la rafraîchissait pendant la canicule ou réchauffait sa paillasse quand elle était mise à l'isolement dans un rectangle de pierre glacial.

Le brouillard guidait sa main quand le fil qui raccommodait les vêtements ne trouvait pas le chas de l'aiguille.

Le brouillard captait des bribes de rumeurs et de petits commérages du monde libre.

Et, plus que tout, la protection paternelle du brouillard désherbait son esprit et le fertilisait de pensées fécondes.

4

Sur son trente et un, en brodequins américains Wolverine, Negru attendait nuit après nuit son arrestation. Il était bien armé psychologiquement et avait inauguré un nouveau rituel. Il se couchait à neuf heures du soir, dormait jusqu'à une heure ; après quoi, il se rasait, s'habillait, se chaussait et, bien réveillé, traînassait parmi ses papiers jusqu'à cinq heures pile.

Il voulait être impeccable au moment de son arrestation. De temps en temps, il croquait trois clous de girofle pour avoir l'haleine pure quand il embrasserait sa femme pour lui dire au revoir. Une nuit après l'autre, ses oreilles épiaient le silence à l'affût des bruits de moteur. Il avait tellement envie que la Securitate vienne le chercher que, dans son imagination fertile comme les champs de blé de la patrie, le fourgon cellulaire était revêtu de blanc telle une mariée sur quatre roues, plus une de rechange.

Le grand folkloriste s'efforçait d'être au diapason du monde. De son monde à lui – celui des inadaptés, des solitaires rigides, de ceux qui payaient pour leur refus de prendre le joug communiste pour un arc de triomphe.

C'était désolant de le voir implorer pour être arrêté, dans sa tentative pour sauver sa réputation ou ce qu'il en restait. Groupés en sombres lots, ses collègues se retrouvaient en prison, certains en sortaient, pour y entrer à nouveau, accusés de manigances, trahisons et autres crimes souvent imaginaires.

Alors que lui, qui ne cessait pas de jacasser à l'adresse du régime, il était toujours contourné d'une façon qui alimentait les soupçons les plus dégradants. Parfois, le cliquet des menottes se refermait si près de lui qu'il en entendait le bruit métallique, sinistre pour tous, cristallin pour lui.

Mais jamais ce cliquetis ne lui était destiné.

Les rumeurs qui couraient sur sa prétendue collaboration avec la Securitate étaient finalement parvenues à ses oreilles. Les familles de ceux qui étaient morts dans les geôles communistes avaient bien raison de lui jeter à la figure l'acide sulfurique de leur mépris. Quand il se pointait dans la file devant la boucherie ou la crémerie, les autres s'écartaient prudemment et le laissaient acheter le premier.

– Celui-là, c'est un sécuriste déguisé, mieux vaut ne pas avoir affaire à lui ! Il se mêle à nous juste pour avoir de quoi moucharder demain dans ses notes de renseignement ! grommelaient certains, entre leurs dents pourries par cette saleté de vie.

On savait bien que ceux qui dénonçaient leurs camarades échappaient à la prison. Sans la collaboration des délateurs à l'intérieur des lots, la Securitate n'aurait pas réalisé ses productions record d'interpellés à l'hectare. Leurs témoignages aux procès étaient décisifs pour fixer les peines.

Dans le Lot français, par exemple, on avait visé Marta Condurache, étudiante au Conservatoire, pour pianoter sur les autres. Afin de sauver sa peau elle avait accepté un taux de change honnête à la Bourse de la misère humaine : sa liberté contre l'emprisonnement de tout le groupe.

Dans les moments où il analysait son cas lucidement, Negru lui-même trouvait suspectes quelques coïncidences temporelles. *Par exemple**, comment se faisait-il que l'ancien consul Sibou ait renoncé à sa nationalité française précisément à la date de l'arrestation du Lot français ? Ne pouvait-on supposer qu'il y ait, derrière tout cela, le même taux de change à la Bourse de la misère humaine ?

Il avait entendu parler de personnes qui n'avaient pas été arrêtées, juste parce qu'elles avaient une main protectrice au-dessus de leur tête, qu'elles soient au courant ou non... Mais lui, qui pouvait le protéger ? Est-ce que son œuvre aurait tellement plu à Pantioucha qu'il aurait ordonné, en se grattant la tête avec sa barre de fer :

– Personne ne touche à Petroucha Negru ! *Kharacho*[1] ?

Ou alors, un de ses concitoyens, villageois de Vârlezi, serait-il devenu un grand général de la Securitate et aurait-il effacé son nom de la liste des suspects en vertu d'un patriotisme à court rayon d'action, bien plus humain et efficace que le patriotisme d'envergure ?

Mais non, les gars, il n'y a que dans les contes que l'on trouve ce genre de choses – même si les contes sont la sublimation de la réalité ! Il était évident que la Securitate discréditait son nom pour l'empêcher de se transformer en renom. On attaquait ainsi son bien suprême : car sans nom crédible, le savant n'est plus un savant, mais un boursicoteur.

« Savant sécuriste »... Une créature aussi monstrueuse, conçue dans les laboratoires de Moscou, n'avait aucun moyen de résister dans des conditions naturelles.

Le système ne l'arrêtait pas, mais il ne le recevait pas davantage en son sein. La Securitate se montrait peu franche du collier. La prison ne voulait pas de lui, mais les supplices qu'il endurait ne le cédaient en rien à ceux des geôles.

On lui faisait grâce, mais pouvait-on appeler cela une grâce ? N'était-ce pas plutôt du sadisme que de le mettre sur le gril une nuit après l'autre, de le laisser souhaiter son

---

1. « Bien ? C'est compris ? », en russe.

arrestation comme une délivrance – rasé, coiffé et tiré à quatre épingles dans ses brodequins américains ? C'était une attente cruelle, sans violence physique, mais dévastatrice sur le plan psychique.

Aux premières lueurs de l'aube, Negru s'endormait dans son bureau, le front et le cœur protégés par son fortin de papier machine.

Il maudissait son sort. Tenez ! Papacostea venait d'être arrêté pour la deuxième fois, et lui, pas une seule ! Ce n'était pas juste !

Une première détention n'avait pas ôté les araignées au plafond de Papacostea. Peu de temps après avoir purgé sa peine, il fut condamné de nouveau, accusé d'avoir comploté avec ses anciens collègues du Parti national-libéral pour dresser la liste d'un gouvernement de l'ombre. C'était un agencement de ministres potentiels, avec pour mission secrète de prendre les rênes de l'exécutif au moment – proche et inévitable, croyaient-ils – où le régime communiste tomberait.

Tous ceux qui figuraient sur la liste avaient été raflés au débotté et jetés en prison. Tous, sauf Negru, dont le nom avait été retenu par Papacostea, à son insu, comme secrétaire d'État au ministère de l'Instruction publique.

Une foule de fourgons noirs avaient grouillé une nuit entière. Mais aucun ne s'était arrêté devant le 12 de la rue des Muses à Iași.

Quelqu'un avait dénoncé les membres du gouvernement de la liste secrète.

Mais qui ?

5

Un heureux jour d'octobre, Michaela délivra les filles du supplice infligé par la douche bimensuelle.

Ce rituel hygiénique ne jouait que de façon infime son rôle de décrassage des nids de saleté des corps. Bien plus, ce qui aurait dû être une détente pour les détenues n'était qu'une torture supplémentaire.

On aurait dit qu'aux manettes qui réglaient la température du jet, il y avait un grand écervelé qui, en proie à un délire haineux, tantôt ébouillantait les filles, tantôt les arrosait d'eau glacée. Et comme si cette manœuvre n'était pas suffisante, le savon aussi mettait son grain de sel, composé qu'il était de substances qui écorchaient la peau plus qu'elles ne l'apaisaient.

À grand-peine, il s'agissait d'arracher quelques secondes au flux maniaco-dépressif. Pour les filles, la séance de lavage se résumait à enduire un chiffon avec du savon dans les températures antagoniques et à s'en frotter le corps. Quel bonheur c'eût été d'avoir un rasoir pour éclaircir un peu le fouillis de poils !

Sitôt que la première couche de saleté pétrifiée était ramollie et retirée dans la douleur, la douche s'arrêtait brusquement : les détenues secouaient la pomme de douche en espérant un supplément, mais il n'en sortait que quelques gouttes d'une eau rouillée, trop peu pour un rinçage. Et que faire d'autre alors, sinon, pleine de mousse, traîner ses savates jusque dans sa cellule ?

C'était un spectacle *dégueulasse**, offert par les prétendantes au titre de « Miss Détenue politique » dans la Roumanie de 1953. Même la gardienne, à la carrure d'une Ana Pauker et demie, détournait son regard de leur nudité.

– Si les Françaises sont aussi moches, pfiou, je remercie le ciel d'avoir été faite par ma mère à Muntenii de Sus, dans le département de Vaslui !

Le sein flasque, la peau jaune, le ventre gonflé, les rhumatismes de leurs baguettes de jambes aux chevilles déformées, leur respiration qui sifflait, gémissant après un peu de vitamines, leur corps envahi de poils... Tout pavait avec un zèle excessif le chemin de la ménopause.

De plus, elles puaient, comme des poissardes.

– Beurk, vous avez la chiasse une fois de plus ! Emportez votre tinette, allez la vider dans la fosse, bon Dieu ! Ça me soulève le cœur, je vais tourner de l'œil ! Allez au diable, espèces de Françaises minables, avec vos boyaux pourris et tout le reste !

La gardienne leur parlait d'un ton rogue mais sans méchanceté quand elle ouvrait la cellule le matin. C'est ainsi qu'elle parlait aux vaches dans l'étable, chez elle, avant de ratisser le fumier et de les traire. Sauf qu'avec ces Françaises, il n'y avait rien à traire...

Elle s'appelait Anica, mais les filles l'appelaient Annette. C'était une des nombreuses paysannes recrutées pour maintenir l'ordre et la discipline dans les rangs des détenues intellectuelles.

Devoir subir de telles gardiennes pouvait être pire que la diarrhée. Mais Annette était correcte, autant qu'une gardienne de geôle communiste pouvait l'être.

Invariablement protégée par le brouillard, Michaela parvenait à endurer les lubies de la douche écossaise, diablement écossaise. Elle faisait semblant, ne serait-ce que par solidarité avec les autres filles, de souffrir, elle aussi, des caprices de l'eau qui passait instantanément du brûlant au polaire.

Un jour où elle attendait de passer à la douche avec le dernier groupe, elle prit Annette à part et la remercia pour ce produit écossais.

– Quel produit, hein, la Française ?

– La douche, mes respects ! La douche écossaise que nous allons prendre maintenant !

– Tu as dit écos-sais-se ? Explique ce qu'il y a d'écossais, petite merdeuse.

– La douche qui alterne l'eau froide et l'eau chaude, on l'appelle « écossaise » ! *Douche écossaise** en français ! Ça vient d'Écosse… un pays capitaliste, hostile au prolétariat…

– Vas-y doucement, tu me rends folle ! Tu me casses les oreilles comme les oies de ma mère.

– *Pardon !**

– Et où c'est que tu dis que ça se trouve, cette fichue Écosse ? Plus bas que la Bulgarie ?

– … Ohooo, l'Écosse, elle est plantée loin, loin comme tout sur une carte ! Au-delà de la France, qui n'est déjà pas la porte à côté !

– Et comment donc elle est arrivée chez nous, cette douche bourgeoise, que le diable l'emporte !

– Comment veux-tu que, moi, une pauvre détenue, je sache ça ? L'ennemi impérialiste, qui ne dort même pas pendant son sommeil, a dû l'introduire dans la prison afin de déstabiliser les détenues rééduquées selon la ligne du Parti.

– Tais-toi donc, nom d'un chien !

La gardienne prit si vite ses jambes à son cou qu'elle en oublia sa matraque en caoutchouc à la porte de la salle de bains. Elle ne s'arrêta que dans le bureau du directeur.

Quand il apprit quelle manœuvre subversive avait été glissée dans l'établissement qu'il dirigeait, son visage prit les couleurs du drapeau national roumain.

– Qu'est-ce que tu me racontes là ? DOUCHE É-COSSAISE ? Comment se fait-il que je n'en aie rien su ? Pourquoi ne pas m'en avoir informé plus tôt, espèce de demeurée ?

– Pauvre de moi ! Comment vous en informer, si je suis demeurée ?!

– Non, tu n'es pas une demeurée ! C'est moi qui suis bouché, ce n'est pas de ta faute...

– Merci !

– Fiche-moi le camp ! Qu'est-ce que tu as à me fixer comme une demeurée ?

Après avoir donné l'ordre de supprimer immédiatement cette machination impérialiste dans le programme de douches, le directeur s'enferma dans son bureau et se mit à grincer des dents, un peu comme un train qui freine brusquement sur les rails, quand on tire le signal d'alarme. Il répétait comme celui qui vient de se prendre sur la tête tout un convoi de détenus en route pour une colonie de travail :

– Bon Dieu de merde, je l'ai échappé belle ! Si on apprend ça au ministère, je vais me retrouver dans une prison à regarder les bureaux de direction depuis ma cellule – et non le contraire comme maintenant ! Mais je ne l'aurai pas volé ! Comment ai-je pu être aussi bête ?

Il avait eu la belle vie comme chef de la prison. Des avantages de toutes sortes arrondissaient son salaire, et, chaque année, il engraissait trois porcs sur les portions de nourriture des détenues, sans compter la paille qu'il extrayait de leurs matelas.

Même le bois pour les cercueils n'échappait pas à l'imposition, car les mortes n'allaient tout de même pas s'enrhumer sans leur costume en sapin. Il avait chez lui, faits de sa main – dans sa jeunesse, il avait été apprenti menuisier –, une armoire, deux tables, un chevet et un petit lit pour son enfant qui allait naître dans deux mois.

Pendant plusieurs semaines après cet incident, le directeur de Dorobantzu dormit tout habillé, son pistolet sous l'oreiller. Il avait décidé, si l'on venait l'arrêter à deux ou trois heures du matin, de faire sauter sa cervelle de demeuré !

6

En lui faisant parvenir à travers les barreaux des sifflements humains – car il subsistait en Roumanie une poignée d'adeptes de ce défoulement de rite ancien –, le brouillard apprit à la prisonnière Michaela Ghițulescu comment émettre des sonorités musicales en pinçant les lèvres. Elle siffla toutes sortes de choses, des bonnes et des mauvaises, des joyeuses et des tragiques ; certaines mélodieuses, d'autres plus dures à l'oreille.

Au moment des fêtes, elle donna la préférence aux chants de Noël, aux *colinde*, destinées à ses collègues et aux gardiennes un peu plus humaines, sans oublier des *descolinde* sifflées avec emphase à l'adresse des leaders communistes de Bucarest et de sa tante par alliance : Moscou. Negru aurait bien aimé être présent pour constater qu'émises depuis la prison les *descolinde* gagnaient avec véhémence en force et en vitesse.

L'année 1953 offrit à Michaela deux occasions inespérées de siffler l'*Ode à la joie* de Beethoven : tout d'abord, quand Staline partit pour le monde des ténèbres, et ensuite, quand l'ennemi Churchill troua son cercueil du bout de son stylo en recevant le prix Nobel. Et non le Nobel de la paix, pour lequel Staline avait été proposé plusieurs fois, mais celui de littérature.

Dans l'esprit de l'inconstance bien connue qui dicte le comportement de toute chose dans l'univers, les sifflements de Michaela passèrent rapidement à l'extrémité dépressive, l'obligeant à aborder la *Marche funèbre* de Chopin et l'« *Addio, mio dolce amor* » de l'opéra *Edgar*, de Puccini.

Ce fut l'événement le plus dramatique de sa détention… Les poumons réduits en charpie par une pneumonie due à la dernière douche écossaise, sa meilleure amie, Mariana Ionescu, s'était vue définitivement rayée des registres du système pénitentiaire.

Si son âme l'avait quittée lacérée, au moins son enterrement fut-il décent. Le directeur Dorobantzu – encore sous le choc de la révélation d'avoir fourni aux détenues des produits écossais – n'eut pas le courage de voler le bois du cercueil pour s'en faire un fauteuil dans lequel il pourrait lire la *Scînteia*, avec un petit verre d'eau-de-vie de Segarcea.

– Une chanceuse, cette fille, dirent en sifflant d'admiration les fossoyeurs, alors qu'ils rangeaient le mince livre de sa vie dans le rayon du fond de la bibliothèque, d'où personne ne viendrait jamais le sortir.

À la différence des prisons ouvrant des horizons patriotiques, prisons dans lesquelles avait souffert le camarade Gheorghiu-Dej, celles que fréquentèrent les filles du « Lot français » ne furent jamais célébrées dans des poèmes. Enfermées comme elles le méritaient, ces saintes-nitouches devinrent rapidement des êtres déchus, pour lesquels même le dernier des cabots de poète n'aurait voulu gâcher un vers.

Une fois encore, le brouillard vint en aide à Michaela. Il descendit dans son âme comme un ramoneur et la nettoya à grands coups de brosse en fer, si bien qu'elle demeura la dernière du lot à pouvoir encore être dénommée *demoiselle de Fontaine*. À la différence des autres, elle ne méprisa ni ne haït son mentor. Au contraire, c'est en prison qu'elle commença à l'aimer vraiment.

Un dimanche soir aux moustaches givrées, alors qu'elle grelottait sous sa couverture usée jusqu'à la trame, son ami le brouillard lui offrit une bribe de l'émission *L'Heure de la Roumanie.* Elle savoura les phrases, une petite bouchée après l'autre :

– *L'emploi et même la simple connaissance de la langue française valaient à ceux qui s'en rendaient coupables des années de prison* !*

C'est d'elles qu'il s'agissait, des membres du Lot français ! On parlait d'elle, de Michaela ! Quel sentiment merveilleux de se reconnaître dans un texte émis avec tant d'amour parisien par la voie des ondes !

Cette nuit-là, le brouillard lui fit voir le nom de la villa de Fontaine à Cap-d'Ail, sur la Côte d'Azur, là où l'à-pic rocheux au blason alpin ne se comportait pas comme un godelureau avec la Méditerranée, mais attendait patiemment qu'elle s'offre à lui une vague après l'autre. Elle avait entendu parler de l'habitude qu'avaient les Français de donner un nom à leurs maisons et de l'inscrire bien en vue à l'entrée, en lettres manuscrites. Sauf que celui de Fontaine n'était pas français, mais roumain : « *Mi-e dor*[1] *!* »

« *Mi-e dor !* » dans la délicate calligraphie de Michaela, tiré d'une des lettres à cause desquelles elle s'était retrouvée dans cette saleté de prison !

« *Mi-e dor !* » avec un point d'exclamation retentissant, comme deux cœurs fondus l'un dans l'autre.

Il n'y avait pas de meilleure preuve que le professeur Fontaine n'avait pas oublié ses filles. Il ne les avait pas oubliées, mais il n'y en avait qu'une dont il avait la nostalgie.

Sur la Côte d'Azur, en un lieu dominé par la poésie, que le brouillard récupérait une strophe après l'autre, Il était pour Elle l'à-pic et Elle était pour Lui la Méditerranée.

---

1. « Me manque ! » Le mot « *dor* » exprime un sentiment à la fois de désir et de nostalgie.

Montant et descendant en rouleaux dactylographiés par la nostalgie, la respiration de Michaela emplissait le dortoir d'un air marin qui faisait ronronner les *demoiselles de Fontaine** et berçait leur sommeil.

7

Quand les émissions des radios étrangères s'attaquaient aux réalités roumaines, elles étaient suivies de près par Gheorghiu-Dej en personne ; chaque lundi, il trouvait sur son bureau l'enregistrement sur bande magnétique et la retranscription de *L'Heure de la Roumanie*, qu'il barbouillait d'encre rouge.

Les commentaires acides s'avéraient un bon exercice pour ses nerfs, et parfois même un petit amusement. Il s'était prodigieusement régalé des sténogrammes des interrogatoires de Pătrăscanu ou des lettres dans lesquelles son ancien compagnon, Vasile Luca, lui demandait pardon pour tout ce qu'il avait fait ou pas fait, l'implorant de ne pas le laisser moisir en prison car il pouvait encore être utile au Parti.

Dej lisait, fumait et riait à s'en trouer le cul : « Ah oui, vraiment ?? disait-il, en marquant le papier comme avec un fer rouge. Tu ne voudrais pas aussi que je te fasse livrer dans ta cellule un lot de ballerines de l'Opéra d'État, pour que tu leur refiles la syphilis attrapée avec tes raclures ? »

Bon, droit et rancunier comme tout grand chef d'État, Dej pouvait passer sur bien des choses dans le cas de Luca, mais pas sur la syphilis qu'il s'était chopée jadis. *Voilà** à qui on avait confié le ministère des Finances ! Un bon communiste, financier de surcroît, ne se retrouvait pas avec la syphilis après avoir collaboré avec le beau sexe. Tout au plus avec un trou dans son porte-monnaie et des traces de rouge à lèvres sur son col de chemise. Mais comment un déviationniste tel que Luca aurait-il pu savoir cela ?

Depuis que l'émission *L'Heure de la Roumanie* avait fait irruption dans sa vie, c'en était pourtant fini de la saveur des annotations. Tous les lundis, il faisait grise mine et massacrait le cure-dent qu'il avait au coin des lèvres.

Il aurait évidemment aimé ignorer ce Français au micro, dont la voix était plus énervante que celle de Pătrăscanu. Mais il n'en trouvait pas la force. L'habitude de lire et d'écouter *L'Heure de la Roumanie* était devenue plus addictive que la cigarette.

Non, il ne craignait pas la voix répugnante de Marselfonten. Non, il n'avait peur de personne. Moscou l'appréciait plus que jamais et voyait en lui un allié sur lequel on pouvait compter, et Moscou était le centre de l'Univers. En même temps que de l'estime moscovite, il jouissait, de la part du peuple roumain, d'un amour pur, profond et mathématique.

La disproportion entre les louanges et les critiques était écrasante : pour la moindre méchanceté parue dans la presse étrangère ou jacassée sur les radios, il recevait cinq mille lettres pleines de la reconnaissance des travailleurs. Tenez, voilà un monceau rien que de celles reçues hier ! Sans compter les romans, les récits, les poèmes qui brossaient de lui un portrait élogieux, en toute objectivité.

Et pourtant, il ne pouvait s'empêcher d'écumer de rage devant tant de propos tendancieux. Venimeux comme était ce Fonten, si un scorpion l'avait piqué, c'est le scorpion qui aurait crevé, pas lui. Et il avait un don pour l'exagération qu'il n'avait jamais connu que chez Bâzdâgă, quand celui-ci racontait des contes anciens près du feu, entouré de ses apprentis.

– Vous savez, les gars, dans les temps anciens, quand on ferrait les puces avec quatre-vingt-dix-neuf boisseaux de fer et que ça ne couvrait toujours pas leur talon… Du temps où les ours se battaient à coups de queue et que la nuit commençait le matin…

C'est ainsi que débutaient les contes du père Bâzdâgă, mais lui, il parlait avec de la liqueur de cerise et d'abricot dans la voix, pas comme ce *bonjouriste* qui souille tout avec sa saloperie d'émission.

Une fois, Marselfonten s'était gaussé de son nom, du fait qu'il avait été répandu dans toute la société comme du fumier pour engraisser les sols. D'accord, ce qu'il disait était évident, car on avait donné le nom de Gheorghiu-Dej à des combinats industriels, à des écoles, à des maternités et à des tribunaux, et même à une commune.

Mais enfin, comparer son nom à du fumier… C'était déjà une raison suffisante pour le faire arrêter, condamner et exécuter après un jugement juste et sommaire.

– Les chers auditeurs de notre émission portent des caleçons de marque Gheorghiu-Dej, alors que nos très estimées auditrices profitent des poires à lavement Gheorghiu-Dej ! Il est temps qu'un grand pénitencier ou un cimetière grandiose portent son nom. Cimetière Gheorghe-Gheorghiu-Dej… Il y a déjà suffisamment d'ossements en Roumanie pour pouvoir en couper le ruban inaugural.

« Français haineux, incapable de comprendre l'amour du peuple ! » commentait Dej. C'est du peuple aimant que venaient les propositions pour répandre son nom dans tous les domaines d'activité. Qu'y avait-il à redire à un sentiment pur, né de la reconnaissance et de la fierté nationale ? Pouvait-on construire le socialisme sans amour ? « Espèce d'idiot et de sale hypocrite, le socialisme est justement fondé sur l'élévation de ce sentiment à un degré supérieur », complétait-il.

Toutes les cinq émissions, cet insolent de Fonten tournait en dérision sa formation intellectuelle au cours des longues et dures années de prison.

– Nous rappelons que le « bien-aimé père du peuple » passe pour être un grand polyglotte qui parle et *gavaritte* couramment le français, le russe et l'hébreu. Un niais ayant terminé trois classes élémentaires est docteur *magna cum laude* de l'université de Doftana, où il a appris tout seul aussi bien le grec ancien que le latin, l'arabe et le chinois. C'est bien entendu un mensonge grossier, car on ne peut pas parler le français quand on déteste passionnément la France !

« Et toi où as-tu appris le roumain, sur les étiquettes des culottes de tes petites putes du Lot français ? » notait-il comme un bison blessé, plutôt pour lui rendre la monnaie de sa pièce.

Lors d'un épisode de *L'Heure de la Roumanie*, cet effronté avait débité d'autres énormités :

– Pour vous faire une image aussi claire que possible des persécutions qu'endurent les sympathisants de la France, sachez que de simples couturières de Bucarest ont été arrêtées et envoyées aux travaux forcés sur le chantier de construction du canal Danube-mer Noire pour le « crime » d'avoir feuilleté des revues de mode parisiennes !

« Graine de légionnaire, bandit spéculateur, impérialiste à sonnettes, voyou à plume de la plus basse espèce, aussi intelligent que mon bouton de braguette », griffonnait Dej en marge de la feuille.

Eh bien, si ces pouffiasses n'étaient que « de simples couturières », d'où sortaient-elles des revues françaises ? Elles les recevaient de France, *d'accord**? Parce qu'on ne trouve pas de revues françaises au marché à Moscou ou à Galați !

Et alors, si elles recevaient des revues de France, n'était-il pas évident qu'elles entretenaient des liens d'espionnage avec des éléments impérialistes de ce pays pourri ? On sait très bien comment ça se passe : moi, agent Dupont, je t'envoie quelques revues et un peu de devises, et toi, tu me fournis des informations stratégiques sur la vie sociale et économique de ton pays.

Le paquet de cigarettes Snagov dans lequel il camouflait ses cigarettes américaines Viceroy était vide, tout comme son cœur ; il regardait ses annotations convulsives dont les vertus polémiques manquaient totalement de vigueur. Il portait de l'eau dans une passoire, voilà ce qu'il faisait. Il aurait aimé faire lui aussi une émission pour pouvoir dénigrer ce Français autant qu'il en avait envie.

Et s'il modelait sa figurine d'argile, la mettait au four et attendait le résultat ?

Non, non, trois fois non… Ce serait du temps perdu, parce qu'elle serait sûrement sortie toute fendillée !

Oh, comme il aurait aimé le foutre au trou ! Comme il aurait donné ordre de lui faire déchiqueter le cul derrière les barreaux !

Même le titre de l'émission l'énervait ! Non mais : *L'Heure de la Roumanie* !

– Comment te permets-tu, môssieu, de te servir du nom de mon pays bien-aimé pour tes saletés ? Tu nous en veux de t'avoir expulsé en 1948, pas vrai ? Et d'avoir arrêté les filles de ton bordel, hein ?

Il en aurait pleuré… Il fallait agir, il fallait trouver le meilleur bâillon pour boucher cette fosse d'aisances buccale. Un *bisou** en forme de balle ou un *rendez-vous** avec la barre de fer de Pantioucha, ce ne serait pas mal.

Encore une fois non ! Un Français, on ne pouvait pas le supprimer comme un Foriș ! Marselfonten pourrait peut-être se prêter à un accident de camion, du genre de celui, magistralement mis en scène par le camarade metteur en scène Staline, de l'acteur juif Solomon Mikhoels…

L'accident, ce n'était pas non plus du tout cuit. Écraser avec une voiture un Français à Paris, c'était prendre des risques considérables. Si la moindre information transpirait, la Roumanie risquerait un scandale diplomatique anéantissant !

Il faudrait trouver une autre sorte de bâillon pour Marselfonten. Quelque chose de plus fin, de plus classe.

Gheorghiu-Dej fit venir sa voiture pour aller trouver le père Bâzdâgă, son conseiller secret. Il sortit du coffre-fort une bonne bouteille de tzuica de prune, un kilo de lard fumé, cinq oignons rouges, une cartouche de Viceroy, et il les fourra dans son porte-documents.

8

Une nuit, aux environs de Noël, les prières de Negru furent exaucées. À trois heures du matin, avec une précision helvétique, l'équipe conduite par un colonel se pointa rue des Muses, au numéro 12, où le maître de maison les accueillit avec le pain et le sel.

En moins de dix minutes, il fut prêt à partir sous les yeux ensommeillés d'Alice, qui ne comprenait pas pourquoi ce fou n'en pouvait plus de joie en plein milieu de la nuit. Où s'en allait-il pour l'embrasser avec plus de fougue que jamais au cours des dix dernières années ?

En montant dans le fourgon, le folkloriste tendit ses poignets comme une personne arrêtée bien élevée, mais les sécuristes de l'équipe le laissèrent attendre les menottes tant désirées. Il fut emmené par des rues latérales jusqu'à un bâtiment qui ne ressemblait nullement au ténébreux siège de la Securitate.

« Ils ont fait des progrès eux aussi ! Ils ont un langage châtié et ils ont ouvert de nouveaux sièges ! » pensait-il pendant que le coiffeur attaquait sa touffe de cheveux blancs et frisés.

Il retira ses vêtements, les plia soigneusement et reçut une nouvelle tenue, dans laquelle on le photographia de face et de profil. En se regardant dans la glace, il trouva qu'il n'avait pas l'air trop chiffonné. Preuve que sa préparation psychologique à l'arrestation se révélait solide !

Une fois qu'il fut coiffé et photographié, on le fit sortir ; mais au lieu de le jeter dans un fourgon d'un noir effrayant, ils le conduisirent vers une Pobeda d'un noir au lustré élégant.

« Maintenant, ils m'embarquent pour l'interrogatoire, pour me poser des questions d'abord gentiment, puis avec le knout ! J'ai bien fait d'entraîner mon cerveau à rester clair la nuit. Ils vont me dérouiller, mais je résisterai. Oh là, là, ce que ces habits me serrent ! Les poux doivent être introvertis, parce qu'ils hésitent à se manifester. Drôle d'uniforme... On dirait que les rayures ne sont pas aussi larges que le dit le folklore des prisons. Comme l'imaginaire collectif exagère ! »

Le chauffeur pas plus que les hommes de l'escorte ne lui adressaient la parole, les vitres teintées de la Pobeda rendaient vain le moindre coup d'œil à l'extérieur... En descendant de voiture, après quelques heures sinistres sur la banquette arrière, il était tellement ankylosé qu'un malabar dut l'attraper par le bras pour le projeter dans un couloir désert.

« On dirait les catacombes d'Odessa ! » pensa-t-il.

Il se retrouva devant des individus en uniforme qui portèrent la main au képi. Un groupe de filles au visage fardé martelaient le sol de coups de talon douloureux.

« Ce doit être le Lot des talons qui s'est fait coffrer ! Ils ont dû les maquiller pour qu'on ne voie pas les bleus et ils les emmènent à l'interrogatoire, mais auparavant ils les torturent avec ces talons qui les font marcher comme des cigognes. Ce que le communisme peut être impitoyable ! »

Devant la dernière porte, Negru présenta de nouveau ses poignets pour qu'on le menotte, mais quelqu'un lui saisit la main droite et la secoua vivement en lui souhaitant : « Bienvenue à bord de notre avion ! »

« Ils m'ont sûrement inclus dans un échange de prisonniers ! Ils vont me troquer sur le tarmac d'un aéroport international contre un espion russe capturé par le Secret Intelligence Service ou la CIA ! Merde alors, quelle aventure ! J'aurai peut-être la chance de me faire abattre par un tireur d'élite, pour que ma réputation soit préservée ! Les gens diront : "Bravo, Negru, le combattant pour la liberté, victime de la répression communiste !" »

On l'installa au dernier rang de l'avion, à côté d'un sécuriste en civil.

« Ça alors, ce ne serait pas une chaise électrique, pour qu'ils m'attachent aussi serré ? » se dit-il, pendant qu'on attachait sa ceinture de sécurité pour l'immobiliser.

En costume bleu marine à rayures grises et chaussé de brodequins américains, Negru volait dans cet aéronef au-dessus des nuages. Il aurait voulu demander au sécuriste quelle était leur destination, mais celui-ci s'était endormi ou faisait semblant de sommeiller.

Fontaine faillit avoir une attaque en entrant dans son *bistrot** favori à Montparnasse pour boire son verre d'armagnac. C'était une halte obligatoire en sortant du travail pour aller chez lui, après avoir enregistré son émission *L'Heure de la Roumanie.*

Ce qu'il voyait s'apparentait à un fantôme ! À côté de la table où, selon une entente tacite avec les habitués, personne d'autre que lui ne s'installait, il y avait Pierre Negru devant un monticule de journaux qu'il feuilletait avec grand intérêt.

Il le reconnut à sa manière de passer sa main dans ses cheveux de séducteur défraîchi, comme s'il y cherchait une boucle faite pour devenir un anneau de fiançailles. Il avait bonne mine. Seules ses lèvres avaient rétréci et lui donnaient cet air d'agressivité impuissante de l'intellectuel étouffé par la dictature.

Leurs regards se croisèrent une seconde. Il n'y eut pas d'étincelles comme au choc de deux sabres d'acier, mais pas non plus de feu d'artifice.

Fontaine alla au bar prendre son verre que le patron connaissait *par cœur**. Le geste lent, il accordait ses pensées et sa respiration.

Que faisait-il ici, celui-là ? La Securitate lui avait certainement donné un visa dans un but précis, et ce but ne pouvait être que de prendre contact avec lui…

Mais pourquoi le contacter ?

Comment ça, pourquoi ? À cause de l'émission *L'Heure de la Roumanie.* On l'avait envoyé pour le *kagébéiser* et sans doute encore bien plus.

Très bien – *pardon**, très mal… Comment devait-il se comporter avec lui ? Le serrer dans ses bras et l'embrasser comme on retrouve un ami ?

Ce serait d'une grande imprudence, sans doute la dernière de son existence, il pouvait se faire piquer par son épingle à cravate, certainement trempée dans du poison.

Le plus simple, c'était de boire son armagnac et de quitter le bistrot en vitesse, comme s'il était pressé d'aller quelque part.

Et s'il le suivait pour l'arrêter dans la rue ? Que ferait-il ? Lui flanquer une claque ?

Gifler Negru ou gifler le mont Blanc c'était à peu près pareil ! Et d'ailleurs, pourquoi lui coller une gifle ?

Appeler à l'aide, en espérant qu'un policier interviendrait ?

Ça donnerait un spectacle pénible… Que pourrait-il dire au policier ? Que son ancienne ordonnance pendant la Grande Guerre voulait le tuer avec son épingle à cravate empoisonnée ? On le prendrait pour un dingue, d'autant qu'on peut facilement se débarrasser d'une épingle à cravate en la laissant tomber dans une bouche d'égout.

Et d'ailleurs, pourquoi exclure que son accolade puisse être sincère ? Il se trouvait peut-être à Paris à l'occasion d'une conférence scientifique et avait fait un tour à Montparnasse pour déjeuner. Où un savant roumain assoiffé de liberté pouvait-il aller grignoter quelque chose, si ce n'était à Montparnasse ?

Il avait sans doute fait une petite halte dans son bistrot favori pour le saluer et renouer leurs liens si particuliers ?

N'est-ce pas ainsi que font de vieux amis que les vicissitudes de la vie ont séparés et qui se retrouvent bien des années après, grâce à une heureuse pirouette du hasard ?

Il n'était certainement pas venu là avec l'idée d'une *descolindă*, mais plutôt pour une *colindă* aux intentions les plus pures, car autant il avait été un professeur de droiture pour Negru, autant celui-ci lui avait enseigné l'âme roumaine.

Il est vrai qu'avec le temps ils avaient changé : l'âme roumaine s'était incrustée en Fontaine pour la vie, mais elle avait progressivement quitté le folkloriste, à mesure qu'il perdait de sa droiture.

En était-il vraiment ainsi ? Ah, les jugements à distance sont aussi superficiels que l'enseignement à distance ! Rien de plus facile que de donner des leçons de droiture depuis Paris à des Roumains qui souffraient tant dans leur pays !

Et lui, Fontaine, serait-il resté le même moraliste dans cette Roumanie soviétisée ? Alors, cela aurait très bien pu être Negru, émigré à Paris grâce aux relations de son beau-père, qui lui aurait tenu des conférences sur la dignité par la voie des ondes. Aurait-il aimé qu'on le mette sur le gril comme une saucisse au *barbecue** ?

Du coin de l'œil, Fontaine *kagébéisait* le bistrot. Comme d'habitude, il n'y avait là guère plus d'une poignée d'individus. Il les connaissait *par cœur** : aussi bien le petit vieux qui, sous prétexte de la promenade du chien, s'évadait de chez lui pour se rincer le gosier à la bière, que les étudiants plongés dans leurs polémiques au service des flirts *d'apéritif**...

Le seul inconnu se trouvait à deux tables de Negru. Il tâtonnait avec précaution le *cordon-bleu** dans son assiette et semblait coincé dans son costume qu'on aurait dit taillé dans la tôle d'une voiture d'occasion. Avec la pointe de ses souliers noirs trempés dans le cyanure, il aurait pu enchaîner des dizaines de meurtres rien qu'en piquant les passants.

Fontaine voyait du cyanure à l'extrémité de tout objet pointu. Il siffla son armagnac comme le dernier verre d'un condamné à mort, mais le patron le lui remplit automatiquement.

Le condamné à mort avait droit à un deuxième verre. Il devenait paranoïaque.

Minute papillon ! Il y avait une autre possibilité qui lui venait tout juste à l'esprit : et si Negru avait été expulsé de Roumanie avec toute sa famille, comme il avait lui-même été expulsé en 1948 ? Negru allait-il devenir parisien lui aussi ?

Mais bien sûr, c'était sûrement ça ! Il l'engagerait comme ordonnance à *L'Heure de la Roumanie* et ils reconstitueraient leur glorieux tandem. L'émission rendrait les nerfs de Gheorghiu-Dej malades et il finirait à l'asile comme Daniil Harms.

Ha, ha, ha !

Il retira sa main droite de sa poche, prépara son sourire radiophonique, vira à quarante-cinq degrés et se précipita vers la table de son ami de toujours. Hésiter n'était pas trop son genre. S'il avait fait face, droit dans ses bottes, devant les obus à Mărășești, il ferait de même maintenant !

À mi-chemin, il s'arrêta, main tendue. La table à laquelle Negru était installé cinq minutes plus tôt était vide. Il regarda tout autour, mais n'aperçut plus, non plus, le suspect vêtu d'un complet en tôle et aux chaussures trempées de cyanure.

Qu'est-ce que c'était que cette histoire ? Une illusion d'optique due au surmenage ?

Il revint au comptoir pour payer son armagnac. Il sortit un billet de son portefeuille, mais le patron stoppa son geste :

– Le monsieur, là, grand comme le mont Blanc, il a payé votre consommation.

– Il a payé mes deux armagnacs ?

– Il a payé toute une bouteille. Je vous la garde pour quand vous reviendrez ? Ou bien vous voulez la boire avec lui ? Il m'a dit qu'il repasserait demain à la même heure.

9

Fontaine préférait trois insomnies à un seul cauchemar. Hanté par le visage de Negru, il aurait mieux supporté l'insomnie de cette nuit-là s'il n'avait reçu vers deux ou trois heures un coup de fil dévastateur.

La gendarmerie de Cap-d'Ail lui faisait savoir que sa villa avait été endommagée par un glissement de terrain et qu'il aurait intérêt à sauter dans le premier avion du matin pour Nice. Non, la maison n'était pas complètement démolie, mais il était difficile de croire qu'elle puisse tenir longtemps.

– *Désolé, monsieur !** Venez de toute urgence pour sauver ce qui peut encore être sauvé !

Sa première pensée fut pourtant pour Negru. Il se rappela la fois où il avait acheté aux contrebandiers d'Odessa un sachet de poudre à éternuer qu'il avait répandu sous le nez des officiers et sous-officiers juifs qui s'étaient regroupés dans une petite pièce pour prier. Il avait entrouvert la porte et avait vidé le sachet le temps de dire *pardon**. En quelques secondes, ils s'étaient tous mis à éternuer tellement qu'on aurait dit qu'ils étaient à ramasser à la petite cuiller. Les séries de « atchoum » congestionnaient leurs visages, mais les ravissaient aussi, au-delà de toute mesure. Ils éternuaient et riaient, riaient et éternuaient, sans s'arrêter.

Et comment ne pas être joyeux, puisque c'était le jour de la fête de Yom Kippour et que la tradition disait que le Juif qui éternuait en cette soirée sacrée irait bien tout au long de l'année, jusqu'au Yom Kippour suivant, quand il serait bien avisé d'éternuer de nouveau ?!

Negru lui avait ainsi offert une leçon mémorable et il aurait pu jurer que cette poudre à éternuer avait puissamment contribué à la victoire ultérieure de Mărășești. Sacré bonhomme, avec ses façons de faire des traditions populaires des alliées redoutables !

Il l'avait aimé, mais maintenant il avait peur de lui. Voilà ce que pouvait faire le communisme de deux bons amis ! Il était terrifié à l'idée de l'embrasser ou de boire un verre avec lui ; mais, en même temps, il aurait bien échangé son existence actuelle contre les soirées avec de la tzuica dans les tranchées de Mărășești.

Combien il aurait aimé écouter encore les légendes qu'il faisait revivre dans ses contes pleins de clichés, mais aussi de fantaisie ! Combien lui manquait la façon dont la sagesse populaire s'évertuait à détruire les vieux préjugés d'une société roumaine arriérée ! Combien était violente sa nostalgie du grand charme de la Roumanie, l'invitation *au retour* !

En cette nuit d'insomnie, une voix venue des brumes de l'absurde lui disait que c'était encore son ancienne ordonnance qui se trouvait à l'origine du glissement de terrain au Cap-d'Ail. C'était Negru qui à l'aide d'esprits convoqués depuis d'autres mondes avait démoli sa villa « *Mi-e dor !* ».

Fontaine n'aurait pas pu dire comment il avait procédé pour éveiller et mettre en mouvement les forces occultes destructrices. Mais il savait, car il l'avait vu de ses propres yeux, que les traditions que celui-ci ressuscitait avaient des pouvoirs incalculables. Avec une malédiction et une superstition, il était capable de changer le monde à son gré, en bien ou en mal.

Si la Securitate l'avait recruté, alors : bravo ! C'était un crime que de laisser un tel pouvoir inemployé !

Son moral dégringolait plus vite que sa propriété de la Côte d'Azur. Avec la villa, son nom aussi – « *Mi-e dor !* » – sombrait dans les abîmes de l'oubli.

Il fallait faire son deuil du passé. Des forces infiniment supérieures lui dictaient :

– C'en est fini de « *Mi-e dor* » !

Il ne devait plus penser avec nostalgie ni à la bataille de Mărășești, ni aux monts Bucegi, ni aux *demoiselles de Fontaine* qui étaient en prison à cause de lui.

– *Assez !* Il est temps de commencer une nouvelle vie !

Le dimanche suivant fut le premier sans diffusion de *L'Heure de la Roumanie*. Les auditeurs eurent beau ouvrir grand leurs oreilles, ils n'entendirent plus le signal du début de l'émission donné par le chant fougueux du coq Maurice.

Le lendemain, le crayon rouge de Gheorghiu-Dej ne retrouva pas son usage. Dans la soirée, le chef de l'État fit une fête à tout casser avec le maître Bâzdâgă et quelques ballerines de l'Opéra d'État.

Ils dansèrent même sur la table avec deux d'entre elles, mais seulement après s'être déchaussés.

10

Une fois rentré de sa brumeuse mission parisienne – au cours de laquelle il n'avait fait que lancer quelques coups d'œil à Fontaine et payer la bouteille d'armagnac sans échanger le moindre petit mot avec lui –, Negru se retrouva décoré de la médaille du « X^e^ anniversaire de la libération de la patrie ».

Il ne comprit pas, au début, pour quels mérites on le récompensait, mais une lettre signée de Dej lui fit savoir qu'il figurait sur la liste des soixante-cinq intellectuels qui, en avril 1944, avaient demandé au maréchal Antonescu que la Roumanie sorte rapidement de la guerre. Son nom avait alors été ajouté sans qu'il le sache par Victor Papacostea, qui avait signé pour lui en onzième place.

Il n'y avait là rien de choquant : des amis comme eux avaient l'habitude de signer l'un pour l'autre, comme Ilf et Petrov, ou plus tard Lennon et McCartney, Jagger et Richards ou Castro et Guevara.

Le « X » au milieu de la médaille montrait bien que la malédiction des listes ne le lâchait pas. Était-ce une lettre, un chiffre ou un signe d'annulation de l'identité ? Cela voulait dire le dixième anniversaire de la libération de la patrie, mais ça pouvait passer pour une marque tracée de la main du destin pour lui barrer définitivement tout avenir.

À vrai dire, cette médaille pouvait aussi bien s'appeler « Perte de la réputation ». Être décoré par Gheorghiu-Dej par un décret publié au Journal officiel, c'était plus grave que de l'accompagner à une partie de chasse ou à une *pyjama-party*.

Plus personne ne croyait à la pureté du folkloriste, il avait perdu depuis longtemps le respect de soi. Il en était arrivé – dans ses accès de rage contre lui-même – à un *descolindat* n'exprimant que sa nature de rebelle à toutes les causes. Il n'avait été qu'un loufoque extravagant, un clown, un...

Un être puéril, comme tous les lettrés passé un certain âge.

Puérilement, il attacha au cou de Christophe la médaille reçue. La Société de protection des animaux aurait jugé contraire à l'éthique cette blague faite à un chien qui, dans la cour du consulat, ne jouissait d'aucune protection diplomatique.

À son honneur, Christophe se débarrassa de la médaille en à peine trois jours. L'enterrer dans la cour ou dans le jardin, cela semblait exclu, car les chiens ont l'habitude de confier à la terre des os ou d'autres trésors similaires, pour pouvoir les récupérer plus tard, mais pas des objets faits pour satisfaire la vanité humaine.

Negru fit de ses dernières années solitaires un tourment, cherchant toujours à résoudre l'énigme de sa non-arrestation. C'était là aussi une œuvre scientifique. Ses raisonnements changeaient d'un trimestre à l'autre, voire de mois en mois, à mesure qu'il découvrait de nouveaux éléments, qui généralement venaient contredire les précédents. Parfois, ils s'enchaînaient et semblaient le mener à la lumière, mais aussitôt un détail inédit se faisait jour sans crier gare et grippait sa théorie.

Il devenait de plus en plus évident qu'il avait échappé à l'arrestation afin que soit anéantie sa crédibilité de professeur d'âme roumaine. En lui faisant grâce, le système ne donnait pas des signes de faiblesse mais de sophistication, ce qui le rendait encore plus effroyable.

Le plan de sa discréditation semblait fondé sur un raisonnement de nature « hygiénique ». Il y a quelque part, au milieu du dos, un point que la personne qui se douche ne peut atteindre, quelle que soit la longueur de son bras ou l'habileté de sa main. Ce point demeure intangible au savon et à l'éponge ; et pourtant, le corps sort propre de sous le jet d'eau.

Sur le dos de la Roumanie *enkavédéisée, emgébéisée* et *kagébéisée,* ce point intangible portait le nom de Petru Negru.

L'antithèse entre Chantal et Michaela n'était pas faite non plus pour plaider en sa faveur. La confrontation de la tradition francophone de la Roumanie avec son présent russophone avait probablement donné lieu à un choix, à la suite duquel Michaela Ghiţulescu avait été sacrifiée et Chantal Sibou épargnée. Un troc maléfique mais en quelque sorte « à la mode », qui assouvissait l'appétit légendaire du système pénitentiaire stalinien pour la chair fraîche des jeunes filles.

Le petit béret cyclamen et les souliers bleus avaient été mis au trou, alors que le foulard gris et les chaussons de feutre jouissaient de la liberté. En se voyant permettre de poursuivre ses cours particuliers dans la cour de l'ancien consulat, Mlle Sibou devenait elle-même un objet pédagogique dans le processus de formation de l'homme nouveau.

– Venez admirer la francophonie dans toute sa splendeur ! Entrée libre ! Oui, oui, celle-là, là-bas, elle est l'image de la francophonie en Roumanie ! Applaudissez *mademoiselle Matatasalem** !

Depuis quelque temps, même ses élèves dits clandestins l'appelaient *Matatasalem* sans qu'elle se fâche. Pourquoi se fâcher ?

Vu de l'extérieur, le metteur en scène de l'échange « Michaela contre Chantal » semblait être Negru. L'opinion publique bruissait d'intenses rumeurs sur ses qualités de « tireur de ficelles ».

– Lui, avec ses relations occultes, il a offert la chair tendre de la jeune fille contre celle, filandreuse, de la vieille fille !

Sa réputation se dégradait de plus en plus.

– Voilà pourquoi on m'évite… lui faisait dire l'amertume qui l'étreignait.

Une fois l'émission de Fontaine supprimée, Michaela Ghițulescu fut libérée, un an et demi avant d'avoir purgé sa peine. Un gain précieux compte tenu des particularités douloureuses de la chronologie pénitentiaire.

Mais celle qui avait gagné davantage encore était la professeure Chehata – condamnée à la perpétuité mais relâchée après à peine deux ans et demi. En fin de compte, sa qualité de sœur d'un romancier célèbre avait compté, laissant apparaître un nouvel aspect controversé de la littérature : elle faisait mettre certains en prison, mais en aidait d'autres à faire libérer leur famille.

Le reste du Lot français suivit les traces de la professeure, non à pas de ballerine comme autrefois, mais d'un pas lourd, d'autant que certaines se firent coincer par la Securitate qui les contraignit à collaborer. Ayant fait leur temps, les filles sortirent en se conformant à la conception d'Ana Pauker en 1948 : « les prisons communistes sont de hautes écoles de rééducation » (sans savoir qu'elle aurait à bénéficier elle-même de cette rééducation).

*Les demoiselles de Fontaine** étaient « françaises » en entrant en prison, mais elles en ressortaient roumaines, guéries de tout chichi. Pourquoi faire des chichis ? Après avoir lavé les caleçons minables des soldats, avait-on encore envie de minauder ?

Aigries, elles essayaient d'oublier Smaranda Chehata et de ne plus se soucier de Marcel Fontaine. La façon dont la prison les avait converties à l'indifférence vis-à-vis de celui qui avait ruiné leur jeunesse pouvait être un avertissement pour tous les amateurs de chair tendre, qu'ils soient dragons ou princes charmants :

– Ah, vous autres, dragons aux pectoraux en tablette de chocolat et princes charmants aux cheveux gris brillantinés ! Vous qui retournez à la charrue les sillons de folliculine ! Vous les coureurs de jupons, les irrésistibles, les cons, les idiots, priez pour ne jamais être confrontés à l'indifférence de vos actuelles admiratrices !

Le plus grave, c'est qu'elles étaient devenues indifférentes à elles-mêmes. Ce qui, à vrai dire, est la forme suprême de l'indifférence.

Une fois passé la porte de la prison, leur unité fissurée, craquelée pendant leur emprisonnement, fit éclater complètement le Lot français. *Les demoiselles de Fontaine** n'existaient plus que dans les archives de la Securitate.

Par bonheur, si on peut appeler cela du bonheur, la société qu'elles avaient trahie ne les laissa pas tomber, mais leur permit de poursuivre leurs études pour se réinsérer tant bien que mal. La négociation qui avait eu lieu dans le *bistrot** favori de Fontaine avait expressément prévu ce point :

– D'accord, je renonce à l'émission *L'Heure de la Roumanie,* si vous me garantissez que les jeunes filles seront libérées de prison. Mais je veux aussi qu'elles aient le droit de se réinscrire à l'université, dans l'année où elles étaient à la date de leur arrestation.

11

Nous avons déjà évoqué cette soirée chiche en étoiles de 1942, quand Negru – qui se trouvait à Odessa avec pour mission de sauver les livres russes des territoires conquis par l'armée roumaine – avait été invité par Alexandra Tuneieva, directrice de la bibliothèque municipale, chez elle, dans le quartier de la Moldavanka. L'invitation tournait autour de certains livres provenant d'une source à laquelle il fallait assurer une discrétion absolue.

Après trois petits verres d'eau-de-vie et un déluge de sardines grillées, le mari de la directrice s'en alla dans un coin de la cour où, en poussant de toutes ses forces, il déplaça une énorme pierre. Ainsi révélé, un trou sans fond exposait ses ténèbres peu engageantes.

Reconnaissant le souffle légendaire du *nombril de la terre* qui permettait de passer sur l'Autre Rive, le professeur se laissa guider à travers les catacombes d'Odessa. Le mari de la directrice avait accroché à son épaule un sac militaire – la fameuse *tourbinka,* musette si souvent évoquée dans les contes roumains et russes –, d'où il extrayait de temps en temps une poignée de vers luisants bigleux, qu'il jetait devant lui, semant de la lumière sur leur chemin.

C'était impressionnant ! De là, de ces boyaux qui faisaient plus de mille kilomètres sous Odessa et ses environs, les partisans continuaient de harceler les troupes roumaines, ruinant la victoire éclair dont avait rêvé, avec une naïveté de poète populaire, le maréchal Antonescu.

Ils avançaient dans des eaux peuplées de bêtes grouillantes, en faisant attention de ne pas glisser sur les pierres polies par les esprits des catacombes ; ils traversaient des galeries, montaient et descendaient dans des puits étroits comme des caleçons et finirent par arriver dans la cellule où vivait le Dragon des Dragons – le chef du principal groupe de partisans.

– *Prashu vas, daragoï professor !* Entrez, monsieur le professeur !

Une telle visite, dans le nid de l'ennemi, défiait toutes les lois de la guerre. Si cela avait transpiré, Negru serait passé en cour martiale. Mais un personnage aussi indépendant que lui ne rendait des comptes qu'à ses propres cours martiales, et il en avait – Dieu merci – suffisamment.

Il passa deux bonnes heures avec le leader des partisans dans un *tête-à-tête** plus corrosif pour le cœur que l'eau pour la roche. Il l'écouta, l'encouragea et lui prêta plusieurs fois son mouchoir pour essuyer ses larmes amères. Il savait comment pleuraient les guerriers, surtout les plus courageux.

Au moment de partir, on lui baisa la main droite. Negru ne s'y opposa pas, bien qu'il détestât la contrebande salivaire masculine, qui gâchait la solennité de l'instant. Toutefois, il n'essuya pas sa main, mais attendit que les liquides de la dépression se mélangent à ceux de l'espoir pour parvenir à la consistance diamantine tant désirée.

Il quitta la cellule accompagné de son guide et d'une file de sherpas, le dos ployant sous la charge. Au fond du dernier puits, une poulie soulagea leurs échines. Les caisses furent remontées une à une dans la cour d'Alexandra Tuneieva, après quoi le bloc de pierre fut replacé sur le nombril de la terre.

Negru empila les caisses dans la remorque de la voiture de service et les emporta à la gare. Les horloges de la ville piquaient la nuit de leurs aiguilles, préparant par acupuncture le mariage du monde des ténèbres avec sa compagne réelle. Le véhicule roulait silencieusement, pareil à un jeune cheval indien aux sabots recouverts de paille.

C'est ainsi que fut sauvée la bibliothèque des partisans des ténébreux sous-sols d'Odessa. Car dans le chargement que les sherpas avaient porté pour Negru et qu'il charriait à présent jusqu'à la gare, il n'y avait que des livres.

Des livres, des livres, des livres… Avec ceux rédigés par les plumes universellement reconnues de l'humanité, avaient été sauvées aussi d'une destruction certaine des créations individuelles ou collectives dont les partisans eux-mêmes étaient les auteurs.

Des recueils de poèmes et d'essais, des tas de nouvelles, de pièces de théâtre, quelques scénarios de films et une douzaine de romans… Plus environ vingt journaux intimes rigoureusement tenus, qui renfermaient les impressions sur des embuscades, avant ou tout de suite après leur réalisation.

Une littérature authentique, issue de cet état de grâce qui n'était l'apanage que des grands créateurs artistiques du monde !

Une épaisse anthologie de contes de fées occupait une place particulière parmi les œuvres écrites par ces héros de l'ombre et sauvées grâce au courage de Negru. Prenant leur source dans des faits d'une bravoure surhumaine, ils évoquaient le pouvoir de l'Autre Rive sur la grandeur de quoi s'appuie le Monde réel. Car, sans l'Autre Rive, son véritable frère ne serait qu'une casemate aux murs de torchis.

On aurait peine à croire que l'importance de l'imaginaire collectif des partisans dans la défaite du nazisme puisse être rappelée lors d'une quelconque cérémonie d'anniversaire. Si ce miracle se produisait, alors un discours soulignerait peut-être que l'on ne pouvait pas être un véritable partisan si on n'était pas capable de forger des contes des fées, et, surtout, si on ne croyait pas fermement qu'ils étaient vrais. Dans leur résistance héroïque, les guérilleros des catacombes avaient besoin d'une nourriture imprégnée d'hormones mystiques. Leurs réserves s'épuisaient, y compris leurs réserves nerveuses, et la nécessité de créer entre eux des liens non seulement idéologiques, mais aussi trophiques, donnait lieu à des discussions dépourvues de principes et à des conflits spontanés.

Par exemple, au début, il fut décidé de mettre à la marmite les faibles et les malades, avec les camarades fées qui avaient un polichinelle dans le tiroir à la suite d'ensemencements trop abjects pour un combat qui se voulait idéaliste. Sauf qu'il y en avait eu un – subversivement planqué derrière l'assemblée – qui n'avait pas su tenir sa langue :

– Je ne comprends pas la logique ! Pourquoi manger les mauvais et pas les bons camarades, dont les protéines sont plus pures et plus révolutionnaires, donc mieux adaptées à nos objectifs ?

Il n'avait pas fini d'exprimer son idée que deux ou trois conspirateurs, de mèche avec lui, se précipitaient sur le chef :

– Tu es le meilleur d'entre nous, c'est toi que nous allons manger en premier !

Le chef se vit dans l'obligation de leur tirer quelques balles dans le corps, avec le chagrin typique des leaders en de telles circonstances.

– En attendant, il faut se débarrasser des traîtres ! C'est eux qui feront le premier saut dans la marmite ! En vous précipitant sur moi, non seulement vous avez enfreint le statut de l'organisation du Parti et l'ordre du jour de la réunion, mais vous avez fait la preuve que vous étiez vendus aux fascistes !

À la suite de cette exécution sommaire, la nourriture fut assurée pour presque un mois.

Il convient de signaler que, dans l'esprit de l'alimentation scientifique promue par le communisme, les partisans ne s'étaient pas une seule seconde posé la question du sacrifice d'une de leurs chèvres, qui se nourrissaient de leurs mégots. Les chèvres fournissaient du lait plein de messages maternels qui vous réchauffait le cœur, reconstituait les forces et refermait les plaies mortelles.

Ces partisans, qui coupaient les gosiers comme on coupe de l'oignon et transformaient les fémurs en cuillers à mélanger la soupe aux tripes, tenaient à ce que la bibliothèque leur survive. Ils étaient condamnés à mourir tôt ou tard, mais la vie des livres écrits par tant de grandes plumes du monde, aussi bien que par leurs propres plumes, devait être sauvée à tout prix.

Ce qu'ils lisaient dans les profondeurs, ce n'étaient pas d'épais volumes oints à l'huile sacrée bolchevique issus des plumes jumelles de Marx et Engels… mais des œuvres littéraires de grande classe, de Maupassant, de Jaroslav Hašek, Jack London, Knut Hamsun, Mark Twain, Lewis Carroll – et fait tout à fait surprenant – Jorge Luis Borges. On ne trouvait pas les biographies des grossistes du communisme comme Lénine, Staline ou Jdanov, mais celles de picoreurs de beauté comme Michel-Ange, Dickens et Rodin.

Fait extraordinaire, les œuvres d'auteurs interdits par le pouvoir soviétique comme Isaac Babel ou Daniil Harms furent détruites après lecture. Que ceux-ci aient été réhabilités ultérieurement confirme le professionnalisme littéraire des partisans. Quand on vit dans l'écorce terrestre et qu'on lutte contre le mal de l'intérieur, les jugements prennent d'autres dimensions, une autre consistance, une autre… une autre…

Grâce aux livres, dont le souffle brûlant calmait leur tentation de déposer les armes et dynamisait constamment leur courage, la grandeur de ces êtres apparemment déshumanisés ressortait avec éclat. Dans ces œuvres empaquetées et pourvues de quittances de dépôt et de réception, il y avait la lumière de leur âme légendaire.

C'est là qu'on retrouvait le *colindat*, le chant pur qui parcourt le monde en tous sens, mais qui n'est jamais perdu. Comparé à la nécessité de sauver le patrimoine, le fait qu'ils aient eu recours aux protéines de leurs camarades était ramené au rang de simple détail culinaire.

Ancien contrebandier devenu officier du NKVD, le leader avait pleinement confiance en Negru, lequel avait, de plus, traduit à sa demande les récits de Borges, à commencer par *Le Jardin aux sentiers qui bifurquent*, publié en 1941 dans la revue *Sur*. Même si le folkloriste avait le grade de capitaine dans le camp ennemi, il n'y avait personne mieux à même que lui de sauver leur trésor spirituel.

En plus des contes de fées et des journaux intimes que les partisans avaient écrits, Negru se chargea aussi d'autres créations personnelles : tableaux, morceaux de musique symphonique – une sonate pour violon et violoncelle, quelques nocturnes pour piano et un concerto pour hautbois composé après un attentat au cours duquel deux camarades avaient été tués et cinq autres blessés. La collection de sculptures modernes sur os, qui confirmait avec franchise que l'art véritable ne peut exister sans sacrifices, fit l'objet d'une attention toute particulière.

Le cœur en miettes à l'idée de devoir se séparer d'un objet tant aimé, le chef lui remit une flûte fabriquée à partir d'un fusil à lunette allemand. Elle lui avait servi à jouer des romances et – je te supplie de garder le secret, cher Piotr Nikolaïevitch – plus d'un blues composé par les camarades noirs américains et parvenu par les routes de la soie artistiques de l'Alabama jusqu'à Odessa.

Negru réceptionna avec émotion les œuvres qui constituaient la bibliothèque, la pinacothèque et la phonothèque de ces personnages plus proches de héros de contes de fées que réels. Il était fier d'avoir été celui qui avait gagné leur confiance.

C'était pour lui une nouvelle confirmation que les guerres ne se remportent pas seulement avec les canons, mais aussi avec les contes de fées. Ou plutôt, ce n'est pas la peine d'avoir des canons, si on n'a pas de contes de fées !

Dans le train qui le ramenait d'Odessa à Iași, le folkloriste caressait le dos des livres comme on caresse le dos d'un chien fidèle. Et il lui arriva même de jouer un blues frissonnant avec la flûte tirée d'un canon de fusil…

Lui qui, de toute sa vie, n'avait jamais entendu un blues et ne savait pas jouer de la flûte !

12

Après la guerre, la bibliothèque des partisans fut récupérée par le nouveau mentor de la Roumanie et fourrée au fond d'un placard ultrasecret. Pourtant, Negru fut inscrit en onzième position sur la liste des pilleurs de l'URSS, afin d'éviter, ne serait-ce que momentanément, les questions embarrassantes le concernant.

C'est encore pour que l'opinion publique et surtout les collègues universitaires ne le soupçonnent pas de collaboration avec les Russes qu'il fut mis à la porte de l'Enseignement supérieur.

En réalité, pourtant, ses amis de l'Est lui restèrent reconnaissants et le protégèrent toute leur vie – certes, à leur façon, pas toujours très raffinée. Dans les bureaux du Kremlin, lui, l'infatigable combattant anticommuniste, était considéré comme un grand bienfaiteur, fût-il involontaire.

Mais y a-t-il en ce vaste monde des actes plus sincères que les actes involontaires ?

Le conte de fées de qualité est issu de la réalité, mais la bonne réalité se nourrit aussi de contes de fées. Malgré les airs de grands chefs qu'affichaient les dragons roumains, ils n'étaient pas faits d'une essence supérieure, et cela se voyait à leur incapacité à reconstituer leur tête. S'ils avaient la tête coupée par accident ou par le sabre de l'adversaire, alléluia ! il n'y en avait pas une autre qui leur poussait à la place ! Et quand le dragon roumain était tué, il ne ressuscitait jamais, au grand jamais.

Les dragons dominants avec pléthore de têtes montées sur des cous en béton, c'étaient les commissaires envoyés par Moscou. Ils faisaient la pluie et le beau temps dans l'Économie, l'Armée, la Securitate, l'Art et autres domaines d'intérêt national de Roumanie. Ils étaient ceux qui décidaient des récompenses et des punitions : ils donnaient le ton à l'hymne national, et c'est encore eux qui distribuaient les cartouches au peloton d'exécution, même s'ils laissaient aux gens du cru la satisfaction fumigène d'appuyer sur la gâchette.

Toujours est-il que, dans la foule de serpents des commissaires soviétiques, la liberté de Piotr Nikolaïevitch Negrov était considérée comme inattaquable. De même que personne ne pouvait s'attaquer à Mihai Beniuc – l'auteur du fameux *Chant pour le camarade Gheorghe Gheorghiu-Dej* –, on ne pouvait pas non plus s'en prendre au sauveur de l'esprit sensible et tumultueux des partisans.

Quand finalement les commissaires soviétiques quittèrent la Roumanie, Petru Negru se retrouva en tête de la liste des protégés de l'URSS, ce qui démontrait que toutes les listes de sa vie n'étaient pas dignes d'être répudiées.

– Gheorghi Afanasievitch, prenez soin de Petroucha Nikolaïevitch, car s'il lui arrivait des bricoles, il ne faudrait pas qu'il vous arrive un mauvais coup à vous aussi !

Après le départ des commissaires, les Roumains bénéficièrent de visites de courtoisie de la part des Soviétiques. Lors de l'une d'entre elles, couronnée par une partie de chasse dans les forêts de la région de Neamț, Nikita Khrouchtchev pria Gheorghi Afanassievitch, comme on appelait Dej à Moscou, de transmettre ses chaleureuses salutations à Petroucha Nikolaïevitch Negrov.

Bien qu'il eût compris le message, Dej priva Petroucha de ces salutations, par orgueil doublé d'un peu d'envie, les communistes étant des êtres humains eux aussi, même s'ils ne le laissaient pas toujours paraître.

Il convient d'ajouter que ce caractère intangible des dragons soviétiques ne se manifestait que pendant leur évolution sur le territoire roumain. Une fois revenus dans leur pays, ils retrouvaient leur caractère éphémère et tombaient sous le coup de pulsions cannibales illustrées par les épurations à l'intérieur du système. Périodiquement, le fémur et le crâne de l'un d'entre eux se convertissaient en cuiller et en louche pour le dîner des autres.

S'il avait été citoyen de l'URSS, le déviationniste Negru aurait pu voir sa cravate changée en corde de pendu, sans état d'âme. Mais dans un pays-tampon comme la Roumanie, où les métastases de la francophonie exigeaient des thérapies policées, les affaires de ce genre devaient être abordées avec l'attention d'un orfèvre.

Les bolcheviques avaient la réputation qu'ils avaient, mais ils ne pouvaient pas être barbares au point d'exécuter un grand protecteur de l'âme russe. Lui, qui avait risqué sa vie comme officier dans l'armée roumaine, recevoir des balles en guise de reconnaissance ? Vous ne croyez pas que Lénine se serait retourné dans sa tombe, et peut-être même Dostoïevski ?

– Si c'est un ordre, alors : avec plaisir !

Comme la protection du Kremlin immunisait l'ethnologue, Dej pensa à l'utiliser un peu dans l'intérêt national, c'est-à-dire personnel. Peu à peu, son côté chercheur fut adapté au goût du régime, de sorte qu'à la reconnaissance soviétique s'ajoute, tacitement, sa petite sœur roumaine.

Dans les bureaux du Parti, Negru était considéré comme un communiste clairvoyant, et plus d'un se souvenait que, de sa bouche, apparemment souillée, étaient sorties des idées d'une réelle utilité pour l'institution vitale du pays. Il convenait ainsi de rappeler les arrestations effectuées entre Noël et le Nouvel An, tout comme celles des jours de fête ou d'anniversaire de l'ennemi de classe.

Parmi ses autres contributions, il ne fallait pas oublier son étude des tatouages, que Gheorghiu-Dej, en vieux lecteur nicotinique, avait dévorée et transmise à ses anciens compagnons de prison ; ces derniers avaient honte des tatouages qu'ils portaient et tentaient même de les effacer dans diverses cliniques dermatologiques. Certains, il est vrai, représentant des sirènes nues ou des crânes sur deux os croisés, ne trouvaient plus guère leur place dans la nouvelle société. Ceux à tendance idéologique avec de tendres faucilles sur la poitrine stalinienne des marteaux avaient, cependant, gagné leur droit à la pérennité, aussi longtemps que la peau vivrait sur les os.

– Hé, les gars, regardez-moi ça ! notait Dej au crayon rouge dans la marge de l'étude. L'éminent Negru dit que, de tous les peuples balkaniques, le plus amateur de tatouages était celui des Thraces ! Dromichete avait le corps plein d'inscriptions qui convoquaient les organes habilités du ciel et de la terre pour soutenir son combat de défense des frontières du pays. Et vous, vous avez honte des tatouages des prisons capitalistes où nous seuls savons à quel point nous avons souffert. C'est pas possible !

À la suite de sa juste intervention, les communistes en vue non seulement cessèrent de fréquenter les cliniques dermatologiques pour chiffonner et jeter à la poubelle leurs vieux tatouages, mais s'en firent imprimer de nouveaux. On pouvait même apercevoir à travers la chemise du camarade Dej un Dromichete pectoral de date récente…

Quant à ceux qui étaient immaculés, ils décorèrent leur peau pour la sauver et éviter d'être accusés de déviationnisme.

De même que certains chiquent du tabac, Negru chiquait de la poudre à canon. Il débordait d'esprit critique, or l'esprit critique, instrument de mesure de l'exigence, figurait en tête des coutumes archaïques de notre peuple. N'avons-nous pas appris grâce au père de l'Histoire, Hérodote, que les Gètes s'étaient révélés « les plus justes et les plus courageux des Thraces », autrement dit ceux qui exigeaient le plus d'eux-mêmes ?

Negru était un diamant. Grâce à la couche de cendre qui recouvrait constamment son éclat, aucun serpent aux ambitions de dragon n'osa l'avaler.

Il avait été et demeurait un diamant caché qui jouait d'une manière énervante avec la mémoire collective. On ne lui pardonnait pas ses recherches qui mettaient en lumière des traits du caractère humain mis sous le boisseau, bien qu'il n'existe pas de blanc sans noir, de lumière sans obscurité, de beau sans laid et d'amour sans haine.

Au cours d'une visite à Iași à l'occasion du début d'une nouvelle année universitaire, Gheorghiu-Dej tint à faire sa connaissance. Quand il le vit approcher, ses pectoraux se crispèrent et le visage tatoué de Dromichete se tordit, tant l'allure du folkloriste lui rappelait clairement l'arrogance de Lucrețiu Pătrășcanu.

En y regardant de plus près, Dej se rendit tout de même compte que ce qu'il prenait pour de l'arrogance était la fierté paysanne de celui qui portait des chaussures en regrettant les savates paysannes. On pouvait toujours faire sept statuettes d'argile à un homme moralement aussi pur, on pouvait les faire cuire dans de la braise tirée des fours de l'enfer, elles ne se seraient jamais fendillées.

Negru était-il fou ? Peut-être. Mais c'était notre fou. De même que tous les pays s'enorgueillissent de leur poète national, de leur compositeur national, pourquoi ne pas s'enorgueillir encore plus du fou national, si sa folie est en harmonie avec les idéaux de la patrie ?

Et, *à propos** de la tentation de jouer avec le temps que Negru empruntait aux contes de fées : même un attardé mental comme Dej avait compris que Moscou représentait pour le peuple roumain une étape obligatoire, mais rien de plus qu'une étape.

Une étape qui couvrit des décennies longues comme des siècles, mais pas des millénaires. Les millénaires ont subsisté dans le patrimoine de notre pays, qui peut les utiliser comme bon lui semble.

Le folkloriste fut constamment « persécuté », si l'on en croit les quelques articles posthumes parus dans la presse sous la rubrique « Les grands Roumains ». Mais sa liberté et son intégrité physique ne furent jamais mises en danger.

Et il ne manqua pas de moyens de subsistance. La modestie de sa pension fut toujours compensée par la rémunération de son épouse.

Si on lui avait réellement infligé une mise en scène, le but en était plutôt de railler son processus de création que de briser sa plume. Car, une chicane par-ci, un coup de pied dans les parties du corps prédisposées à la lenteur par-là, sa fièvre scientifique fut constamment stimulée. Quand il était déprimé, il se retrouvait vite dans un avion qui l'emmenait, accompagné d'un sécuriste en civil, à quelque congrès d'ethnographie ou de folklore.

– Sofia, nous voilà !

– Cracovie, nous voilà !

– Sarajevo, nous voilà !

Ce qui était cruel, c'était de revenir sur le sol de la patrie, où les portes, qui semblaient s'entrouvrir dans l'avion, écorchaient de leurs barreaux son nez de brise-glace de la guerre froide !

L'opinion de ses confrères ne comptait pas, car seule l'opinion unanimement négative soutient les affres de la création. Dans le cadre du cannibalisme humain de loisir, qui fonctionne parallèlement à celui dicté par les nécessités nutritionnelles, le milieu des savants et des artistes se distingue par un appétit insatiable. Derrière les nœuds papillon qu'arborent les inadaptés qui se présentent au monde comme les plus grands avant-gardistes se cachent des bêtes sauvages qui, à la première occasion scientifique ou esthétique, bondissent pour se gorger de sang riche en éléments nutritifs.

J'ai eu beau aller frapper à d'innombrables portes capitonnées, compléter des tas de formulaires, m'adresser à divers organismes, dans l'espoir de récupérer au moins deux ou trois contes de fées écrits par les partisans des catacombes d'Odessa, je suis resté bredouille. Je ne suis pas parvenu à me procurer non plus le moindre roman, récit ou pièce de théâtre, ou quelque journal intime, provenant de leur milieu si fertile.

Je dois reconnaître que ce qui m'intéressait le plus, c'étaient les contes de fées. Je me demande ce qu'ils renferment de superstition ou de secret impossible à révéler, pour que leur divulgation soit si radicalement empêchée. C'est ainsi que le professeur Negru en restera le seul lecteur, hormis les colonels et généraux des services secrets russes.

Mais si lui aussi a préféré garder le silence, il a peut-être eu une raison valable. Ou n'en a pas eu, car les non-conformistes l'ouvrent quand il ne faut pas et la ferment quand tout le monde les implore de parler.

Je n'ai trouvé qu'une seule référence dans ses notes que j'ai pu récupérer, mais elle n'a pas trait au contenu, seulement au style des contes, romans, récits et pièces de théâtre. S'il fallait leur accorder quelque crédit, les œuvres des partisans présentaient de nombreux points communs avec la manière de ces dramaturges et romanciers britanniques qui allaient conquérir les cœurs occidentaux après la guerre sous le nom de *Angry Young Men.*

Comment des contes russes avaient-ils pu être écrits avec la nervosité britannique ? C'est un de mes sujets de prédilection pendant mes insomnies, même si je me suis familiarisé avec des auteurs comme John Osborne, Arnold Wesker ou Alan Sillitoe.

Le savant faisait-il référence à la soif de justice sociale des partisans et à la force avec laquelle ils disaient « non » au fascisme, au tsarisme, à la religion, une soif égale à celle des *Angry Young Men* ? Ou bien avaient-ils en tête des personnages issus du monde des travailleurs, des soldats, des miséreux ?

Si l'on se hasardait à le psychanalyser un peu, je dirais plutôt que Negru en était arrivé à considérer ces contes de fées comme s'il les avait écrits lui-même, car il était lui aussi un éternel jeune homme en colère, souvent jusqu'à l'hystérie.

Quoi qu'il en soit, nous retenons ce cas comme étant le seul de l'histoire où une littérature destinée à être orale est restée enfermée dans le mutisme.

Le livre *Le Descolindat chez les Roumains* comprenant le chapitre « Le *descolindat* issu d'antipathies religieuses et ethniques » fut publié à titre posthume en 2005 aux Éditions de l'université de Iași. À la manière d'un héros de conte de fées, Petru Negru revenait, mystiquement réincarné sous forme de papier, dans l'institution qui l'avait mis à la porte un demi-siècle auparavant.

Pour preuve qu'il est néanmoins difficile de prendre une revanche par une œuvre scientifique, de la meute des cinquante lecteurs de ce livre plein de malédictions et de bagarres, j'ai été le seul à remplir les marges d'annotations.

Fatalement, j'ai été contaminé par l'une des habitudes qui ont façonné la personnalité de Gheorghiu-Dej.

13

Dans un sondage réalisé en mai 1945 par l'IFOP (Institut français d'opinion publique), 57 % des Français se disaient convaincus que le sort de la Seconde Guerre mondiale avait été scellé par les victoires de l'URSS. 20 % préféraient les Américains, alors que 12 % se tournaient, pleins de reconnaissance, vers les furieux Britanniques de Churchill.

La tonalité de cette perception devait beaucoup au leader d'opinion Charles de Gaulle, qui allait même boycotter les festivités du vingtième anniversaire du Débarquement en Normandie.

– Il s'agit d'une affaire anglo-saxonne dont la France a été exclue ! disait-il pour expliquer son attitude, avec une frustration aussi durable que les autoroutes de Hitler.

Celui qui aime jouer sur les mots dirait qu'il n'était pas simple d'exclure la France de cette « affaire », puisque l'« affaire » se déroulait précisément sur son territoire.

Il fallut quelques reprises historiques et un changement de génération pour que le résultat de 1945 soit renversé, comme dans un match de foot où l'équipe menée 3-0 réussit à gagner par 4 à 3. Un nouveau sondage réalisé par le même IFOP en 1994 révélait que 49 % des Français étaient disposés à allumer une Camel américaine – alors que le gros-gris stalinien ne rassemblait que 20 % des suffrages et le cigare de Churchill, 16 %.

Enfin, l'année 2015 entérinait la suprématie des Américains, qui obtenaient une majorité de 54 % des voix françaises, face aux Russes qui jouissaient d'une augmentation d'à peine 3 % par rapport aux résultats antérieurs, pour culminer à 23 %. Les gars de Staline avaient tout de même cinq longueurs d'avance sur les Britanniques – mais c'était une piètre consolation. Je méditais sur ces scores dans une station-service d'autoroute. J'allais dans le Calvados et je me sentais comme dans une officine de paris sportifs, dont le siège central serait le cimetière de Colleville-sur-Mer au milieu de Omaha Beach.

– *Putain**, combien les Américains vont-ils gagner de points cette année ? Ou bien, par miracle, les Russes seront-ils *back in business* ?

Quelques regards m'avertirent que j'avais posé ma question à haute voix. Deux échanges verbaux de plus entre Russes et Américains, et je risquais de me retrouver dans une ambulance direction l'hôpital psychiatrique.

D'ailleurs, je méritais d'être interné. Il fallait être malade pour faire ce trajet jusqu'en Normandie, rien que pour assister aux festivités du soixante-quinzième anniversaire du Débarquement des Alliés. « En des temps incongrus, tout homme normal et intelligent passe pour un excentrique. » J'avais noté dans mon carnet cette remarque à large spectre de Petru Negru.

L'acteur David Niven, qui avait fait la guerre, était du nombre de ces excentriques. Alors qu'il débarquait en Normandie, avec pour ordonnance Peter Ustinov, un autre futur classique de l'écran, il encourageait ainsi ses hommes, d'une manière qui narguait la mort :

– Arrêtez de râler ! Pensez donc à quel point ce sera gonflant pour moi de rejouer ces scènes dans un film avec Errol Flynn !!

Par souci d'exactitude, je dois dire que je ne suis pas sûr à cent pour cent que le verbe utilisé par Niven ait été

« râler ». Mais « gonflant » a certainement été prononcé, et plus d'une fois.

Niven et Ustinov, l'officier et l'ordonnance. Une sorte de Fontaine et Negru, à une guerre mondiale d'écart.

Je parcourais la France depuis un bon mois. Contrairement aux apparences, je n'étais pas sur les traces de Marcel Fontaine, mais plutôt, de manière détournée, sur celles de son ordonnance, Petru (Pierre, Piotr, Pétroucha ou Peter) Negru.

J'avais un plan. Le vétéran de guerre Daniel Katz avait accepté de me voir pour bavarder tranquillement entre quatre yeux après sa prestation :

– Ils m'ont fourré dans un numéro spécial ! Un show à l'américaine, mais je ne peux pas me défiler ! Tu veux, tu veux pas, tu y vas quand même !

Nous nous étions parlé au téléphone, à la veille de son départ des USA vers la France, et je m'étais réjoui d'entendre son langage bigarré, prouvant qu'il n'avait pas oublié la langue roumaine. Il avait l'esprit vif, j'avais à qui parler.

Il fallait pourtant que je sois très astucieux avec lui. Je ne pouvais pas me permettre d'être trop métaphorique, parce qu'un homme de son âge, quatre-vingt-dix-huit ans, je risquais de l'endormir. D'autre part, si je lui posais des questions trop directes, je pouvais faire surgir quelque souvenir colmaté qui aurait transformé le terrain de notre conversation en bourbier.

Je connaissais bien son histoire de fils d'aubergiste à Oprișeni, non loin du shtetl de Fălticeni. Il avait été le seul Juif dans une classe de Roumains, à cause de l'entêtement de son père, Willy Katz, qui tenait à l'intégrer parmi les autochtones.

Cela n'avait pas été facile. Daniel avait subi le harcèlement verbal et physique de ses camarades de classe, il était l'élève qui cumulait le plus de surnoms. Il ne réagissait pas, pour ne pas mettre ses agresseurs en colère, car s'il avait déjà trois surnoms, rien n'empêchait de lui en donner un quatrième. Les professeurs prétendaient que plus personne ne pouvait se voir attribuer un surnom à l'école, à cause de la voracité de Katz qui les prenait tous.

Finalement, ce garçon fut assimilé. En revanche, ce qui a coincé, c'est l'assimilation de son père, vétéran de la Grande Guerre, qui avait bien fonctionné jusque-là.

C'est ainsi qu'en 1935 la famille Katz a émigré. L'auberge Aux Cinq Étoiles fut abandonnée et ils partirent pour l'Amérique.

Le vétéran Daniel Katz ne pouvait pas se douter que j'étais au courant du réveillon qui avait provoqué l'émigration de sa famille. Pour en arriver à ce point, je devais faire appel à mon héritage de diplomatie. Je me proposais de prendre des chemins détournés.

– En juin 1944, quand vous flottiez au-dessus de la Normandie, l'image de votre pays natal a-t-elle influé sur votre courage ? Autrement dit, vous, le héros de la 101st Airborne Division, vous êtes-vous battu aussi pour la Roumanie ? Et puis, au cours des soixante-quinze années suivantes, comment avez-vous gardé la Roumanie dans votre cœur, si vous l'y avez gardée ?

Si je parvenais à défricher la zone de mauvaises herbes, il me serait facile d'en arriver à Negru.

– Vous souvenez-vous de ce professeur colossal qui avait été un camarade de votre père à la bataille de Mărășești ? Negru… Oui, Petru Negru ! Ah booon ! vous avez passé un réveillon ensemble ? Ne me dites pas qu'il est venu à Oprișeni… Ah ouiii ? c'est extraordinaire. Il s'agit bien du réveillon de 1935 ? Attendez voir : ce ne serait pas l'année où vous avez émigré en Amérique ? J'adore les réveillons, même si je dois admettre que certains m'ont rendu très malheureux. Vous aussi ? Ah, ça, c'est trop fort !

Par la suite, mes qualités d'écoute n'avaient qu'à ouvrir grand leur entonnoir, je n'avais qu'à l'inciter comme dans les contes roumains :

– Allez, raconte, Daniel, raconte… Parle de toi, de tes parents, Willy et Barbara, des camarades de classe qui te tarabustaient, te faisaient avaler des couleuvres, t'accablaient de surnoms, parle de la visite de Negru et de ton chien, si tu en as vraiment eu un… J'ai bien deviné, pas vrai ? C'était un caniche ? Un caniche abricot ? J'aime les caniches, surtout quand ils sont abricot. Il s'appelait Tom, comme l'acteur Hanks qui joue le rôle principal dans *Saving Private Ryan* ? Autre coïncidence !

Lors de notre rencontre, j'allais apprendre en quoi consistait le « show américain », à la suite duquel il allait venir me parler. La série d'excentriques que je rencontrais n'en finissait pas de s'allonger.

Mais c'était très bien comme ça. Tout le monde n'a pas la chance de rencontrer des excentriques.

14

Par sa façon majestueuse de dominer le ciel, le parachute semblait être l'accessoire d'un conte de fées avec des princes charmants nés pour affronter et écraser toutes sortes de monstres, d'ogres et de dragons.

Vu sous un autre angle, ce même parachute rappelait les jupons d'une grand-mère universelle et semblait pouvoir recueillir entre ses plis tout ce qu'il y avait de plus orphelin sur notre planète.

Des enfants, des adultes, des vieillards le suivaient avec leurs jumelles ou à l'œil nu, en s'émerveillant non tant du spectacle en soi que de sa signification. Car le protagoniste n'était pas n'importe qui, mais Daniel Katz, âgé de quatre-vingt-dix-huit ans, qui tenait à effectuer son saut comme en cette nuit du 6 au 7 juin 1944, quand il avait été parachuté comme simple soldat de la 101st Airborne Division.

C'était la preuve suprême que l'uniforme Airborne, avec son aigle sur la poitrine, allait toujours aux héros de la Seconde Guerre mondiale, même quand ceux-ci frôlaient les cent ans. Daniel Katz représentait ces héros gravés dans la mémoire collective, auxquels nous devons nos libertés démocratiques d'aujourd'hui.

Il ne pouvait pas y avoir de meilleur moment pour l'apogée des festivités du soixante-quinzième anniversaire du Débarquement de Normandie. Dans l'océan humain qui recouvrait ce lieu, le cercle prestigieux des présidents, avec en son centre la reine d'Angleterre, se distinguait par sa prestance.

L'ample ondoiement des drapeaux américains, français, britanniques, canadiens, était imité par les ailes de libellule des petits drapeaux à main. Le voile d'un murmure incessant dominait la scène, d'où perçaient par moments des hourras pleins de reconnaissance :

– *Airborne ! Airborne !*

On criait d'abord *Airborne !* simplement, avec un seul point d'exclamation. Puis on passa à *Airbooorne !!!* avec deux *o* de plus et tout autant de points d'exclamation, puis à trois et quatre, car l'admiration humaine se mesure à l'ajout de voyelles et de ces points d'exclamation qui forgent les cris d'enthousiasme.

Sous les tirs de l'artillerie ennemie, en cette nuit du 6 au 7 juin 1944, le cœur du soldat américain Daniel Katz avait trouvé moyen de métamorphoser sa terreur en courage. Pour ce troc d'émotions difficile, il lui avait suffi de fouiller dans sa musette à provisions afin d'en extraire quelques conserves de souvenirs.

La première conserve contenait le surnom de « *tertanne* » donné aux Juifs originaires de Galicie et venus s'installer en Roumanie. C'était un sobriquet comestible qui n'avait rien perdu de ses valeurs nutritives.

Le mot « *tertanne* » était, lui aussi, un immigrant. Il était entré en Roumanie, son balluchon sur l'épaule, mais tête haute, venant du vocabulaire germanique où « *Untertan* » signifiait « sujet d'un autre État ». Dans le cas de Juifs galiciens établis sur le territoire roumain, *untertan* c'était donc « un citoyen autrichien ».

– *Österreichischer Untertan !* ainsi se présentait le Juif émigré de Galicie devant les autorités roumaines, pour gagner un brin de prestance.

La prestance avait été acquise, mais pour peu de temps, et la prestance qui ne dure pas, c'est du pipi de chat. L'honneur de l'*Untertan* s'est vite retrouvé au fossé ; mais pas du fait des autorités, plutôt de la fantaisie du peuple roumain. Toujours prête à taper sur les étrangers, la fantaisie populaire avait décapité « *Untertan* », d'un geste de bourreau, en ne gardant que la racine « *tertan* ».

Ce coup, digne d'un docteur ès lettres, eut pour résultat une offense imparable. Car le « târtan », dénommé scientifiquement *Crambe tataria*, c'était le nom d'une mauvaise herbe qui s'attaquait vicieusement aux céréales et les étranglait sans pitié. Dans les champs de Roumanie, le « târtan » – en insinuant subtilement ses racines dans un sol étranger, suivi par la conjuration des feuilles – pillait la sève des récoltes, en laissant l'orge, le blé et le seigle mourir de soif.

Le paysan roumain haïssait de tout cœur le « târtan », qu'il considérait comme une calamité pour les champs. Là où il le surprenait à tisser ses rets, il l'éliminait à la faux ou à la bêche, puis l'écrasait à coups de pied en le laissant en proie aux vents qui l'emporteraient au plus profond des ravins.

S'il fallait éradiquer le « târtan » des champs, le « târtan » bipède méritait le même sort, lui qui dérobait la sève du peuple roumain pour en faire ce que bon lui semblait. Le « târtan » bipède n'épargnait rien de ce qui appartenait au Roumain, réalité que ne manquait pas de souligner le prêtre Mihalache aux offices du dimanche. Une fois, il avait raconté dans l'église d'Oprișeni comment la *hora*, la ronde des Roumains et des Roumaines, était parvenue en Palestine. Traînée dans des couffins à double fond, la *hora* ancestrale avait vite acquis le statut de produit juif.

– Il ne leur a pas suffi d'arracher la nourriture de la bouche de nos enfants, il a fallu qu'ils leur arrachent aussi la *hora* sous le pied ! Ils vont bientôt nous demander de payer une redevance en prétendant qu'elle est à eux ! Je vois venir le jour où le Roumain devra mettre la main au porte-monnaie et donner des sous gagnés à la sueur de son front quand il voudra entamer sa ronde ancestrale.

Le murmure fut alors si fort qu'il éteignit les cierges dans l'église. Le prêtre Mihalache avait eu beau se donner toutes les peines du monde, il n'était pas parvenu à les rallumer. C'était un avertissement venu du ciel, un « Bas les pattes des traditions roumaines, engeance de diables ! ».

Comment un être humain pourrait-il gérer les instants critiques, si les souvenirs essentiels avaient une date de péremption ? Dans le cas du jeune parachutiste Katz, ce n'étaient pas les joyeux souvenirs qui revêtaient son moral d'une armure, mais les tragiques.

Rien ne pouvait entraver le flottement de l'ancien « târtan » au-dessus des terres normandes. Nulle usine nazie n'avait pu créer la balle capable d'anéantir sa mission, en ces journées décisives pour le sort de l'humanité.

Lors du dernier réveillon « fêté » à Oprișeni, il avait écouté, caché derrière les rideaux, les jeunes chrétiens qu'une tradition terrible amenait à leur porte. Les époux Katz les avaient attendus, crispés, comme chaque année.

Ils avaient pour invité Petru Negru, camarade de Willy Katz durant la Grande Guerre. Celui-ci enseignait la littérature russe à l'université de Iași, mais sa passion, c'était le folklore cueilli à la source. Sur le front déjà, il étudiait les coutumes villageoises auprès des soldats, et il les avait décrites plus tard dans des publications scientifiques présentées à des colloques nationaux et internationaux.

On avait éteint toutes les lumières chez les Katz, mais les invités indésirables entendaient le cœur de leurs proies palpiter sous le plancher de leurs poitrines. Chaque année, leur hostilité devenait plus glaciale.

L'inversion des lumineuses coutumes du *colindat* et du *plugusor* menait les gars vers les maisons des métèques, non pour les bénir, mais pour leur lancer à la figure les pires malédictions. L'âme noircie de suie, ils ne venaient pas souhaiter santé et prospérité à l'aube de l'année nouvelle, quand les batteries humaines se chargent d'espérance ; non le bonheur et la réussite, auprès de ceux qu'ils aimaient...

... mais la maladie, la faillite, les catastrophes.

Lancées à une autre période de l'année, les imprécations et les insultes auraient vu leur vigueur prémonitoire estompée. Mais là, elles prenaient l'allure de décisions judiciaires sans droit d'appel.

Que les souris et les rats
Viennent tout dévorer chez toi !
Des ronciers sous tes rideaux,
Et des cancers mûris en pot !

Dans l'esprit de la perpétuelle création orale, les chanteurs sortaient les galettes de rimes de leur musette et les savouraient de bon appétit. Ils montaient en épingle les péchés capitaux des « târtans », des youpins, se moquaient de leur avidité doublée d'avarice, de leur malhonnêteté, dont l'exemple criant était le vol de la *hora*, de leur peur des chiens et de leur lâcheté à la guerre :

Isaac s'en va-t-en-guerre
Et geint, aïe, aïe, aïe, ma mère !
Écoute voir, un chien aboie !
Cours bien vite, attache-moi ça,
Car je pisse dans ma culotte,
Devant toute l'armée en bottes !

Et comme la magie des paroles de mauvais augure se renforçait avec la radicalité du geste, ces jeunes gens, sages comme des images tout le reste de l'année, gravissaient les degrés de la rage. L'hôte aurait bien pu avoir sept cœurs, ils se seraient tout de même éteints comme des bougies.

Cibles de morceaux de glace, les vitres volaient en éclats, les palissades disparaissaient, guillotinées, le portail arraché atterrissait au milieu de la route... Aucun objet n'était épargné, pas même la petite luge du gamin qui n'avait qu'à aller glisser sur les collines de Palestine.

Pourtant, quelque folle qu'ait pu être la fureur des autochtones à vouloir démolir tout ce qui était souillé par les métèques, elle s'arrêtait à la porte du bistrot, où ils levaient poliment leur bonnet râpé. Tout, mais pas le bistrot ! Même s'il était tenu par un Juif ou un Arménien, son caractère sacré lui assurait l'intégrité à jamais.

Les bêtes et la volaille en prenaient aussi pour leur grade, d'avoir préféré l'écurie ou la basse-cour des « târtans », on aurait dit que c'étaient elles qui avaient acheté leurs maîtres à la foire et non le contraire. Pour haute trahison, les coqs et les oies se voyaient tordre le cou, quant aux bêtes, on les faisait sortir dans les ruelles où elles perçaient la nuit de leurs mugissements.

C'est le chien qui prenait le plus cher, auquel on reprochait précisément sa principale qualité : le dévouement à celui qui offrait nourriture et logis. Les « târtans » à quatre pattes avaient droit à des coups de bâton sur le museau et sur les yeux, car comment pouvaient-ils être fidèles à des maîtres comme les leurs ? Même un chien n'avait pas le droit de tomber aussi bas.

Et il y en avait aussi qui étaient des chiens de race, le comble, et qui avaient des prétentions comme s'ils étaient les prêtres de l'espèce canine. Envers ceux qui avaient vendu leur conscience pour trente os d'argent, une seule punition s'imposait.

Negru – qui avait du mal à cacher son ravissement, même si l'être humain, en lui, était horripilé – n'arrêtait pas de noter dans son carnet.

« Allez-y, les gars, poursuivez le *descolindat*, pas de frein à la haine ! les encourageait-il en pensée. Mordez, déchiquetez, mettez en morceaux, tuez ! Je suis le premier à écrire sur le *descolindat*, je suis le Christophe Colomb du *descolindat* ! »

Il colla son oreille à la porte pour mieux distinguer ce qui se disait à l'extérieur. Et comme il ne comprenait toujours pas un mot répété, il entrouvrit la porte de deux pouces.

C'est tout ce qu'attendait le caniche abricot de quatre ans, Tom, qui traînait sa flemme sur un fauteuil de l'entrée. Croyant que le brouhaha dans la cour était une *pyjama-party* à laquelle on ne l'avait pas invité, il poussa la porte du bout du museau et fila entre les jambes de Negru. Arrivé au milieu des gars, il se mit à aboyer cordialement et à danser tout autour d'eux une *hora* roumaine à lui tout seul.

– Aïe, aïe, aïe, gare à ta folle étoile ! Même le dieu des chiens ne pourrait te sauver, nigaud !

Un des malabars l'attrapa par la peau du cou, d'un mouvement de bourreau, et se mit à le secouer, attendant que l'abricot de la fourrure fasse tomber des fruits d'or.

Il n'y eut ni fruits d'or, ni puces d'argent, ni tiques de platine. Trompée dans ses attentes, la bande s'éloigna en tenant le prisonnier par le cou, chantonnant les derniers désirs des faubourgs :

Là où est votre maison,
Cet été nous faucherons !
On ne veut plus de vous, târtans,
Ni maintenant ni dans mille ans !

Malgré les larmes de son fils, Willy n'eut pas l'audace de poursuivre les gars pour récupérer Tom. Il savait à quoi il se serait exposé.

Il savait qu'entre Noël et le Nouvel An, tout était permis aux apôtres des ténèbres, au nom de la coutume « sacrée » des ancêtres, qui s'imposait avec une force directement proportionnelle au sous-développement de la population.

Entre Noël et le Nouvel An, dans les villages et les shtetls, seule régnait la loi du poing autochtone.

Entre Noël et le Nouvel An, quelques atroces qu'aient pu être les méfaits contre les « târtans », les Arméniens ou les Tziganes, qui avaient droit, eux aussi, au *descolindat* – leurs auteurs s'en sortaient les mains propres.

Entre Noël et le Nouvel An, la justice de Roumanie se couvrait les yeux de son bonnet de fête, pour ne pas voir les vitres et les têtes brisées – qui valaient le reste de l'année des amendes et des peines de prison.

Comme il se sentait coupable de l'évasion de Tom, le professeur Negru courut après les *descolindatori*. Arrivé à leur hauteur, il les apostropha :

– Bonsoir, les gars ! Je suis le professeur d'université et officier de réserve Petru Negru ! J'ai combattu à Mărășești, je vous prie de me rendre immédiatement ce chien ! Exécution !

– Ben, pépère, on ne sait pas trop comment se sont passées les choses à Mărășești… Mais sache que chez nous, l'université, elle est là, dans le fossé !

Ils lui tordirent les mains dans le dos, l'obligèrent à baiser le cul du chien, lui donnant ainsi l'occasion de connaître les traditions roumaines directement, à la source.

– Courage, pépère professeur ! Une fois, deux fois, allez tu n'en mourras pas !

Finalement, ils lui retirèrent ses brodequins et de trois coups de poing villageois l'envoyèrent inspecter l'université dans le fossé.

Le chien « târtan » fut récupéré le lendemain sur une pointe de la palissade où il pendait comme un jouet de velours moisi. Gelé pendant la nuit, l'étonnement qui luisait dans ses yeux semblait fait de verre de pacotille.

Conformément au pathos du *descolindat*, le désir des faubourgs d'Oprișeni de se débarrasser des « târtans » Katz se matérialisa l'été suivant, quand ils partirent tous trois pour l'Amérique après avoir tout vendu. La maison et le bistrot Aux Cinq Étoiles furent repris par un autre « târtan », qui devait vivre bien tranquillement jusqu'à la période de Noël et du Nouvel An.

Les souvenirs d'Oprișeni calmaient le cœur du soldat Katz alors qu'il flottait au-dessus de ce bout de terre inondé d'Allemands. On aurait dit que ce n'était pas le parachute, mais l'aigle emblème de l'uniforme de la 101st Airborne qui le menait à son point d'atterrissage.

Rien ne pouvait être pire que ce réveillon à Oprișeni. Il frissonnait, trempant de sueur l'amulette en peluche qu'il portait sous son veston. C'était une reproduction abricot de son bon ami d'autrefois, Tom.

En touchant terre, il fut le soldat américain le plus avancé en Normandie.

Dans un recoin de sa tête, des chiens aboyaient à la lune. Il écarta les plis du parachute et regarda le cadran de sa montre.

– Deux heures vingt-cinq !

La première mission de son bataillon était de s'emparer de l'écluse de la Barquette, pour contrôler la seule voie d'accès vers Carentan, à travers les champs inondés. L'objectif final était la jonction entre Omaha Beach et Utah Beach, les deux lieux où avaient débarqué les troupes américaines. Il caressa son amulette.

– Allez, mon petit Tommy, on a du boulot ! Le moment est venu de libérer l'Europe, *baby*.

– *Airboooooorne !!!!!!*

La paresse avec laquelle le parachute s'approchait de la terre renforçait l'impression que, vue d'en haut, l'espèce humaine avait bien meilleure allure que vue du sol.

Au cours des soixante-quinze années écoulées depuis le Débarquement de Normandie, Daniel Katz avait passé en revue toutes les nouvelles formes de haine entre humains. Clem, son unique petite-fille, était morte à New York dans l'attentat terroriste du 11 septembre 2001.

Comme le mois de septembre lui portait chance, Clem rêvait, la tête dans les nuages. Elle venait tout juste d'être embauchée par une grande agence de publicité et elle voulait fêter cette victoire avec son grand-père, le soir du 11 septembre, au restaurant Five Stars. Le restaurant Five Stars avait été ouvert par Willy Katz aussitôt après son arrivée en Amérique. Et comme la famille avait conservé 49 % des actions, Daniel allait annoncer ce soir-là à sa petite-fille que les actions lui revenaient.

Clem ciselait le slogan pour une grande marque d'ameublement, quand elle s'était retrouvée volant en miettes avec tout son bureau, son étage, la tour, avec ce grand collègue qui lui lançait du regard le slogan d'un dîner à deux, suivi de celui d'un lit matrimonial.

– *Airboooooooorne !!!!!!!!*

L'océan humain accueillait l'atterrissage. Les quatre-vingt-dix-huit ans du parachutiste disparurent derrière le drap aux couleurs *fifty-fifty* des drapeaux américains et français.

– *Airboooooooorne !!!!!!!!!*

Les photogéniques et les télégéniques se portaient volontaires dans le contingent destiné aux journaux et aux bulletins d'information. La reine d'Angleterre donnait le ton avec l'une des plumes de son chapeau, couleur d'air frais.

Le président français accorda son épingle de cravate à la ligne de son nez, son homologue américain ramenait une mèche de cheveux abusée par le vent… Leurs épouses souriaient sous la gouttière de leurs lunettes de soleil, quelque peu froissées de ne pas être au centre de l'attention.

Sous le parachute qui le recouvrait comme ces fameux jupons de grand-mère universelle, Daniel Katz ressemblait à un monument sur le point d'être dévoilé. Poussés par leur terrorisme professionnel, les reporters se précipitèrent sur lui, pour lui extorquer des impressions toutes chaudes :

– Sir Katz, qu'avez-vous ressenti pendant votre saut, en tenant compte du fait qu'en juin 1944 il faisait nuit et que c'était la guerre ; et maintenant, en juin 2009, nous sommes en temps de paix et il fait jour. Avez-vous un message à transmettre à vos nombreux admirateurs du monde entier qui vous suivent en direct ?

Des doigts fébriles saisirent la toile du parachute pour dévoiler le monument qui venait d'atterrir.

Quelques secondes muettes suivirent, avec des mains portées au cœur et levées au ciel.

Puis…

Le premier évanouissement, la reine d'Angleterre.

Le premier juron, celui du président américain.

La première grimace, celle du président français.

La première larme, celle d'une petite fille, surgie derrière un rosier rouge.

La première tentative de réanimation, celle d'un médecin d'ambulance.

C'est encore le médecin qui referma le linceul du parachute. En dessous, le héros, Daniel Katz, gisait criblé de balles, sur la terre qu'il avait libérée soixante-quinze ans auparavant.

Collé contre sa poitrine, un caniche en peluche abricot geignait à vous fendre le cœur comme du bois sec.

Table

Composition et mise en pages
Nord Compo à Villeneuve-d'Ascq

CET OUVRAGE A ÉTÉ ACHEVÉ D'IMPRIMER
SUR ROTO-PAGE
PAR L'IMPRIMERIE FLOCH À MAYENNE
EN OCTOBRE 2025

N° d'impression : 107857
Dépôt légal : novembre 2025
Imprimé en France